Aus Freude am Lesen

Es ist eine makabre Zerrwelt, in der die vierzehnjährige Jüdin aus Siebenbürgen lacht und weint, hungert und isst, geschlagen wird und begreifen muss, was es heißt, zu sterben oder zu überleben. Absonderlich, verquer, verständlich und verstörend dennoch, wie sehr darüber hinaus der Besitz des Heftes und des Bleistiftstummels und schließlich das Schreiben selbst zum Inhalt ihrer Existenz und zum Gegenstand des Tagebuchs werden. In gespenstischen Episoden tauchen Personen auf, um spurlos zu verschwinden. Nur einer ist besorgt, dass er im Tagebuch vorkommt, einer, der es ihr wegnehmen will, dann aber um positive Erwähnung bittet: der Kommandant.
Ein einzigartiges Dokument: das Tagebuch einer vierzehnjährigen Jüdin, das sie in Auschwitz und anderen Konzentrationslagern heimlich führte.

Ana Novac, geboren 1929 in Siebenbürgen (Rumänien), wurde 1944 nach Auschwitz deportiert. Von einem Lager zum nächsten verschleppt, erlebte sie die Befreiung im Mai 1945. Nach Stationen in Bukarest und Berlin lebt Ana Novac heute in Paris, wo sie eine Reihe von Romanen veröffentlichte.

Ana Novac

Die schönen Tage meiner Jugend

Aus dem Französischen
von Eva Moldenhauer

btb

Originaltitel: »Les beaux jours de ma jeunesse«,
erschienen bei Éditions Balland, Paris 1996.

Ouvrage publié avec le soutien du Centre national du livre – ministère français chargé de la culture.
Die Übersetzung wurde gefördert vom Centre national du livre mit den Mitteln des Französischen Kulturministeriums.

Mix
Produktgruppe aus vorbildlich bewirtschafteten Wäldern und anderen kontrollierten Herkünften
www.fsc.org Zert.-Nr. GFA-COC-001223
© 1996 Forest Stewardship Council

Verlagsgruppe Random House FSC-DEU-0100
Das für dieses Buch verwendete
FSC-zertifizierte Papier *Munken Pocket* liefert
Arctic Paper Munkedals AB, Schweden.

1. Auflage
Genehmigte Taschenbuchausgabe Oktober 2010,
btb Verlag in der Verlagsgruppe Random House GmbH, München

Umschlaggestaltung: semper smile, München
Umschlagmotiv © Guy Edwards / Robert Harding World Imagery / Getty Images
Druck und Einband: CPI – Clausen & Bosse, Leck
NB · Herstellung: SK
Printed in Germany
ISBN 978-3-442-74067-3

www.btb-verlag.de

Zum Andenken an meine Angehörigen

Vorwort zur deutschen Ausgabe

Ich wurde als Frau und Jüdin – dazu arm und unsterblich – in Siebenbürgen bzw. Transsilvanien geboren, einer Gegend, die sich von jeher drei kleine Völker und drei kleine Sprachen streitig machen: das Sächsische (eine Variante des Deutschen), das Ungarische und das Rumänische. Aus diesem Grunde war ich, von einem Geburtsfehler (meiner Rasse) abgesehen, niemals imstande, meine Nationalität und meine Muttersprache genau anzugeben. Ich habe das Licht der Welt mit dem Faschismus erblickt, meine Jugend unter einer proletarischen Diktatur verbracht und zwischen beidem – zur Abwechslung – einen Ausflug nach Auschwitz sowie in sieben weitere Konzentrationslager gemacht. Das alles als sogenanntes »Kind«, so daß ich schon mit fünfzehn Jahren eine Überlebende sein sollte; was zu einer Gewohnheit wurde, denn anders als das Sprichwort sagt, habe ich den Eindruck, daß man nicht nur einmal im Leben stirbt.

Mein Gesicht und mein Alter sollten nie den auf den Ausweisen angegebenen entsprechen. So weit ich zurückdenken kann, habe ich mich nie als Kind oder als Erwachsenen oder als alt betrachtet. Und was meine Seele angeht, so ist sie eine veränderliche Größe zwischen fünf und fünftausend Jahren. So hätte ich sie an dem Tag beinahe verloren, als mir gesagt wurde: »In Ihrem Alter muß man aufpassen!« Mein Herz ist aus dem Takt geraten, und monatelang habe ich nicht mehr geschrieben. Daher meine Gewißheit, daß nicht die Jahre uns ruinieren, sondern der Skandal, uns dessen bewußt zu sein. In welchem Augenblick habe ich begonnen, an meiner Unsterblichkeit zu zweifeln? Vermutlich im Laufe einer langen Krankheit, als mir klar wurde, daß ich mich beeilen mußte, Ich zu sein, mich zu definieren, bevor es zu spät wäre. Es war in einem Sanatorium, auf einem Liegestuhl, auf dem ich sechzehn von vierundzwanzig Stunden die Karpaten vor Augen hatte. Dort war ich auf das einzige reduziert, worüber ich verfügte, um meine Person einzukreisen: das Alphabet. Ich begann, meiner Mutter Briefe zu schreiben (eine Art Tagebuch), an einem Ort, wo außer den Mahlzeiten das einzige Ereignis meine Gedanken waren. Ich fing an, sie zu verfolgen, sie zu überwachen, bei dem einen statt bei einem anderen zu verharren, kurz: *eine Wahl zu treffen*. Vielleicht habe ich nie daran gezweifelt, daß jeder Gedanke durchs Gehirn geht, daß Schreiben kein besonderes Talent erfordert, daß der einzige Unterschied zwischen einem Schriftsteller und einem Nicht-Schriftsteller eine Form von Aufmerksamkeit, Geduld oder Leidenschaft ist, insbesondere jene, die Bewegungen seines Geistes zu kennen und zu kontrollieren.

Ich bin mit der Gewohnheit im Lager gelandet, das Chaos in meinem Kopf zu ordnen, sowie bereits einigen hundert Seiten auf meinem Konto. Wichtiger jedoch erscheint mir, daß ich nicht einschlafen konnte, bevor ich nicht alle Ideen, die mich tagsüber beunruhigt hatten, in Worte gefaßt hatte. Sollte ich schon entdeckt haben, daß man nicht in Worten denkt? Daß das Denken nur eine Art Entwurf des formulierten Satzes ist, daß zwischen beiden eine Lücke, ein großes Loch gefüllt werden muß …

Wenn mein Tagebuch das einzige ist, das meines Wissens je ein Lager verlassen hat, dann wundert es mich … Anders als die Legende will, hing das meiner Meinung nach allein von uns ab. Da wir ohnehin lange vor unserer Ankunft zum Gas verurteilt waren, scherten sich unsere »Gastgeber« einen Dreck um unsere literarischen oder anderen Tätigkeiten, um unsere möglichen Überlegungen über das *Reich* usw. (Tatsache ist, daß es spiritistische Sitzungen gab, daß wir auf der Pritsche Gedichte verfaßten und vorlasen – Dante hätte jede Menge Zeit gehabt, seine *Hölle* zu vollenden). Es kam nur darauf an, Papier und Bleistift zu finden! Deshalb wurde ich zu jemandem, der in Mülleimern wühlte und hart gewordene Plakate abriß.

Gern würde ich sagen können, daß ich mir diese Fron auferlegt habe, um das Gedächtnis der Menschheit durch Einzelheiten, konkrete Kleinigkeiten zu vervollständigen, die den Dokumenten, sogar den Erinnerungen entgehen. Das wäre zwar edel, aber falsch! Wenigstens für eine Stunde am Tag der Obsession der Suppe entrinnen! Verhindern, daß ich in der Masse versinke!

Meinen eigenen Bereich, ein »privates« Leben haben und vor allem nicht das Spiel meines beschissenen Schicksals mitspielen. Ohnehin wäre ich außerstande gewesen, anders zu handeln, ohne mich aufzulösen, ohne vor allen anderen zu krepieren.

Danach verbrachte ich zwei Jahre in einem Krankenhaus und starb, mit einer Langsamkeit, die meine Pfleger verwirrte. Dann wurde ich Schauspielerin, und später schrieb ich Komödien. Vielleicht war das die ungefährlichste Art, über das neue Lager zu sprechen, das Lager des »Friedens«, wo man zwar nicht vor Hunger krepierte, aber vor Heuchelei. Ich wurde auf vielen Bühnen gespielt, in der UdSSR, in den Schwesterrepubliken, überall auf der *verdorrten* Seite der Welt, ohne daß ich vergaß, um einen Paß zu kämpfen. Die Freiheit! Errungen dank einer Scheinehe und der Erkenntnis, daß ich sie schon immer besessen habe, sogar hinter dem Stacheldraht. Daß sie weniger von den Grenzen abhängt oder davon, ob man das Recht hat, den Wohnort zu wechseln, oder nicht; kurz, daß sie eher eine Eigenschaft des Geistes oder der *Seele* ist; daß man *frei* geboren wird, so wie man als Fürst, als Musiker oder als Clown geboren wird …

Vielleicht habe ich *die Wahl getroffen*, auf französisch zu schreiben, in einer Sprache, die ich seit meinem ersten Versuch, einen Satz zu Papier zu bringen, zu kennen und zu lieben meinte. Doch war sie für meinen Geschmack viel zu gewählt, zu kompliziert, zu abgenutzt und weitschweifig im Vergleich zu meinen kleinen

Sprachen aus der Heimat, vor allem zum Ungarischen, einer lebendigen, flexiblen, sparsamen Sprache mit einem besonderen inneren Humor. Ich mußte also alles neu denken, neu verfertigen, angefangen mit der Sprache. Es war, als baute man sich sein eigenes Haus, klein, funktional, hell, mit den Elementen eines prachtvollen, herrlichen Schlosses, das jedoch unbewohnbar ist in Anbetracht meiner Allergie gegen Pomp, Unbequemlichkeit und alles, was zuviel und entbehrlich ist. Von nun an war es *meine* Sprache nach Maß, meine einzige, meine wahre Heimat. Mit Ausnahme einiger Café-Theater und Festspiele wurden meine Stücke in Frankreich nicht gespielt: in Ermangelung von Bühnen, Beziehungen, Glück? Daher »traf ich die Wahl«, Prosaschriftstellerin zu werden, so wie ich im Sanatorium dank dem Alphabet so etwas wie eine Philosophin wurde, auch dank zuviel Zeit und zuviel Einsamkeit. Obwohl ich sie als Zurückgezogenheit (als endlosen Tunnel) erlebte, meine ich, ihr *alles* zu verdanken, denn sie, die Einsamkeit, ist die Quelle, der Ursprung aller meiner Werke, aller Dinge, die genannt zu werden verdienen. Währte sie ein Jahrzehnt oder mehrere? (Ich habe kein Gefühl für Zahlen, auch nicht für die Zeit.) Jedenfalls hatte ich genug davon, um mein Abenteuer in aller Ruhe wiederzukäuen: die beiden Reiche, aus denen ich geflohen war, beide gleichermaßen unheilvoll und lachhaft, obwohl sie auf scheinbar unvereinbaren Ideologien beruhten … Wie und warum führen die Ismen, welche Absurditäten oder Logiken (ich wage zu sagen, welche »Leuchtkraft«) sie auch bergen mögen, unfehlbar zu den gleichen Ergebnissen, den gleichen Ungeheuern mit der gleichen Niedertracht? Deshalb konnte ich endlos über das Geheimnis meiner Fortdauer grübeln, über das meiner Spezies. Und mich fragen: »Sollte sie nur ein Entwurf sein, ein Pfusch der Schöpfung, die vielleicht außer Puste kam (oder ohnmächtig wurde), bevor sie Zeit hatte, ihrem Geschöpf zu seinem wahren Gesicht zu verhelfen?« Nach dem Tod der Hausmeisterin, die mich mit Tabak und Kaffee versorgte, zwang mich mein Laster, sechs Stockwerke hinabzusteigen ... Ich erinnere mich an meinen ersten Gedanken, als ich den Tunnel verließ: »Die Welt ist flach!« Vielleicht war dieser Gedanke schon vor meiner Zurückgezogenheit da (wenn nicht ihr wahrer Grund) – sollte der unglückliche Galilei umsonst widerrufen haben?

Zu jener Zeit hatte ich es auf fünf Bücher gebracht, die ich für meine wirklichen Kinder hielt, für mein Werk – während meine Notizen aus dem Lager mir wie ein ferner Anfang, ein undeutlicher Vorfahre vorkamen. Leider sollte der Vorfahre schwer auf seiner Nachkommenschaft (den Kindern meines Herzens) lasten; denn mein Name, mein Werk blieben unauflöslich mit meinem Bild einer »Märtyrerin« verbunden, als ein Nebeneffekt von Auschwitz, eine ungewohnte Reliquie, für immer in einem Museum des Grauens konzentriert. Hat mein Tagebuch deshalb sechzehn Jahre lang geschlummert, ohne daß ich daran rührte, weil ich zu sehr vom Theater in Anspruch genommen war? Oder zu weit von dem Gedanken entfernt, daß das Grauen, das ich erlebt hatte, zur Ware werden könnte. Daß es auf der anderen Seite, der gesegneteren Seite der Mauer, eine grenzenlose Nachfrage nach Blut und Tränen geben könnte: einen riesigen Markt des Leidens ...

Wie dem auch sei: als ich einzig des Überlebens wegen meine Notizen kritzelte, war ich davon überzeugt, daß sie in der neuen Welt, in der ich landen würde, ebenso unverständlich wären wie Chinesisch! Grober Irrtum! Ein Knopfdruck genügt, damit die unzähligen Skelette, die ich hinter mir gelassen zu haben glaubte, vor den *humanitären Blechnäpfen* aufs neue erscheinen; damit alle Tage, die Gott werden läßt, neue Holocausts auftauchen (im übrigen weitgehend vernachlässigt zugunsten des UNSEREN, des einzigen, über den zu klagen man nicht aufhört). Als gäbe es würdige und weniger würdige Massenmorde, herausragende Opfer und belanglose. Angefangen mit den Millionen Opfern des Gulag, die unbeachtet bleiben, aus allen Statistiken herausfallen. Es ist eine merkwürdig »zugeknöpfte« Welt, wild entschlossen (wie mir scheint), die kleinen Unterschiede, die zwischen dem Individuum und seinem Computer noch bestehen, zum Verschwinden zu bringen. Darum freue ich mich jedesmal, wenn ich das Gesicht der einstigen Göre wiedersehe, die auf der Lagerstraße herumlungert und sich verblüfft sagt: »Sieh einer an, da bist du also an einer Vernichtungsstätte!«

Ana Novac, Paris 2008

Die schönen Tage meiner Jugend

Was mag ich auf dieser Seite wohl geschrieben haben? Ich weiß es nicht. Und auf der davor? Alles ist verblaßt. Das Papier ein welkes Kohlblatt, von der Zeit zerfressen. Welchem Grab des Gedächtnisses entweichen diese trunkenen Briefe? Dem Gedächtnis? Nein, der Faden, der dorthin führt, ist seit langem abgeschnitten. Die Erinnerung an etwas, woran ich mich sicher vor langem erinnert habe; etwas Wahres, Lebendiges, das mir widerfahren war, das aber das barmherzige Vergessen in immer weitere Ferne verbannt hatte und das kümmerlich, immer blasser weiterlebt wie jene Geschichten, die man manchmal aus Gewohnheit erzählt, die uns jedoch nichts mehr angehen. Es ist eine Fremde, die diese alten Seiten entziffert. Alt ist auch ihr Unbehagen, ihre Bestürzung.

Ich schreibe lediglich ab. Nach zwei zerrissenen, unleserlichen Seiten ein Satz, der so beginnt (oder weitergeht):

»Ihr werdet krepieren«, zischte die Slowakin feixend. Dieses gewöhnlich so gleichmütige Mädchen wacht nur auf, um zu schlagen. Das belebt sie wie den Tennisspieler, der sich nach einem öden Training endlich ins Match stürzt. Ihr Kinn springt vor, ihre schönen, trägen, aufeinandergepreßten Lippen sind nur noch ein

Strich. Einen Moment lang belauert sie regungslos mit zusammengekniffenen Augen ihre Beute. Dann blitzt um ihren Mund ein etwas verträumtes oder verschmitztes kleines Lächeln auf. Die Peitsche schwingt nach hinten, um mit voller Kraft niedersausen zu können. Eine Reihe süßer Empfindungen auf diesem sonst unbedeutenden Gesicht.

Im Augenblick aber steht sie höflich und bewegungslos hinter den Deutschen. Puppengesicht kichert. Ihre schrille Stimme zerreißt die stille Nacht. Der Offizier dreht sich zu der Slowakin um, sagt ihr etwas, sie nickt, beginnt die Reihen entlangzurennen, geht durchs Tor. Bald schluckt die Dunkelheit die davoneilende Gestalt.

Wohin hat man sie geschickt? Und wozu?

Es ist nicht die erste Nacht, die wir so verbringen, in Fünferreihen stehend, ohne zu wissen, was uns erwartet, wovor wir uns fürchten. Meine Füße schwellen an, meine Brust schnürt sich zusammen. Die Unruhe ... Ich spüre, wie sie in meinen Körper kriecht; ein dunkles und glitschiges großes Tier.

Die Minuten vergehen, dann hören wir die Stimme der Slowakin hinter dem Stacheldraht: *Links, links, links und links.** Die Neuen sind anscheinend viele, tausend oder mehr. Ein erregtes Murmeln geht durch die Reihen. Woher wissen wir es? Ein Rätsel, aber alle sind

* Kursiv gesetzte Wörter deutsch im Original.

auf dem laufenden, man evakuiert das benachbarte Lager. Dieser riesige *Transport* soll bei uns untergebracht werden. Wir sehen sie näher kommen: tausend leere Mägen, tausend Pritschen. Unsere wilden Blicke begegnen verstörten Augen. Die Frauen sind noch kaputter, noch magerer als wir. Sie müssen schon länger in Auschwitz sein; sie sind in Lumpen.

Nach einigen Augenblicken schaltet sich der Lagertelegraf ein (mit einem Minimum an Gesten und lautlos das Maximum an Informationen weitergeben).

»Woher bist du?« frage ich ein Mädchen, das kurz auf meiner Höhe stehengeblieben ist. »Oradea«, flüstert sie, und ihr gehetzter Ausdruck kommt mir bekannt vor, sogar im fahlen Licht der Scheinwerfer. Vielleicht wegen des Namens der Stadt, meiner Stadt. Schon setzt sie sich wieder in Bewegung. Ihre abfallenden Schultern, dieser etwas wiegende Gang … Judy! Meine Lippen bewegen sich, aber meine Kehle ist trocken. Kein Ton kommt heraus. Meine Augen heften sich auf den vertrauten Rücken: ›Dreh dich um! Dreh dich um! Dreh dich um!‹ Mit aller Kraft, all meinem Willen starre ich ihr nach. Ein Wunder! Sie bleibt stehen. Sie erkennt mich nicht, ihre Augen gleiten über mich hinweg, gleichgültig. Aber nach ein paar Schritten hält sie inne, dreht sich verblüfft um – mein Gesicht, das sie gerade mit einem zerstreuten Blick gestreift hat, muß in ihrem Kopf Gestalt angenommen haben. Diese gräßlichen Lumpen! Sie schreit mit unverständlicher, unbekannter Stimme, vielleicht meinen Namen. Die Erregung betäubt mich. Ich sehe sie nicht mehr – nur die rhythmische Bewegung des Rückens der Slowakin und, ganz in meiner Nähe, die Peitsche, die sie schwingt. Sie schlägt Judy.

Ich rühre mich nicht, ich sehe, wie dieser Rücken sich beugt, sich wieder aufrichtet, als hinge alles von der Aufmerksamkeit ab, mit der ich ihre kleinsten Bewegungen verfolge.

»Was ist los?« erkundigt sich jemand aus der letzten Reihe.

»Sie kümmert sich um die Neuen.«

Kein Kopf dreht sich um.

›Man muß sich damit abfinden‹, sage ich mir, ›nichts zu sein, niemand, ein Schatten mit einem nutzlosen Gedächtnis, eine in einer Fünferreihe, ein Fünftel.‹

Wenn ich in einem Anfall von Wahnsinn ausriefe: ›Ich bin die und die. Und die hier ausgepeitscht wird, ist meine Freundin, die Vorsitzende des literarischen Zirkels am Gymnasium, ein starker Charakter, bloß ein bißchen nervös‹, dann würde das ohne jeden Zweifel ebenso große Heiterkeit erregen, als ob ich anfinge zu bellen. Es gibt Augenblicke, wo es eine ans Lächerliche grenzende Ungehörigkeit ist, seine Gedanken, einen noch so kleinen Teil seines Wesens preiszugeben. Deshalb leben wir allesamt in unseren Kokon eingesponnen. Die Fünferreihe ist Käfig und Deckmantel. Die Nummer ist unsere Verkleidung. Begegnung von Masken. Der dahinter steckende Mensch verbirgt, so gut er kann, was er früher genüßlich zur

Schau stellte: seine Seele. So entsteht der Panzer, hart und gnädig.

*

Ein Alptraum: ich habe meinen Bleistift verlegt. Schrekkensstarr bin ich aufgewacht und habe, ohne mich um das Keuchen und Schnarchen um mich herum zu kümmern, in meinem Strohsack gewühlt. Mein Bleistift war da. Jetzt schreibe ich. Ich schreibe, daß ich schreibe. Gelobt sei der Herr oder der Zufall, gleichviel, der unter so vielen Füßen, so vielen Schritten ausgerechnet den meinen erlaubt hat, darüber zu stolpern. Aber bin ich denn wirklich gestolpert? Oder bin ich einfach vor etwas stehen geblieben, dem niemand mehr Aufmerksamkeit geschenkt hätte als einer ausgetretenen Kippe? Ich bin nur genau in diesem Moment, genau an diesem Ort stehen geblieben. Und dieses dem Schlamm entrissene, wurmstichige Etwas gibt mir in jedem Augenblick heimlich all das zurück, was mir eine Welt von Rasenden zu entreißen sucht: die Freude, ›Scheiße‹ zu sagen!

*

Ich habe Judy gesehen. Nur einen kurzen Augenblick, aber kein Zweifel. Unsere Blicke sind sich einmal begegnet. Ein einziges Mal. Wir haben uns abgewandt und, wie in stillschweigendem Einverständnis, nie wieder versucht, uns zu sehen.

Der Reigen der nackten Körper unter dem roten Himmel, und all diese sich bewegenden Schatten ... als wären wir einer längst vergangen Zeit, einem wilden Märchen entsprungen. Ist die elegante Gestalt in der Mitte der Stammeshäuptling? Nur seine Uniform wirkt deplaziert. Sie verfälscht das Bild. Er pfeift. Mit einer sich ständig wiederholenden Bewegung des Daumens winkt er in jeder Minute einen Körper aus dem Reigen heraus. Sein Finger bewegt sich rhythmisch, und im selben Takt schrumpft der Reigen. Wir drehen uns immer schneller ... und werden immer weniger. Wozu? (Schon wieder eine Frage. Werde ich mir das nie abgewöhnen?) Die Deutschen bringen uns das Tanzen bei.

Sonderbar! Während dieses Rituals stellte ich mir keine Fragen. Ich wunderte mich über nichts. Ich bewegte mich, drehte mich im Kreis, ohne Gewicht, ohne Mühe, wie in einem Traum.

Aber nicht davon wollte ich sprechen. Judy! Als alles vorbei war, blieb ich stehen, taumelnd, dann erblickte ich die Reihe der nackten Körper, die sich entfernte, und die Angst ernüchterte mich. Als hätte ich aus Leichtsinn oder aus Feigheit etwas Nichtwiedergutzumachendes begangen. Ich rannte in der Dunkelheit herum und rief ihren Namen. Sie war nicht unter den Zurückgebliebenen. Und da fand mich Sofi.

Ungewohnt schwungvoll nahm sie mich am Arm. (Wenn ich jetzt daran denke, muß ich lachen. Denn was ist grotesker als zwei sich umklammernde kahlgeschorene Nackte!)

»Ein Glück, daß man sie weggebracht hat«, sagte sie, »in der Baracke ist jetzt mehr Platz.«

Ich schwieg. Es wäre mir lieber gewesen, wenn man sie weggebracht hätte und Judy dageblieben wäre.

*

An Schlaf ist nicht zu denken. Glücklicherweise ist es in der Baracke nie ganz dunkel, ich kann schreiben. Wie aber diese Hieroglyphen entziffern? Gleichviel! Hauptsache, ich kann die Last unerträglicher Gedanken abschütteln. Sie loswerden. In Wirklichkeit schütze ich mich mit dieser Last – ich überspringe einige meiner Gedanken wie schwarze Löcher –, wo es doch vielleicht genügte, mich fallen, mich von dieser Niedergeschlagenheit überwältigen zu lassen. Und dort, in der Tiefe, wo man nicht mehr tiefer fallen kann, endlich schlafen, ohne Angst und ohne Träume. Doch bis dahin ist es noch ein weiter Weg, das weiß ich. Und da ist diese endlose Nacht und Judy und das Geheimnis rings um sie: Warum mußte sie auftauchen und gleich wieder verschwinden? Diese zwei verstrichenen Tage! Zweimal vierundzwanzig vergeudete Stunden. Warum haben wir uns nicht gesucht? Und am Schluß dieses feige, beschämende Lebewohl? Schämten wir uns unserer Nacktheit? Nein, es war nicht nur das. Es gibt bescheidene, geduldige Freundschaften für Regenwetter. Die unsere war unruhig, stürmisch wie Judy, fiebrig und schüchtern wie ich. Und wie wir beide, sehr unbeständig.

Warum die Dinge ›erleiden‹, an denen man hängt? Sich zusammen kratzen, zusammen husten, die Gerüche, die Koliken erdulden und sich dabei an den Händen halten? Warum an die Zerbrechlichkeit der Bilder rühren? Warum nicht Judys Bild bewahren, so wie sie war: dick, weich, üppig, voller Phantasie und Launen! Reich! Sie behauptete, das sei ihr schnuppe, und das stimmte, nur daß Launen selten aus dem Souterrain kommen. Sie sagte: »Jetzt machen wir das, jetzt gehen wir dorthin«, ohne hinzuzufügen: »Wenn du willst.« Ich antwortete »nein« leichthin, aber schweren Herzens.

Diese hochmütigen Kümmernisse! Wie viele andere habe ich seitdem gehabt! Aber mir liegt daran, diese alten, kindlichen Nöte zu bewahren, weil es die einzigen sind, die ich nicht mit meiner Fünferreihe teile.

*

Alle, die unter sechzehn sind, sollen sich melden. Das wurde uns gerade beim Appell mitgeteilt. Sie werden in ein anderes Lager gebracht, wo alte Leute und Kinder auf sie warten. Hervorragende Verhältnisse: Butterbrot am Morgen, ein eigenes Bett, eine eigene Decke, ein sauberer Teller und täglich ein Bad. Den Gerüchten nach ist dieses Lager ein Erholungsheim, eine Art Sanatorium: auf dem Rasen, im Schatten großer Bäume führen die Alten ihre Enkel spazieren. Phantasmagorien? Jemand hat es gesehen. Nur mit der Ruhe. Hier gibt es immer jemanden, der alles gesehen hat (mit eigenen Augen), und immer jemanden, der es beschwört. Jemand hat das Weißbrot schon gesehen, die neuen Kleider, die auf uns warten, die Zahnbürsten. Jemand hat Zivilisten ›gesehen‹, sicher Diplomaten, die auf der *Lagerstraße* mit den SS-Leuten Englisch redeten. Andere schwören, daß dieser Zirkus höchstens eine Woche dauern werde. Aber der Zirkus dauert an, und in unseren Reihen ›sieht‹ und ›schwört‹ man unermüdlich weiter. Und wer würde wohl das Weißbrot oder den englischen Diplomaten reklamieren, wenn ›jemand‹ das Faß Marmelade gesehen hat, die man verteilen wird, wenn ›jemand‹ amerikanische Fallschirme über dem Lager gesehen und ›jemand‹ geschworen hat, daß es stimme?

Sind wir in unserer äußersten Hilflosigkeit nicht wie das Kind, das im Dunkeln allein ist, bei jedem Schatten zusammenzuckt und an den Wänden Teufel tanzen sieht? Eines steht fest: Hier im Lager gibt es keine Kinder. Auch keine alten Leute. Irgendwo müssen sie ja sein. Und warum sollten sie nicht beisammen sein? Die Milch, das Butterbrot, das eigene Bett: Hirngespinste. Aber wenn nur ein Hundertstel davon wahr wäre: daß sie leben …

*

Erbauliches Gespräch mit Hella.

Heute hat sie mich während des Saubermachens im Bett ertappt. Wie gewöhnlich hatte ich mich nach dem Appell dorthin verkrochen, das einzige Schlupfloch in dieser sengenden Hölle: eine halbe Stunde Ruhe. Im Prinzip darf während des Saubermachens niemand in der Baracke sein, aber es gelingt mir fast immer, mich hineinzustehlen. Auf leisen Sohlen hat sie sich herangeschlichen. Als ich sie bemerkte, hat sie mir wohl schon seit einer Weile zugeschaut.

»Was machst du da?«

»Ich kritzele.«

»Was?«

»Irgendwas.«

Sie schweigt. Sie hat ihren Knüppel nicht bei sich. Sie könnte ihre Hände benutzen, aber vielleicht ist sie zu faul oder die ungewohnte Situation verwirrt sie.

»Wo hast du das Papier her?«

»Gefunden.«

Wenn ich ihr sagte, ich hätte es von der Wand der Latrine gerissen und auf der Rückseite stehe *Sauberkeit ist Gesundheit*? Aber sie hakt nicht nach. Sie ist heute nicht in Form. Fast matt fragt sie:

»Ist dir deine Haut lieb?«

»Ein bißchen.«

»Dann zerreiß es. *Wegschmeißen.*«

Sie vertreibt mich nicht einmal von der Pritsche.

Wegschmeißen! Eine verrückte Situation. ›Hella, weißt du, daß ich zwei Häute habe und daß die zweite – meine Notizen – vielleicht verhindert, daß alles übrige auseinanderfällt.‹

*

Ich habe Hunger. Alle meine Gedanken haben heute die Form einer Wurst... Diese Stumpfheit... Ich quäle mein Hirn nicht länger.

*

Fieberhaft suchen sie nach denen, die unter sechzehn sind. Ich habe Sofi dazu überredet, daß wir uns melden. Es ist nicht nur der Hunger, auch wenn er damit zu tun hat. Die Nächte sind unerträglich.

Und wer weiß, vielleicht könnten wir ja einen der Unsrigen finden. Heute sind wir beim Appell aus der Reihe getreten. Hella hat mich gesehen. Sie hat mich am Arm gepackt und mich zurückgestoßen:

»Schwachköpfe«, hat sie gezischt, »marsch, auf eure Plätze!«

Ohne ein Wort haben wir gehorcht. Vielleicht war es eine Dummheit. Sofi hat recht: sie ist eifersüchtig. Die Slowakinnen, zumindest diejenigen, die überlebt haben (die Bestien), sind schon seit sechs Jahren hier. Sie verzeihen uns Ungarinnen nicht, daß wir Butterbrote gegessen haben, während sie und ihre Angehörigen... Dabei hat Hella in diesem Moment nicht nachgedacht! Dazu hatte sie gar keine Zeit. Hella! Was soll ich über sie sagen? Weder Mensch noch Nazi... Hella: das ist das Lager.

Es ist viel von den ›Geiseln‹ die Rede, Sofi liegt mir den ganzen Tag damit in den Ohren:

»Heute, wo der Ausgang des Kriegs nicht mehr in

Frage steht, sind wir ein wertvolles Kapital. Jede von uns soll gegen einen deutschen Kriegsgefangenen ausgetauscht werden. Denn was könnte sie sonst daran hindern, uns auf der Stelle zu liquidieren, wie sie es mit den polnischen, tschechischen und deutschen Transporten getan haben? Sogar unter diesen unmenschlichen Umständen verschlingt das Lager Millionen. Wozu uns überwachen, uns verbissen zählen?«

Das ist sonnenklar.

In Hellas Blick lag etwas, was an Entsetzen grenzte. Zwei so klare Dinge in ein und demselben Kopf, da muß es ja zum Zusammenstoß kommen. Es reicht mir. Schlafen … oder anderswo aufwachen, wo auch immer … während einer Lateinarbeit.

*

Etwas drückt auf meinen Nacken oder auf mein Kleinhirn. Wovon ist das Kleinhirn das Zentrum? Ich muß Sofi fragen. Vielleicht vom Gedächtnis? Heute nacht war ich außerstande, mich zu erinnern, was größer ist, die Erde oder der Mond. Dieses krankhafte Bedürfnis, mich auszuforschen, mich unaufhörlich zu prüfen! Nächte, in denen ich nicht einschlafen kann, ohne den Namen all derer herausgefunden zu haben, die in der siebten Klasse neben mir saßen, oder wann genau Andreas II. von Ungarn gekrönt worden ist. Vitaminmangel? ›Zivile‹ Torheiten. Hier gibt es nur einen Lehrmeister, das Faktum. Ich bin nur ein Schreiber in seinem

Dienst. Jeder Gedanke, der nicht dieser Regel gehorcht, ist zuviel.

Heute morgen suchten sie wieder nach denen unter sechzehn. Puppengesicht hat eine in den Reihen erwischt. Sie wirkte tatsächlich sehr jung, etwa wie zwölf. Mit großen Augen starrte sie die Deutsche an, verstand nicht, was man von ihr wollte. Eine ältere Frau klammerte sich an sie, vermutlich ihre Mutter, denn nichts, weder Drohungen noch Ohrfeigen, konnte sie verscheuchen. Sie drückte sie an sich und stammelte: »*Sie bleibt da, meine Tochter.*« Schließlich hatte Puppengesicht genug, sie versetzte ihr einen Fußtritt in die Rippen, und sie sackte stöhnend zusammen. Die Deutsche zerrte das Kind hinter sich her, das ihr ein paar Schritte folgte, gefügig und stumm, fast apathisch. Dann blieb es plötzlich stehen, drehte sich um, und noch bevor jemand es daran hindern konnte, rannte es zu seiner Mutter, warf sich auf sie und krallte sich an ihr fest; ihr schmächtiger Körper wurde von trockenem Schluchzen, so etwas wie einem Schluckauf geschüttelt.

»*Sie ist hysterisch, die Kleine*«, sagte Puppengesicht, griff aber nicht ein. Sie betrachtete sie, wobei sie ihre kurze Oberlippe noch weiter hochzog als sonst, neugierig wie ein Kind, das bei einem anderen Kind oder einem Tier ein ungewöhnliches Verhalten beobachtet.

Die krampfartige Umarmung hält an. Wir alle warten, erstarrt, daß etwas passiert.

Schließlich rührt sich die Deutsche, nähert sich langsam den beiden Frauen, bleibt dann stehen. Die Mutter bemerkt sie, läßt ihre Tochter los und kriecht zu ihren Füßen. Ihre Lippen bewegen sich, sie öffnet den Mund, kann aber keinen Ton herausbringen. Ich habe noch nie jemand ertrinken sehen, aber so muß es wohl sein.

Ich sehe die Deutsche nur im Profil. Ein friedliches, kindliches, wohlgenährtes Profil. Deshalb verstehe ich nicht, was geschieht, woher plötzlich der Knall kommt. Die kniende Gestalt schlägt einen seltsamen Purzelbaum im Staub, und ich frage meine Nachbarin:

»Ist sie ohnmächtig geworden?«

»Idiotin!« antwortet sie.

Puppengesicht hat gerade einen Gegenstand in ihre Tasche gesteckt, den ich sie nicht hatte herausziehen sehen und der einen Moment in ihrer Hand zu funkeln scheint – wie ein Zigarettenetui. Dann befiehlt sie: »*Blocksperre!*« Sie geht an der Mauer von Leibern vorbei, weicht mit einem kleinen Sprung der Form aus, die mit gespreizten nackten Beinen auf dem Boden liegt, eine ausgerenkte Marionette, auf der sich das Kind wie ein Buckel krümmt.

Wir werden in die Baracken getrieben.

*

Den ganzen Tag *Blocksperre.* Die Baracke ist ein Leichenschauhaus. Wir hocken auf der obersten Pritsche. Sofi ›philosophiert‹. Ich zerschneide das Papier der Verdunklung. Eine Seite ist heller, das reicht für meine

Notizen. Ich habe schon einen ganzen Stapel davon auf der Pritsche, und mit einem Mal hält mich die Frage auf: Bin ich normal? Habe ich heute morgen in der glühenden Sonne wirklich diese Art Buckel gesehen? Habe ich einen Sonnenstich und leide unter Wahnvorstellungen?

Gerade ist mir eingefallen, daß ich vergessen habe, Sofi vorzustellen. Also: sie ist klein, untersetzt, voller Sommersprossen, und was früher hübsch an ihr war, ihre rotblonden Locken, umgibt jetzt als spärlicher Flaum ihr reizloses Gesicht. Sie wohnt in ihrem Körper wie ein Junggeselle in einem möblierten Zimmer. Sie mag ihn nicht, aber er stört sie auch nicht besonders. Sie schenkt ihm nicht genug Beachtung. Es gibt so viele andere Dinge, die man beachten muß! Sofi behauptet, eine freie Reisende zu sein. Und wenn sie auf etwas stolz ist, dann auf ihre ›Unpersönlichkeit‹.

Auch unsere Freundschaft ist blutleer, als kommunizierten wir über eine große Entfernung hinweg mit Hilfe eines fremden Elements. Ihr Gebiet ist die Theorie, ich dagegen habe kein ›Gebiet‹, nur Empfindungen, die dauernd wechseln, mich hierhin und dorthin ziehen wie starke Pferde einen leeren Wagen. Ich fürchte mich vor dem Erwachsensein wie vor einer ›Rolle‹, von der ich nicht weiß, ob ich sie übernehmen kann – während Sofi nichts von ihrer Kindheit bewahrt zu haben scheint. Vielleicht wurde sie so geboren, reif, besonnen und unbeteiligt wie die Engel. Als hätte sie schon in den Windeln alles verstanden und hinter sich gelassen. »Na und? Ist doch völlig egal! Bringt uns nicht alles der Endlösung näher?«

Die Endlösung! Ich habe schon bemerkt, daß Sofi es vermeidet, den Tod beim Namen zu nennen, aber viel von ihm spricht und sich dabei merkwürdig ereifert. Manchmal möchte ich sie am liebsten fragen, was sie denn zurückhalte, wo man doch bloß den elektrischen Stacheldraht zu berühren brauchte, eine Sekunde, und das wär's.

Vielleicht fürchtet sie weniger zu verschwinden, als ihrer ›Abhandlungen‹ beraubt zu sein. Dieser verfluchten ›Analysen‹ – über die Erziehung zum Beispiel, die uns schon in der Wiege die Panik einimpfte und uns daran hinderte, das Ende genauso zu akzeptieren wie den Anfang, uns, ganz ›natürlich‹, ohne Getöse zurückzuziehen.

Verdammt noch mal! Hat sie das Gesicht dieser Frau gesehen, als die Deutsche auf sie zielte? Das war nicht ›anerzogen‹.

Wird sie jemals begreifen, daß sie ihre Intelligenz vergeudet, ich jedenfalls bin ganz und gar diesseitig, und es gibt keine Philosophie, keine Demütigung, kein Elend, keinen Schmerz, der meinen Lebenswillen auslöschen könnte, so absurd er sein mag. Und ob ich schreibe oder spreche, ich sehe nur dieses Gesicht – seine Flecken, seine Schweißtropfen –, und es ist, als röchelte sie mit meinen eigenen Lungen ...

Weinen oder beten, mehr will ich gar nicht, aber nicht vor einer Maschine, die räsoniert! Sie ärgert mich, und schließlich finde ich einen hervorragenden Grund, wütend zu werden.

»Deine Geisel-Theorie! Puppengesicht hat also eine Boche umgebracht! Wenn wir Geiseln wären, würde man sie wegen Mordes vor Gericht stellen, was sagst du dazu?«

»Aber wenn es nicht so ist, was soll dann diese irrwitzige Abzählerei? Und warum erledigen sie uns nicht gleich, was hält sie davon ab?«

Tatsächlich hatte Puppengesicht vor gar nicht so langer Zeit, vorgestern, auf dem *Appellplatz* einen Wutanfall gekriegt: eine von vielen Tausend fehlte. Und heute hat sie jemanden abgeknallt, ohne mit der Wimper zu zucken! Woraus folgt, daß ein Kamel leichter durch ein Nadelöhr geht, als daß eine von uns sich jemals in der Logik der Deutschen auskennt ...

Es läutet zum Appell. Was ist jetzt wieder los? Ich schreibe schon seit einer ganzen Weile. Sofi ist eingeschlafen. Sie atmet schwer. Im Schlaf verläßt sie die Intelligenz. Sie ist nur noch ein armes, erschöpftes, verdrecktes Kind. Ihr angewinkelter Arm liegt über ihrem kahlen Kopf, als wollte er ihn schützen. Ich muß sie aufwecken. Und plötzlich bin ich am Ende, niedergeschlagen, als läge nicht eine Kameradin vor mir, sondern die ganze Menschheit, mit aufgesprungenen Lippen, ohne Hoffnung, wehrlos ...

*

Geographiestunde mit meinem Bruder. Er weiß, daß das mein schwacher Punkt ist. »Sag mir, wo liegt ...«, fängt er an und macht eine wirkungsvolle Pause. Er nennt einen Namen. Ist es eine Stadt, ein Land, eine Insel? In meinem Traum scheint mit, als hätte ich ihn schon mal gehört. Mein armes Hirn ist aufs äußerste angespannt, mein erschöpftes Gedächtnis irrt verzweifelt zwischen den russischen Steppen, Grönland und den Kanarischen Inseln umher, in einem entsetzlich weiten und auf geheimnisvolle Weise geteilten Universum. Es ist mir unmöglich (sogar wenn ich wach bin), etwas anderes deutlich vor mir zu sehen als den italienischen Stiefel und das komische Afrika, das aussieht wie ein Boxhandschuh.

Ich tue so, als suchte ich. Er wirft mir einen belustigten Blick zu und beugt sich von neuem über die Landkarte. Ungläubig schaue ich ihn an. In diesem ruhigen, herablassenden Jungen kann ich nicht mehr meinen kleinen – drei Jahre jüngeren – Bruder erkennen, es ist sein Gesicht, aber nicht sein Ausdruck. Vielleicht ist er anders, älter geworden? Vielleicht ist es der verjüngte Professor Wunsch. Nein, es ist nicht mein Bruder.

Der Zweifel und die Angst wecken mich auf, ich schleppe sie den ganzen Tag mit mir herum. Und um das Maß vollzumachen zieht mir Magda, der unverschämte *Stubendienst*, mit der Peitsche eins über. Ich winsele. Ich kann mich nicht daran gewöhnen, daß diese Schlampe, jedwede Schlampe Hand an mich legen darf.

*

»Die Russen kommen!«

»Woher weißt du das?«

»Es hat heute kein Brot gegeben.«

»...?«

»Versteh doch, sie stecken in der Klemme, also lassen sie es an uns aus.«

»Aha!«

Anscheinend fehlt es mir an Begeisterung, unzufrieden schaut mich meine Gesprächspartnerin von oben bis unten an.

»Wenn diese ›Rache‹ noch drei Tage andauert«, sage ich, »brauchen die Russen niemand mehr zu befreien.«

»Eine Frage von Stunden«, antwortet sie ruhig. »Sie sind ganz nah. Hörst du nicht die Kanonen?«

»Doch, irgendwie ...«

Schwindelt mir? Am Nachmittag scheint allen schwindlig zu sein. Sollte es sich um andere Kanonen handeln? Übertreiben sie? Nichts stachelt die Phantasie so sehr an wie der Hunger.

Schlaff hocken wir vor der Baracke in der Sonne und warten auf die Russen.

*

Zählappell bis spät in die Nacht. Im Morgengrauen werden wir von unseren Pritschen gerissen. Sie zählen und zählen. Die Deutschen und ihre Hunde heulen abwechselnd. Verstört und schweißgebadet laufen die Slowakinnen zwischen den Reihen herum. Sie vergessen sogar zu schlagen. Und wir stehen da, allein, gleichmütig im allgemeinen Durcheinander, als ginge uns das alles nichts an.

Das erinnert mich an einen Stapel Ziegelsteine, die wir von einem Waggon aus in einem Bahnhof gesehen haben, sorgfältig aneinandergereiht, und ringsum aufgeregte Leute, die in einem unbekannten Dialekt zetern.

Etwas braut sich zusammen. Alles ist verstummt, sogar die Gerüchte. Nichts mehr hängt von uns ab. Irgendwie ist das beruhigend. Völlige Stille …

*

Sie evakuieren uns aus Auschwitz. Wohin? Keiner weiß es. Es kann morgen sein, oder heute nachmittag, oder in einer Stunde. Ich wäre beruhigt, wenn ich mir nicht um mein Tagebuch Sorgen machte. Unsere Schuhe bekommen wir erst nach der Desinfektion wieder. Das scheint sicher zu sein, ausgeschlossen, den ganzen Papierkram dort zu verstauen. Sofi rät mir, alles zehnmal hintereinander aufmerksam zu lesen und ein oder zwei Sätze pro Kapitel als Gedächtnisstütze zu notieren. Das ergebe kaum ein paar Blätter. Die Idee ist nicht schlecht, aber woher die Zeit nehmen?

*

Vier Tage trennen mich von Auschwitz, und zum ersten Mal schreibe ich … in ein Heft! Brauner Einband, zweihundert Seiten. Sofi meint, es gebe keine ›Vorsehung‹, aber was liegt schon an dem Namen, den man dem Zufall anheftet. Hier gibt es kein Plakat, und das Verdunklungspapier ist schwarz. Das wäre das Ende meiner Notizen gewesen, außer es geschähe ein Wunder.

Obwohl, wie wiederum Sofi meint, gar kein Wunder geschehen wäre, wenn ich nicht den *Lagerkapo* mit dem Heft unterm Arm erspäht hätte, wenn ich nicht Deutsch könnte, wenn ich nicht so leichtsinnig gewesen wäre, vor ihn hinzutreten.

Er ist fast kahl, Hakennase. Er bleibt stehen, hört sich mein wirres Gerede über ein Heft an, auf das ich warte. Ich weiß es nicht mehr, sicher irres Zeug, der Art nach zu schließen, wie er mich stirnrunzelnd ansieht. Er ist ein wohlerzogener Mensch, denn er ohrfeigt mich nicht. Er geht weiter.

»*Aber, Herr Lagerkapo!*«

Er bleibt stehen.

»Du hast auf dieses Heft gewartet? Wieso? Es wurde mir gerade erst gebracht.«

Er ist gereizt, aber meine Überraschung ist deshalb nicht geringer. Sein Deutsch ist ohne polnischen Akzent und ohne Dialekt, was mich wohl gleich beruhigt haben muß: eine Sprache wie die seine habe ich hier noch nie gehört, wo sonst nur gekläfft wird, fast immer in irgendeiner Mundart, sogar von den Offizieren.

Manchmal fragt man sich, ob sie sich an ihren Kameraden wenden oder an ihren Hund.

Wie zum Teufel verständigen sie sich bloß in einem *Reich*, in dem es mehr Dialekte als Einwohner gibt?

Es ist auch das erste Mal, daß ich freiwillig vor einer Armbinde stehe.

»Ich muß schreiben«, sage ich. »Ich brauche ein Heft. Ich bin Schriftstellerin.«

Seine Augen, die von einem müden Blau sind, mustern mich, er hat Lust zu lachen, das ist nur allzu offensichtlich, und ich auch: Nachdem die Erregung abgeklungen ist, kann ich nicht umhin, mich so zu sehen, wie er mich sieht – wie ich die andern sehe – in dem um mein mageres Gestell schlotternden Kittelkleid, die beiden darunter hervorragenden Streichhölzer, mein kahler Schädel ... unwiderstehlich!

»Ich bin Schriftstellerin.«

Ich breche in Lachen aus, obwohl er nicht einmal lächelt.

Das Heft habe ich schon. Aber statt wegzurennen, suche ich verzweifelt nach einem Satz, um ihm mein ungebührliches Benehmen zu erklären. Mit einem freundschaftlichen Zwinkern erteilt er mir die Absolution: ›Schon gut, ich habe verstanden.‹

Ich habe nichts zum Schreiben. Ich bin wohl noch immer ein wenig benommen, denn ich weiß nicht mehr, was Bleistift auf deutsch heißt. Ich erkläre es mit Gesten. Er wühlt in seinen Taschen und holt schließlich einen Bleistift heraus.

Und jetzt lacht er wirklich, was ihn verjüngt, trotz der tiefen Falten, die auf seinem blutleeren und verbrauchten schmalen Gesicht entstehen (dabei ist er kein Tattergreis).

Keine Sofi auf der Pritsche. Bestimmt sehe ich überhitzt aus, übergeschnappt. Niemand sagt etwas. Man weicht mir lediglich aus und schielt argwöhnisch auf das Heft ... als wäre es eine Mine.

Müßte ich in diesem Moment ein Glaubensbekenntnis ablegen, dann würde ich sagen: ich glaube an die Stille. Ich versuche, vor allen anderen aufzustehen. Nicht, um zu arbeiten, sondern um diese wenigen Stunden der Einsamkeit auszukosten, die ich dem Schlaf stehle.

Aber sogar tagsüber sind wir weit weg von Auschwitz. Jeder hat seine Decke, seinen Strohsack, sein Eßgeschirr; wir sind immer noch in Quarantäne, auf ›Urlaub‹. Dank dem Heft habe ich keinen Vorwand mehr zu faulenzen. Es ist höchste Zeit für meinen Bericht – seit man uns aus der Baracke von Auschwitz vertrieben hat, um uns nach endlosen Appellen quer durch das dunkle Lager zu schicken, zwischen einer doppelten Stacheldrahtreihe, flankiert von Schäferhunden, hämmernden Stiefeln, blau vor Kälte und zusammengekrümmt wie ein Zug auferstandener Mumien.

Im Desinfektionsraum, dem *Waschraum*, stehe ich vor einem Rasierapparat, der mir kein Vertrauen einflößt – die Hand der Polin, die damit hantiert, zittert beängstigend. Deshalb verletzt sie mich auch an einer besonders empfindlichen Stelle. Ich schreie auf, als einzige unter den mehr als tausend Verletzten. Verdattert sieht sie mich an, als wäre ich eine Katze, die zu sprechen anfängt. Aber sie achtet nun besser auf ihre Arbeit. Ironie des Schicksals: Sie ist behaart wie ein Affe und bringt ihre Zeit damit zu, die andern zu rasieren!

Unser Waggon hat Verspätung. Die Ankunft eines belgischen oder holländischen Transports sorgt für etwas Belebung.

Eine unbeschreibliche Begegnung: ›zivile‹ Haare, ›zivile‹ Kleider, ›ziviles‹ Entsetzen beim Anblick unserer nackten, kahlen Herde. »*Was ist das, ein Spital?*« Ich höre noch die Unseren, die die gleichen Fragen stellten, genauso große Augen machten …

Die gleiche nackte Menge drängte sich vor drei Wochen um uns zusammen, als wir im Bahnhof von Auschwitz ausstiegen. Die gleichen ungläubigen, gierigen Blicke starrten auf unsere Haare, unsere Kleider, unser Gepäck …

Auf der einen Seite die Ungläubigen mit ihrem Gepäck, auf der andern die nackte, kahlgeschorene Menge, die mehr an eine Herde von Kühen als an Frauen erinnert. Die Begegnung ist sicher immer die gleiche. Nur daß diesmal wir die Herde sind und daß wir kichern statt zu muhen, scheint die Behaarten zu überraschen. Mit ihrer rührenden Logik von Zivilisten erkundigen sie sich wie Touristen: »Sind das Irre?«

Die Deutschen biegen sich vor Lachen, die Polen feixen, sogar wir glucksen. Alles spielt sich für sie genauso ab wie für uns (das Unvorstellbare hat seine Grenzen). Nach ein paar Minuten tauchen sie allmählich, eine hinter der andern, wieder auf, genauso nackt und kahl wie wir, ganz blöde vom Dampf und von der Panik.

Ich erinnere mich an den Augenblick, als ich das erste Mal aus der Desinfektion kam und die Menge der nackten, abstoßend weißen Schädel sah: ein Feld von Kohlköpfen.

Ein unglaublicher Anblick: ich war wohl einen Moment lang völlig daneben, denn ich sah keinen Zusammenhang zwischen mir und diesem Meer leuchtender Schädel. ›Es sind Irre‹, hatte ich mir gesagt, und ich wartete. Aber die offene Tür spuckte ständig weitere Kohlköpfe aus. Erstaunlich! Diese Krankheit ruft immer dieselben Symptome hervor. Die gleichen abstehenden Ohren, das gleiche wächserne Gesicht, das gleiche idiotische, gequälte Grinsen.

Eine von ihnen deutet mit dem Finger auf mich: »Großer Gott, wie sehen Sie denn aus!« Doch auf ihrem nackten Schädel schwillt eine blaue Ader. Diese Stimme habe ich schon einmal gehört; dieses Ungeheuer erinnert mich an jemand... Illus aus Miskolc! Die schöne blonde Illus. (Sogar der Wachtposten hatte sich angeboten, sie aus der Ziegelei entkommen zu lassen.)

Ich greife an meinen Kopf, obwohl plötzlich alles klar ist. Sie macht eine beruhigende Handbewegung – wie um mir den scheußlichen Moment zu erleichtern, den sie selbst gerade durchgemacht hat. Sie, die den herrlichsten Schmuck der Welt eingebüßt hat, bemüht sich mit rührendem Eifer, mich zu trösten, mich, die ich nur zwei armselige Zöpfe verloren habe.

»Was bedeuten schon die Haare«, sagt sie, »wo wir doch alles verloren haben, sogar die Tränen, um zu weinen. Es wächst wieder nach, Sie werden sehen, es wächst schnell nach.«

Stumm schaue ich sie an. Wenn sie sich sähe! Ihre riesigen Ohren! Und welch unmögliche Form ihr Schädel hat!

Mir scheint, als wären alle Qualen, alle Verluste nichts im Vergleich zu dieser hier! Als hätte der Rasierapparat mich von mir selbst abgeschnitten.

Vielleicht sind wir eine neue Spezies, die die Geschichte noch nicht verzeichnet hat; eine typisch deutsche Entdeckung: etwas zwischen Mensch und Ding. Von den menschlichen Eigenschaften bleibt ihm nur die Fähigkeit zu leiden, genauer: ein leidendes Ding.

Wenn uns etwas zustieße, meinem Heft oder mir, ginge der Ausdruck verloren, und das wäre schade. Er hätte einem Historiker nützen können – es sei denn, unsere Geschichte bleibt ohne Zeugen wie ein Loch in der Zeit – oder so unglaubwürdig, daß kein Zeugnis etwas nützen würde.

Doch zurück zum *Waschraum*.

Innerhalb von drei Wochen werden wir zum zweitenmal rasiert. Was von unseren Köpfen fällt, ist kaum mehr als einen Zentimeter lang. Der Schmerz ist der Apathie gewichen. Ich erinnere mich vor allem an den brennenden Wunsch, mich hinzusetzen, wohin auch immer, der Platz sollte nur trocken sein und die Temperatur erträglich, denn der Zement ist eisig.

Wir warten auf die Kleiderausgabe, eng aneinandergekauert versuchen wir, uns vor der Kälte zu schützen.

Die Holländerinnen bibbern und wagen nicht, näher zusammenzurücken – Novizinnen, die sich ihrer Nacktheit schämen. Sie haben nicht den Mut, uns anzuschauen, obwohl wir sie schamlos und gutmütig mustern. Eine spöttische Stimme ruft ihnen zu:

»Na, Kolleginnen? Ist der Nudismus bei euch nicht in Mode? Wir dagegen ziehen uns nur noch aus, wenn ein paar Männer in der Nähe sind.«

Und sie lacht so laut und ausgelassen, daß die paar tausend ›Nudistinnen‹, die sie umringen, ebenfalls lachen müssen, auch wenn kein Anlaß besteht, sich zu freuen. Je dunkler der Abend wird, desto nackter fühlen wir uns. Und so werden wir die Nacht verbringen. Keine Spur von einem Waggon.

Wie ein einziger Körper aneinanderklebend, wie eine Art schnarchendes Ungeheuer aus tausend Kehlen stöhnend und hustend. Von Zeit zu Zeit peitschen uns die Deutschen auseinander. Aber wir rücken gleich wieder zusammen, denn die Kälte schreckt uns mehr als die Schläge.

Der Tag ist erträglicher, was wir dem Juni zu verdanken haben und jenem absonderlichen, drolligen Geschöpf, »das sich nur noch auszieht, wenn ein paar Männer in der Nähe sind …«

Und jetzt habe ich plötzlich Lust, alles hintanzusetzen und mich nur noch mit ihr zu befassen.

Man stelle sich einen langen, dünnen, knabenhaft flachen Körper vor, auf Säulen, die eine Kathedrale samt ihren Türmen tragen könnten. Trotz diesem massiven Unterbau drückt sie – aus Nachlässigkeit oder vielleicht weil ihre Länge sie selbst erschreckt – den Rücken durch, so daß ihr Bauch sich vorschiebt und ihrer Gestalt die Form eines S verleiht. Möglich, daß in ihrer lässigen Haltung ebenso wie in ihrer Mimik und noch der geringsten ihrer Äußerungen lediglich ihre grundlegende Unverschämtheit zum Ausdruck kommt, und daß sie ohne diese Art von extravagantem Humor nur eine ziemlich gewöhnliche, hoch aufgeschossene Kahlgeschorene ist. Dennoch neige ich zu der Vermutung, daß sie von Geburt ein extremes Wesen ist. Als wäre die Welt nicht nach ihrem Maß und als verspürte sie ständig das Bedürfnis zu explodieren.

Sie hört auf den lieblichen Namen Julika.

Aus der Nähe wirkt sie tatsächlich recht jung, aber was bedeutet das schon, die Phänomene sind zeitlos. Übertreibe ich? Möglich. Aber ist sie selbst nicht eine Art Übertreibung, die Ausgeburt einer zügellosen Phantasie?

Dabei scheint diejenige, die sie zur Welt gebracht hat, nicht gerade vor Phantasie zu strotzen. Eine Person, die wegen ihres Alters, ihrer Kahlheit, ihrer Mutterschaft und ihrer nicht alltäglichen Geschwätzigkeit schwer zu beschreiben ist. Auch sie scheint eine Übertreibung zu sein, an der Grenze zum Altersschwachsinn! Ununterbrochen protestiert sie, jammert über die Kälte, die Haarschneidemaschine, die »unbeschreibliche« Behandlung, die die Nazis ihr und ihrer Tochter zumuten, über den »ekelhaften« Zementboden (bei ihr zu Hause, in ihrer Villa in S., in die wir übrigens alle eingeladen sind, glänzt das Parkett wie ein Spiegel. Die deutsche Kultur! Welche Enttäuschung für sie, die ihre Ferien jedes Jahr in Baden-Baden verbrachte, die den *Faust* gelesen hat! Wie nur konnte dieses in Hygiene vernarrte Volk so grauenhafte Latrinen bauen! Der Krieg, die Deportation, das alles greift ihre Nerven an! Hemmt ihre für die Bühne so außergewöhnlich begabte Tochter in ihrer Entwicklung, man hätte sehen sollen, wie sie mit ihren goldblonden Locken bei der Schulaufführung von *Csongor und Tünde* die Fee spielte! Auch sie selbst habe in ihrer Jugend bei einer Wohltätigkeitsveranstaltung Erfolg gehabt. Bestimmt habe das Kind seine künstlerische Veranlagung von ihr geerbt.

Aber ›das Kind‹ leugnet heftig, irgend etwas von ihr geerbt zu haben. Sie sei die Tochter ihres Vaters, eines Schürzenjägers, Spielers, Lügners. Aber welche Klasse!

»Es muß an der Verkalkung liegen«, erklärt sie uns im Angesicht der Matrone, die unter der allgemeinen Heiterkeit erstarrt. »Es stimmt, vor der Sintflut hat sie die Ferien einmal in Baden-Baden verbracht, und vom *Faust* kennt sie bloß den Titel. Außer Küchenrezepten beschränkt sich ihre Bildung auf Agatha Christie.

Goldblonde Locken, ha, ha, ha …! Was für ein Witz! Unsägliche Zotteln, wie man sie selten sieht.«

Fast ist sie erleichtert, sie los zu sein. Das sei das einzig Gute, das die Deutschen für sie getan hätten.

In *Csongor und Tünde* habe sie tatsächlich Erfolg gehabt, aber wohlgemerkt in der Rolle der Hexe. Gebaut, wie sie sei, mit ihrer Stimme eines Droschkenkutschers, seien die Naiven wirklich nicht ihr Ding. Und mit einigen wiegenden Hüftbewegungen ihrer extravaganten Gestalt spielt sie die affektierte gute Fee so umwerfend komisch, daß das nackte Publikum sich schieflacht.

Aber wir haben kaum Zeit, wieder zu uns zu kommen, als anstelle der affektierten Fee bereits eine schauderhafte, bucklige und hinkende Megäre erscheint: Mirigy, die Hexe. Listig glänzen ihre schielenden Augen, und ihr welker Mund stößt gräßliche Flüche aus (die Empfindsamsten von uns weichen zurück). Plötzlich richtet sie sich auf, bleich, mit glühenden Augen starrt sie anklagend auf einen Punkt im Raum und bricht in beißendes Gelächter aus. Einen Augenblick hält der überfüllte riesige Saal den Atem an.

»Bist du Gefangner? Nein … Was macht dann dieser Lakai vor meiner Tür? Da ist er …!«

Mit ausholender Geste öffnet sie eine imaginäre Tür, packt mich – ich bin in ihrer Reichweite – und stößt mich vor.

Einen Augenblick stehe ich verwirrt vor meinem königlichen Gefangenen und spüre die Verachtung, die mich von allen Seiten umzingelt. Ein majestätischer

Wink mit der Hand und ich bin entlassen, was es dem unglücklichen Sohn des großen Kaisers erlaubt, triumphierend aufzulachen, weil er (mit meiner Hilfe, des Spions) den alten Schurken Metternich entlarvt hat.

»O, der naive Herzog von Reichstadt!«

Das ist der einzige Satz, den ich von Rostands Drama (*Der junge Aar*) behalten habe. Aber die Worte sind uns schnuppe! Ich habe das Stück mehrmals gesehen, sogar im Nationaltheater von Budapest mit Hilda Gobbi. Sie war großartig in ihrer herzoglichen Pracht – und sie hat Aufsehen erregt –, aber noch nie habe ich das wirkliche Publikum im wirklichen Theater so verzaubert gesehen, wie wir, nackt auf dem nackten Stein, es während dieser zauberischen Improvisation waren.

Noch vier oder fünf Seiten über das ›Phänomen‹. Dann wurde ich wütend und habe sie herausgerissen. Mir schien, daß diese leicht Verrückte zuviel Raum in meinen Gedanken, meinen Notizen einnahm, daß wir immerhin mitten in einer Katastrophe steckten, wie es seit der Sintflut keine gegeben hat – kurz, daß sie mich die Katastrophe in gewisser Weise hintansetzen ließ (es sei denn, ich kann den Erfolg der andern schlecht ertragen, wo immer es sei, sogar inmitten einer Katastrophe).

*

In unserem neuen Lager sind wir in Quarantäne. So kann ich wenigstens meinen ›Reisebericht‹ beenden. Ich muß mich beeilen, der neue Stoff schwillt gefährlich an. Und es gelingt mir nur mit Mühe, die Tagesereignisse zu verscheuchen, die mich bedrängen: den *Zählappell*, meine Bettnachbarinnen, die Tatsache, daß ich heute morgen über einen Totenschädel gestolpert bin. Dieses Lager befindet sich nämlich auf einem ehemaligen jüdischen Friedhof – bald rutscht man auf einer Rippe, bald auf einem Schienbein aus. Einmal bin ich auf ein vollständiges Gebiß gestoßen.

Man gewöhnt sich daran wie an den Staub und den Schlamm, man tritt darauf oder stößt es mit dem Fuß beiseite. Die arme Seele, deren Gebeine unter unseren Schritten knacken, wird uns hoffentlich verzeihen. Würde sie an unserer Stelle etwas anderes tun? Fast wäre zu befürchten, wir könnten verlernen, uns zu wundern, wenn die Person, die jeden Sommer in Baden-Baden gewesen ist und ein Phänomen zur Welt gebracht hat, diese Fähigkeit nicht an unserer Stelle ausüben würde.

Tagelang kauert sie auf den Stufen der Baracke und zeigt jedem, der an ihr vorbeikommt, ein Stück Schädel, das sie im Sand gefunden hat. Sie seufzt.

»Was sagen Sie dazu?« (Und verliert sich in Gedanken wie Hamlet.) »Da sehen Sie, was der Mensch ist und wohin er gelangen kann!«

Wenn nicht zu viele Leute in der Nähe sind, beugt sie sich zu deinem Ohr und flüstert betrübt:

»Meinen Sie, sie werden uns wirklich umbringen?«

»Wie kommen Sie denn da drauf!

»Und die polnischen, deutschen, slowakischen Juden?«

»Das ist was anderes.«

»Warum was anderes?«

»Darum.«

Ich verziehe mich und bin überzeugt, daß man die alte Schachtel irgendwann erschlagen wird. Diesem traurigen Los könnte sie nur entgehen, wenn sie stumm würde.

Das erinnert mich an einen Vorfall, den ich nicht aufgeschrieben habe (man kann nicht alles aufschreiben).

Ort der Handlung: der *Waschraum*.

Heldin: Julika.

Sie improvisiert gerade eine Opernszene, ein sehr amüsantes Sopran-Tenor-Duett. Die Lippengymnastik geht fast lautlos vor sich. Sie hebt die Augen zur Decke und gurgelt einen Moment lang vor einem Publikum, das vom Lachen ebenso erschöpft ist wie vom Hunger. Plötzlich hält sie mitten in einer Koloratur inne, was die Heiterkeit noch steigert.

»Was geht hier vor?« fragt sie mit ihrer heiseren Stimme.

Im Glauben, es handele sich um eine neue Nummer, lacht die Menge weiter. Aber bald ist etwas zu hören, was bestimmt nicht zur Vorführung gehört: irgendwo, ganz in der Nähe, regelmäßige dumpfe Schläge, als würde jemand gegen die Wand hämmern. Jetzt, wo ich darauf achte, scheint mir, als hätte ich sie schon einmal gehört: diese Geräusche von Auschwitz und das Unbehagen, das sie auslösen! Ich spreche nicht von dem Lärm, in dem wir ständig leben, den wir selbst machen, sondern Töne, die uns stoßweise erreichen, undeutlich, und deren Quelle wir nicht kennen, die wir manchmal für Einbildung halten, als ob irgendwo, nicht sehr weit von uns, ein paralleles Leben abliefe. (Und wenn es nur das gedämpfte Echo unserer Ängste wäre?)

Stille: das ist lediglich der Unterschied zwischen zwei Arten von Lärm, einem nahen, vertrauten, und einem unsichtbaren, beunruhigenden.

In den ersten Wochen machte ich kaum ein Auge zu. Die Angst, von Schreien und Schlägen geheimnisvoller Herkunft geweckt zu werden, hielt mich bis zum Morgen wach. Ich lauerte, horchte, hörte alles, und doch schien mir am Morgen, als hätte ich es nur geträumt. Schließlich überwältigte mich die Müdigkeit, und die wirklichen Träume kamen. Alles verschwamm, und ich könnte nicht sagen, was schwerer zu ertragen war: was ich im Wachen oder was ich im Traum hörte.

Was ist in sie gefahren?

»Hier braut sich was zusammen«, brüllt sie, »warum lassen sie uns seit zwei Tagen nackt?«

Sie drückte auf die Klinke der Tür, die nie abgeschlossen ist, aber nicht aufgeht. Sie schlägt und rüttelt.

»Hör auf«, schreit jemand.

Dann fangen wir alle zu schreien an. Das ist das Beste, was man gegen die Angst tun kann. Hier sind ›Einfälle‹ ansteckend; diese Verrückte hätte die ihren besser für sich behalten, denn nun besteht die Gefahr, daß sie gelyncht wird. Aber sie will sich nicht beruhigen. Ihre

Fäuste hämmern weiter auf die Eisentür, während man an ihr zerrt, sie schlägt und ihre arme Mutter sich schluchzend an sie klammert.

Der Übergang von der Opernparodie zum Nervenzusammenbruch geschah fast schlagartig. Wie konnte sich diese fidele Versammlung so schnell in eine wilde Horde verwandeln? Und wie hat sie sich ebenso plötzlich wieder beruhigt? Ich bin dabeigewesen, und trotzdem kann ich mir nicht erklären, wie innerhalb weniger Augenblicke aus so vielen verschiedenen Menschen ein so schrecklich einfaches *Ding* werden kann.

Die Nacht ist ohne weiteren Zwischenfall verlaufen. Ich glaube nicht, daß viele Schlaf finden konnten. Ein einziges Mal habe ich ein friedliches, regelmäßiges Schnarchen gehört: es war Julika. Ihre alte Mutter hielt, auf die Ellbogen gestützt, Wache über ihr.

Es war noch dunkel, als das Schloß quietschte. Einen Augenblick lang blieb ich mit geschlossenen Augen regungslos liegen, in die Nacht gehüllt. Ich versuchte, mir vorzustellen, daß ich schon lange tot bin und dies alles wäre nur ›das Leben danach‹ – wo mir nichts mehr geschehen, nichts mehr mich berühren könnte. Ich atmete fast nicht mehr. Und es überkam mich die Gleichgültigkeit des Nichtseins, als plötzlich eine höchst irdische Stimme zu mir drang, Sofis Stimme.

»Steh auf, wir kriegen Klamotten!«

Ich sprang auf wie ein Ball.

Bibbernd, aber leichten Herzens lehne ich mich an die Wand des Waggons in meinem neuen Kleid, in dem fünf wie ich bequem Platz hätten. Wohin bringt man uns? Egal! Denn irgendwo werde ich ja *sein* ... Mein Herz schlägt im Rhythmus der Räder: ›Ich lebe, ich lebe.‹

*

Aber man gewöhnt sich daran, zu *sein.* Und dann kommen die Kälte, der Hunger und diese widerlichen verdreckten Planken! Nach einer halben Stunde sehen wir aus wie schwarze Katzen. Unmöglich, sich zu wärmen. In dem riesigen Viehwaggon sind wir nur zwanzig, und auch wenn wir zusammenkriechen, bleibt doch immer jemand am Rand, den Rücken der Nacht ausgesetzt. Und dieser Jemand bin gewöhnlich ich, die Kleinste, die Schmächtigste. Immer werde ich weggestoßen.

»Hör auf zu zappeln, du bist kein Kind mehr.«

Ist das ein Grund, sich den Tod zu holen?

Ich weiß nicht, wie viele Tage, wie viele Nächte wir gefahren sind. Drei ... fünf? Zu essen haben wir zweimal bekommen. Licht sahen wir nur, wenn der Fäkalieneimer geleert wurde. Zum Schluß hatten wir keine Kraft mehr zu sprechen; wir versuchten nicht einmal mehr, uns zu wärmen. Mir fehlte sogar die Kraft, mir vorzustellen, daß ich seit langem tot wäre. Als sich die Waggontür endlich öffnete, fielen wir steif wie Bretter auf den Bahnsteig.

Polen, trübe, naß. Der Regen klatscht in dicken Tropfen auf unsere kahlen Schädel und breitet sich schlaff darauf aus.

Während die Kolonne sich formiert, sehe ich aus einem der Waggons Schweine kommen. Gemächlich trotten sie über die eigens für sie angebrachte Leiter: gepflegt, sauber, rosig. Woher kommen alle diese fetten Schweine in einem so mageren Land?

Endlich marschieren wir los, neben je zwanzig von uns geht eine Wache, müde und trüb wie das Wetter.

Einer von ihnen verrät uns, daß das Lager vier Kilometer entfernt ist; wir begeben uns nach Plaszow, in einen Vorort von Krakau.

Was sie Krakau nennen, ist so deprimierend, daß ich während des Marsches versuche, die Augen zu schließen. Trotz der unversehrten Häuser, die aus den Ruinen ragen, fällt es mir schwer, zu glauben, daß diese Steinwüste mit ihren riesigen Kratern voller Schlamm, die uns am Weiterkommen hindern, einmal eine Stadt gewesen ist. Manchmal zeigt sich hinter einer Fensterscheibe ein Gesicht; es erstaunt beim Anblick dieser kahlen Herde und zieht sich diskret zurück, sobald es sich beobachtet fühlt. Ich beneide diese Gesichter, der Regen berührt sie nicht; sie können allein in einem Zimmer sein und uns durchs Fenster mitleidig anschauen. Noch haben sie etwas zu verlieren.

Überall Uniformen. Sie wimmeln zwischen den Trümmern, schreien, lachen. Wie gut sie ins Bild passen! Zerstörte Städte, zerstörte Leben – ihr Werk auf dieser Erde, die sie mit ihren Stiefeln verletzen, mit ihrem Atem verpesten.

Wir marschieren durch die nicht existierenden Straßen einer Stadt, die es nicht mehr gibt. Sogar der Regen scheint auf unseren Körpern zu stöhnen. Ich schließe die Augen, klammere mich an meine Nachbarinnen und konzentriere mich auf die Bilder, die als bunte Kreise hinter meinen Lidern oder irgendwo vor mir in der Luft tanzen. Und so unglaublich es erscheinen mag, diese Bilder sind alle bunt und voller Sonne: hellgrüner Rasen, rings um einen Brunnen dreht sich ein Reigen von Personen, die mitten aus dem Wald gekommen sind, in immer engeren Spiralen. Ist mir wieder schwindlig? Ein herrliches Tor aus weißem Buchenholz. Eine Steinbank mit eingemeißelten Tieren und Blumen. Ich öffne die Augen.

Das Tor vor mir ist aus Eisen. Nichts ist hineingemeißelt, nur ein Plakat trägt auf rotem Grund die vertraute Inschrift: *Arbeit macht frei.* Die Wache macht Meldung, und ein ganzer Trupp Gummimäntel eilt herbei, um uns in Empfang zu nehmen. Sie zählen uns und zählen uns noch mal, erregt, als wären wir Geld.

Wir marschieren auf einer Allee zwischen zwei Reihen von Strommasten. Kerzengerade reihen sie sich vor uns aneinander, wie in Habachtstellung.

Der Weg ist mit kleinen weißen Kieselsteinen bedeckt. Im Weitergehen erblicke ich plötzlich einen Berg, ganz in der Nähe, einen Steinwurf entfernt.

»Der Berg«, sage ich.

Ich strecke die Hand aus, als wollte ich diese Überraschung meiner Fünferreihe zum Geschenk machen. Aber die Zombies, die neben mir vorwärtswanken, heben nicht einmal den Kopf.

»Der Berg!«

Ich stoße eine, die im Gehen schläft, mit dem Ellbogen an.

»Na und?« knurrt sie.

Mit einem Mal weiß ich, was ich bisher so schmerzlich vermißt habe: das Grün.

In Auschwitz habe ich keine Bäume gesehen und auch nicht auf dieser langen polnischen Straße: keinen einzigen, seit man mich zum ersten Mal in einen Waggon verfrachtet hat. Merkwürdig, daß es mir nicht aufgefallen war. ›Vernichten‹ sie denn auch die Bäume? Scheiße. Je näher wir kommen, desto geringer wird die Entfernung und mit ihr die Hoffnung: mein Berg ist nur ein kleiner Hügel, ein armseliger nackter Erdhaufen...

Wie überall sind die Baracken eingezäunt. Aber man muß zugeben: sie wirken weniger erschreckend als die von Auschwitz! Alles hier trägt die Zeichen des Provisorischen, des Zusammengestoppelten. Die Gebäude ähneln Badekabinen, und die Häftlinge in ihren schwarzen Gummimänteln und ihren schwarzen Lackstiefeln unterscheiden sich kaum von ihren Aufsehern.

Die Polinnen sind schön, die Männer gut gewachsen. Trotz des schlechten Wetters und unserer großen Müdigkeit beäugen wir sie mit wehmütiger Neugier. Ihre ›Eleganz‹ verwirrt uns.

Unsere Ankunft sorgt für einen wahren Massenauflauf. Und schon werden wir von all diesen Gummimänteln umringt, bedrängt. Sie gestikulieren, lachen, sprechen zu uns in ihrer melodiösen Sprache. Wir können ihnen nur mit Grinsen antworten.

An einem langen Tisch sitzen fünf Frauen vor fünf Blättern Papier und nehmen jeweils in Fünfergruppen unsere Personalien auf. Danach drücken sie uns ein Stück Stoff mit einer roten Nummer in die Hand. Ich habe die Nummer 1555. Von neuem besitzen wir also einen Namen, ein Geburtsdatum, einen Beruf. Ich betrachte mich mit neuer Wertschätzung. Registriert sein, irgendwo vorkommen, mit dem Gefühl der Legalität!

Vielleicht hat der Regen seine letzten Tropfen verausgabt, denn nach getaner Arbeit hat er aufgehört. Und um sein Werk zu vollenden, schickt er uns den Sturm. Ein eisiger Wind fegt über den nach allen Seiten offenen Platz und bläht unsere wie nasse Fahnen klatschenden Kleider.

Ich spüre, wie mein Hals anschwillt, wie mich bald kalte, bald heiße Schauer durchlaufen. Gleichmütig prophezeit Sofi: Lungenentzündung. Ausgerechnet in dem Moment, wo sich uns die besten Aussichten bieten: ein ehrenwertes, ›legales‹ Häftlingsleben …

Zum Glück ist die Natur weniger logisch als Sofi. Unter den zweitausend Personen, die nach einer mehrtägigen Reise in einem Waggon und vier Kilometern

Fußmarsch unter strömendem Regen, gefolgt von mehreren, in nassen Fetzen im Stehen verbrachten Stunden, hier angekommen sind, hat es nur zwei harmlose Grippefälle gegeben.

Sofi und ich: in bester Verfassung.

Wenn ich sage: »Wir ruhen uns aus«, bin ich weit von der Wirklichkeit entfernt. Kann man das fröhliche Knacken der steifen Knochen, die Lobeshymne der beengten Lungen und des schmerzenden Rückens überhaupt in Worte fassen, die Freudenschauer eines gepeinigten Körpers, der sich der sanften Umarmung eines Strohsacks und einer warmen Decke überläßt?

Wir durchlebten eine wahre Metamorphose: wir sind jetzt Murmeltiere. Von morgens bis Mitternacht und von Mitternacht bis zum Morgen schnarchen wir um die Wette.

*

Wer noch nicht am abendlichen *Zählappell* teilgenommen hat, weiß nichts von Plaszow. Wir, die Neuen, sind noch immer in Quarantäne und beobachten vom Fenster aus diesen prächtigen Aufmarsch. Die erleuchteten Baracken sehen aus wie richtige Häuser und die sportlich gekleideten Deportierten wie richtige Männer und richtige Frauen, die sich aus einem richtigen Grund auf dem Platz einer richtigen Stadt versammeln. In der Mitte des Platzes steht ein hohe Stange, an deren Ende eine rote Fahne mit einem Hakenkreuz flattert. Aber nicht immer. Wenn sie von der Stange verschwindet, so ist dies das Signal zu einer schauerlichen Zeremonie.

Das Aufhängen hat mit dem Lokalkolorit zu tun und ist in Plaszow Tradition. Eine ›Methode‹, die der Lagerkommandant befürwortet. Auf sein ausdrückliches Ersuchen hin werden die ›Politischen‹ aus Krakau und anderen polnischen Gefängnissen nach Plaszow geschickt; darunter Frauen, Gymnasiasten, manchmal sogar Kinder. Die meisten von ihnen hat ein unbedachtes Wort, eine Grimasse oder einfach der Verdacht, das *Reich* nicht im Herzen zu tragen, vor die Stange gebracht.

Ein Revolver täte es genausogut. Aber der Kommandant von Plaszow liebt Paraden, er ist ein Ästhet.

Deshalb wird diesen armen Teufeln die ›Ehre‹ zuteil, in feierlichem Rahmen unter den Blicken Tausender von Zuschauern erdrosselt zu werden.

Es heißt, der Schönheitssinn des Kommandanten gehe so weit, daß er einmal einem jungen Mädchen nur deshalb eine Kugel durch den Kopf gejagt hat, weil ihre Schnürsenkel schlecht gebunden waren. Den Einheimischen zufolge ist er ein Spieler, ein launenhafter Mensch, einer jener raffinierten Sadisten, der sich nach jedem Hängen Mozart und Bach genehmigt. Im Augenblick scheint er das Lager zu meiden. Sollte er gemütskrank sein? Oder liegt es am ungelegenen Vormarsch der Alliierten? Wir dürfen uns aber nicht zu früh freuen; wir werden noch einige bestürzende Darbietungen zu sehen bekommen.

Wir stehen alle am Fenster und betrachten diese Art Volksfest: die Frauen mit weißem Kopftuch, die Männer in glänzenden schwarzen Stiefeln. Die Kopftücher vorne, die Stiefel dahinter. Sie bilden rings um die Stange zwei schnurgerade Vierecke. Weiß und schwarz, die Farben der Grabsteine, und diese Stange mit der im Wind wehenden Fahne erinnert an einen dürren Mönch, der eine seltsame Zeremonie lebender Toter abhält.

*

Ich habe vergessen, von den Kapos zu sprechen. Ein Mann mit Armbinde vor jeder Reihe und drei oder vier, die sich mitten auf dem Platz frei bewegen. Mit überdrüssiger Miene schlendern sie umher und spielen mit ihrer Peitsche, während die untergeordneten Kapos vor lauter Zählen schwitzen. Sie sind die Ranghöchsten unter den Häftlingen, abgesehen von der *Lagerältesten.*

Die *Lagerälteste!*

Man stelle sich ein Huhn vor, das zur Hälfte gerupft, zur Hälfte platinblond ist. Wenn sie sich umdreht, erblickt man mit Entsetzen das Gesicht einer alten Äffin, traurig und stark geschminkt. Oft bricht sie in einsames Gelächter aus, bei dem uns das Blut in den Adern stockt. Will sie sich damit selbst aufmuntern? Oder ihr makelloses Gebiß zur Geltung bringen?

Diese Janusköpfige, halb Affe, halb Huhn, die wohl irgendeine Kinderkrankheit daran gehindert hat, eine normale Größe zu erreichen, ist jedoch imstande, sich bei den Deutschen unterzuhaken, dank sehr hohen Absätzen, die es ihr ermöglichen, den Ellbogen eines durchschnittlichen Fritzen zu erreichen. Die einen meinen sie sei Halbjüdin, die anderen sie sei Vierteljüdin. Es heißt, sie habe den Kommandanten in der Tasche und ihre überschäumende Heiterkeit gehe mit einer erfinderischen und unersättlichen Grausamkeit einher. Aber wie soll jemand mit so einem Äußeren denn sanft und rechtschaffen sein? Die Zwergin und das Lager. Sind sie nicht wie geschaffen, gemeinsam zu gedeihen – wie zwei Geschwüre ein und derselben Krankheit?

*

Heute beim Appell unter den wenigen Männern mit Armbinde, die frei herumlaufen dürfen, meinen Freund mit dem Heft erkannt. (Wie hätte ich ahnen können, daß ich mich einer der Hauptgottheiten an den Hals geworfen habe?) Ich hatte große Lust, ihm zuzuwinken, nur um zu sehen, ob er mich wiedererkennt.

Ich weiß, was der Preis für jeden Platz auf diesem ›Olymp‹ ist. Aber auch wenn ich mehr wüßte: niemand hat ihn gezwungen, mir das Heft zu schenken! »Auch nicht, Lagerkapo zu werden« (sagt Sofi). Bin ich zu nachgiebig, an der Grenze zum Opportunismus? Die Gewißheit erschreckt mich – meine eigenen Argumente, sobald ich mit ihnen allein bin. Als ob die Einsamkeit alles in Frage stellte. Wenn ich meine ›Seele‹, mein ›Bewußtsein‹, meine menschliche Natur in die Hand nähme, so fände ich darin etwas Homogenes, Festumrissenes, abgesehen von Gemeinplätzen wie: ganz entschieden verabscheue ich die Fritzen, ich würde sie sogar verabscheuen, wenn ich Deutsche wäre und frei, sogar wenn sie nicht die geringste Bedrohung für mich oder meine Familie darstellten: sie beleidigen alles in mir, was mich von einem Schaf unterscheidet.

*

Man hört die Kanonen. Sie kommen, sie kommen, sie kommen! Was könnte es sonst bedeuten? Wenn ich nur ein Hundertstel der Nachrichten glauben könnte, die täglich als die ›letzten‹ und ›sichersten‹ in die Baracke dringen.

*

Den Anzeichen nach hätten sie gestern mittag hier sein müssen. Und noch immer nichts! Die Boches wirken nicht über die Maßen beunruhigt. Sollten die anderen zum Stehen gekommen sein? Ausgerechnet vor Krakau? Wenn sie wüßten, daß wir buchstäblich verkümmern, sobald der Kanonendonner aufhört! Die erste Detonation, und alles lebt wieder auf.

Ich schwatze. Bloß, um meine Unruhe zum Schweigen zu bringen, umsonst. Es heißt, daß wir fortgebracht werden, weg von der Front, irgendwohin ins Mutterland.

Das fehlte uns gerade noch: das Mutterland!

*

Keine wichtige Neuigkeit. Ich berichte von den unbedeutenden nur, um mich zu beschäftigen, und beginne mit dem Kochtopf. Sofi hat einen Kochtopf gefunden. Nicht im Müll, schwört sie, obwohl ich nicht danach gefragt habe. Die Zweifel über seine Herkunft haben mich nicht daran gehindert, eifrig an seiner Umwandlung aus einem Stück Schrott in einen Gebrauchsgegenstand mitzuwirken. Und mit gewissem Stolz kann ich sagen: der Topf ist gebrauchsfähig und sogar tadellos, nachdem wir einen Teil unserer Brotration dem edlen Zweck der Lochabdichtung geopfert haben. Zwar haben wir ihn bisher nur zum Wassertrinken benutzt, und wir fragen uns besorgt, ob er auch warmer Flüssigkeit ›widerstehen‹ wird.

Es läutet. Ich werde nach dem ›Mittagessen‹ weitermachen.

Der Topf ist dicht, die Suppe bleibt immer in derselben Höhe. Wir haben sie schon seit einer ganzen Weile eingefüllt, aber noch nicht angerührt.

O die ›Menüs‹ von Auschwitz! Zwar argwöhnten wir auch dort manchmal, daß Sand im Brot war, aber niemals, daß, wie hier, Kieselsteine in der Plörre gluckern wie Kartoffeln im Gulasch.

Es gibt ein paar davon, die unbeachtet in den Magen rutschen und sich dort so bescheiden benehmen, daß man sie nicht einmal bemerkt. Doch die meisten lassen sich zwar ganz leicht schlucken und beginnen tückischerweise erst später im Rachen oder im Bauch spürbar zu werden. Bei mir ist es im Rücken, weiß der Himmel, warum. Da ich aber weiß, daß ich umsonst um Hilfe rufen würde, warte ich schweißgebadet auf das Ende.

Sofi, das Murmeltier, hat die ganze Nacht kein Auge zugetan. Wahrscheinlich ist ihr ein Stein von der Größe eines Fingernagels in den Magen gerutscht.

»Woher weißt du, daß er so groß wie ein Fingernagel war?«

»Er ist ganz kurz in meinem Löffel aufgetaucht, dann habe ich ihn nicht mehr gesehen.«

Klar. Sie ist ganz durchsichtig, sogar ihre Sommersprossen sind gelb geworden. Ihre Augen brennen, ihre Stimme keucht.

Die halbe Nacht habe ich ihr die Hand gehalten. »Was hat das für einen Sinn? Ruh du dich wenigstens aus«, hat sie mir großmütig vorgeschlagen. Aber ihre Stimme war so kläglich, daß ich lebhaft protestierte. »Was bedeutet schon eine Nacht?« Ich weiß nicht, wie lange ich durchgehalten habe. Als ich aufwachte, keine Spur von Sofi. Ihr leerer Platz bedrückt mich. Arme Sofi, liebe, treue Sofi! Wie oft habe ich dich in Gedanken und sogar in meinem Tagebuch verraten. Nein, von jetzt an wird alles anders! Wenn ich dich nur lebend wiedersehe! Ich finde sie über ein Waschbecken zusammengekrümmt, sie versucht zu kotzen.

»Da, der Stein!« schreie ich plötzlich ›erleuchtet‹ und beuge mich über das Becken.

Verstört schaut sie mich an, beugt sich über die Öffnung. Kurz darauf richtet sie sich erregt auf:

»Ja, ich habe ihn gesehen!«

»Und fühlst du dich nicht besser?«

Ich verschwand fast in dem Becken, als ob ich noch immer das Loch untersuchte, um mein vor Lachen verzerrtes Gesicht zu verbergen.

»Doch«, sagt sie, »ich bin ein ganz anderer Mensch.«

Und tatsächlich, sie lebt zusehends auf, ihre Stimme festigt sich, ihre Sommersprossen werden wieder dunkel.

Ich habe den Stein nicht gesehen. Ich bin versucht, ihr meinen Bluff zu gestehen, aber ich unterlasse es, aus Angst, daß sie dann wieder den Druck im Magen spürt.

Meine Angst vor Steinen hat sich gelegt. Jedenfalls ist die Plörre ungenießbar. Sogar die Erholung wird auf die Dauer aufreibend und läßt dem Hunger zuviel Zeit.

Die Zähne in irgendeine kräftige Nahrung schlagen, Fleisch, ein ganzes Brot, Käse ...! Diese Obsession macht mich verrückt. Ich denke an meinen Freund mit dem Heft, den Mann mit dem traurigen, sanften Blick, der in diesem Augenblick vielleicht Braten mit gerösteten Kartoffeln verschlingt.

Mich durchzuckt der Gedanke, daß die Bettler von ihrer Erniedrigung nichts wissen oder sich nicht darum scheren. Nur die Satten haben so was im Kopf. Der Hunger verschluckt alles.

*

Diese arme, arme Felicia. Felicia ist unsere Blockälteste. Heute hat sie mich geohrfeigt. Natürlich ist das kein Grund, sie zu bedauern. Felicia bedauert man nicht aus irgendeinem Grund, sie ist einfach bedauernswert. Als ich sie das erste Mal sah, erinnerte sie mich sofort an eine Klassenkameradin, das unglücklichste Geschöpf, das je auf den Bänken des jüdischen Lyzeums gesessen hat.

Nicht, daß sie krank, arm, Waise gewesen wäre, es fehlte ihr nichts, nur daß ein heimtückisches Schicksal über ihrem Haupt schwebte und dafür sorgte, daß ausgerechnet ihre Schulmappe während der Lateinarbeit mit Getöse zu Boden fiel. Daß sich gerade ihr Strumpfhalter genau in dem Moment löste, wenn sie an die Tafel gerufen wurde, und obwohl sie sich immer beeilte, kam sie unweigerlich zu spät, und so weiter.

Diese Kleinigkeiten machten sie unsicher oder schusselig, verliehen ihr einen verhuschten, gehetzten Ausdruck, als müßte sie sich ständig gegen einen unerwarteten Angriff zur Wehr setzen. Genau diesen Ausdruck hat auch Felicia, unsere Blockälteste: sie fürchtet sich vor so vielen Dingen auf einmal! Aber der Gedanke, daß zwischen einem kahlgeschorenen Kopf und dessen Strohsack irgendein Unterschied bestehen könnte, ist ihr noch nie gekommen. Für sie sind wir durchsichtig, nur daß sie nicht weiß, daß Durchsichtigkeit hier eine große Stärke ist. Daß es über den Fritzen, der Zwergin und den Kapos ein geheimes Kommando gibt – ein Buchstabenheer, das ich in aller Stille anführe. All die Bonzenköpfe, die ich jeden Tag problemlos rollen lasse! Die mittelmäßigen Schurken, bei denen ich zögere – wie Felicia. (Die Letzte, die ahnt, daß ihre Ohrfeige im Begriff ist, in die Geschichte einzugehen.)

Heute morgen war sie gereizter als sonst, verständlicherweise, denn der Appell hatte nicht gestimmt. Der Deutsche hatte ihr vor unseren Augen zwei Ohrfeigen verpaßt, deutsche Ohrfeigen. Alles andere als ein Klaps von ihrer schlaffen Hand!

Armes Schaf! Immer droht sie uns mit den verwirrendsten Dingen: wenn wir nicht sofort von der Pritsche herunterkommen, schickt sie uns auf der Stelle nach Dachau in die Gaskammer, läßt uns einkerkern, erschießen usw. Und das alles mit einer dünnen Fistelstimme, die überzuschnappen droht. Ich habe nicht die geringste Ahnung, wie sie zu ihrem ›Platz an der Sonne‹ gekommen ist. Das trägt ihr zwar viele zusätzliche Rationen Brot und Marmelade ein, aber wenig Ruhm. Dennoch klammert sie sich krampfhaft daran. Vielleicht ist sie deshalb so zerfahren, angespannt, maßlos. Sie kommt zwei Stunden vor dem Appell, zählt uns fünfundzwanzigmal, und doch ist sie die einzige

Blockälteste, die sich unfehlbar vertut. Die Deutschen machen einen Narren aus ihr, nur selten kommt sie ohne Ohrfeige davon. Und das läßt sie an uns aus. Heute morgen, nach der erwähnten Ohrfeige, habe ich sie am Arm gepackt. Ich weiß nicht, wie es kam, aber plötzlich spürte ich in meinen Fingern so etwas wie den zerbrechlichen Knochen eines zitternden Vogels. Ich habe sie sofort losgelassen. Sie hat eine Bewegung gemacht, als wollte sie mich noch einmal schlagen, dann hat sie es sich anders überlegt und sich auf dem Absatz umgedreht. Vielleicht fühlte sie sich nicht imstande, einem Skandal auf würdige Weise zu begegnen.

Festzuhalten: es ist die erste Ohrfeige im Lager, die mich nicht berührt. Weil Felicia sie mir gegeben hat und weil ich mich gewehrt habe? Allmählich kenne ich die Musik und fange an, mich daran zu gewöhnen. Die ›Eitelkeiten‹ fallen eine nach der anderen ab. Mein aufbrausendes, rachsüchtiges Ich ist bereit, sich aus allen Bereichen zurückzuziehen, die es nicht betreffen. Und hier gibt es nur einen Bereich, der mich betrifft: mein Heft. Hier kann mich niemand verletzen, niemand berühren, es ist nur meine Haut: jeden Tag ein wenig mehr zu Haut werden!

*

Ich habe Sofi aus meinen Notizen vorgelesen. Sie findet es nicht schlecht, aber meine früheren Tagebücher seien ›persönlicher‹ gewesen.

Ich habe es noch nie erwähnt: seit meinem elften Lebensjahr führe ich Tagebuch. Ich habe sechs dicke Hefte in einer Schultasche bei der Hausmeisterin gelassen. Hoffentlich hebt sie sie auf! Ich habe Alpträume deswegen, die mit Abwandlungen immer wiederkehren: Ich gehe irgendwo auf einem Platz spazieren (in der Umgebung des Stadttheaters von N.). Ich drücke meine Hefte an mich, es ist windig, und ich gehe vorsichtig weiter. Dabei weiß ich ganz genau, daß es geschehen wird, daß es unausweichlich ist. Und als die Hefte zu rutschen anfangen, unternehme ich nichts, um sie festzuhalten. Ich sehe zu, wie der Wind die Seiten verstreut und die Sohlen der Passanten auf sie treten. Es ist, als wohnte ich meiner eigenen Beerdigung bei und hätte nicht die Kraft zu schreien: »He, ich lebe!«

Wer noch nie das Bedürfnis hatte, alles aufzuschreiben, was er denkt, sieht, berührt, wird mir vielleicht vorwerfen, daß ich übertreibe. Aber es ist wahr. Es gab lange Perioden, in denen ich nur durch und für mein Tagebuch gelebt habe. Ich kritzelte in der Schule unter der Bank, im Badezimmer auf der Toilette. Denn unter dem Vorwand, es raube mir den Appetit, den Schlaf, von meinen Schulaufgaben ganz zu schweigen, war mein Tagebuch geächtet. Alles, was mir widerfuhr, geschah nur deshalb, um aufgeschrieben zu werden. Mein wirkliches Leben war lediglich eine Art Dienstbote, der Lieferant meines ›formulierten‹ Lebens.

Dennoch ging alles zu schnell, die Ereignisse kamen

mir immer zuvor, ich rannte ihnen verzweifelt hinterher, und dieser ungleiche Kampf erschöpfte mich.

Oft hatte ich mitten in einem Gespräch Lust, aufzustehen und zu meinem Heft zu laufen oder die Person mir gegenüber zu unterbrechen und zu bitten, sie möge wiederholen, was sie vor zehn Minuten gesagt habe. Ich konnte erst aufatmen, wenn ich die Dinge säuberlich in meinem Heft niedergelegt hatte. Sogar meine größten Verzweiflungen verwandelten sich in zärtliche Erinnerungen, sobald ich ihnen ein paar gelungene Seiten zu verdanken hatte. Das erinnert mich an eine Liebesgeschichte, die ich vor knapp ein paar Monaten erlebt habe.

Der Gegenstand meiner Leidenschaft, der Bruder einer meiner Schulkameradinnen, ein hochaufgeschossener, schweigsamer Junge, faszinierte mich. Wie es hieß, war er Maler. Er hatte ein vorspringendes Kinn, und wenn er lachte, verdeckte seine untere Zahnreihe die obere. Diese besondere Form seines Gesichts entzückte mich, als wäre es ein Kunstwerk.

Ich fühlte mich verachtet, aber in Wahrheit hatte er mich nicht einmal bemerkt.

Auf diese Weise entstand mein erster und einziger Liebesbrief. Ich arbeitete einen Tag und eine Nacht daran, und während ich das tat, hörte ich nicht auf, in meinen Augen zu wachsen, mich reich, scharfsinnig und so strahlend zu finden, daß der Gegenstand meiner Leidenschaft jedes Interesse verlor. Es ist mir nicht einmal in den Sinn gekommen, ihm den Brief zu schicken.

Ich weiß, daß mein Heft auf meiner Elendspritsche nicht gern gesehen wird. Daß es jederzeit entdeckt und vernichtet werden kann, daß ich in Erwartung der Suppe weitervegetieren werde mit dem quälenden Gedanken, daß alles von vorn angefangen, dem Chaos entrissen, von A bis Z neu zusammengesetzt werden müßte.

Das Wichtige: zwei Bemerkungen von Sofi.

1. Es liege auf der Hand, daß ich nicht für mich schreibe.

2. Dabei spräche ich mit Nachdruck von meiner Person, von Einzelheiten, die nur mich betreffen. Stellenweise nachlässiger Stil.

Ich gebe zu, ich bin ein parteiischer Zeuge. Aber wie könnte ich dieses Abenteuer heil überstehen, ohne meinen Grips zu verlieren? Ich beobachte vor allem diesen Krümel des Lagers, der ich bin, und die Krümel, die rings um mich sind. Nein, wie könnte ich behaupten, ein erschöpfendes Bild des Lagers zu zeichnen? (Das wäre, als wollte man das Meer auslöffeln.)

Mein Stil läßt zu wünschen übrig. Nicht aus Nachlässigkeit. Nein. Viele Seiten habe ich viermal umgeschrieben. Jede Zeile stinkt nach Schweiß, zwangsläufig!

Da mir die Inspiration fehlt, gelingt es mir oft nur mit größter Anstrengung, meine Gedanken zusammenzuhalten! Schreiben, wenn einem der Magen in den Kniekehlen hängt, ist was anderes als im Badezimmer.

Das klingt, als wollte ich mich brüsten! In Wahrheit findet ein ständiger Kampf statt zwischen meiner Müdigkeit und dem schrecklichen ›ich muß‹. Letzteres hat manchmal die Oberhand. Ich schreibe nicht gern. Aber ich muß!

Um also kurz die Frage zu beantworten, auf die ich vielleicht ein andermal zurückkomme: ich schreibe nicht für mich, das versteht sich von selbst. Mögen diese Notizen am Tag der Abrechnung zu den Zeugnissen zählen! Aber auch wenn ich meine einzige Leserin wäre, würde ich trotzdem schreiben! Ich gäbe mir genausoviel Mühe, das richtigste, stärkste Wort zu finden.

*

Ich habe die Spur des Mannes mit dem Heft verloren.

Wir sind immer noch in Quarantäne, vielmehr in der Quarantäne der Quarantänen. Der alte Stacheldraht ist von einem weiteren umgeben. Haben sie wirklich Angst, wir könnten die Einheimischen anstecken? (Und womit?)

Das hindert uns nicht daran, den lieben langen Tag durch den doppelten Stacheldraht hindurch zu schwatzen. Geschichten, die uns die Haare auf unsern kahlen Schädeln zu Berge stehen ließen.

Die armen Einheimischen! Wir sind ›Neuland‹ für sie, die traumhafte Gelegenheit, ihr krankes Gedächtnis zu erleichtern. Sie nehmen einander das Wort aus dem Mund! Man könnte meinen, in Plaszow hinge die Wertschätzung von der Zahl der gehängten, lebendig begrabenen oder erschossenen Verwandten ab. Mir ist, als hörte ich die Slowaken von Auschwitz. Alle fangen mit den Butterbroten an, die wir verschlungen hätten, während ihre Angehörigen ... Sie verhehlen kaum ihre geringe Achtung für uns »Vollgefressene« ... Vielleicht nähern sie sich dem Stacheldraht nur deshalb, um uns ins Gesicht zu spucken: die Butterbrote und die Tatsache, daß man uns wie die Schafe zusammengetrieben hat, daß wir keine Waffen versteckt haben, daß wir nicht aus dem Getto ausgebrochen sind und daß keiner von uns jemals einen Fritzen umgelegt hat.

Einmal ist eine von uns wütend geworden und hat ihnen zugerufen, daß wir, ob mit oder ohne ›Widerstand‹, alle im selben Boot säßen.

Sie haben alle auf einmal zu brüllen angefangen. Sie drohten uns mit den Fäusten, spuckten aus, nannten uns »Parasiten, pfui!« Wir hätten uns mit Gänseleberpastete gemästet, während sie, die Kämpfer, zu Tausenden niedergemetzelt, ihre Kinder lebendig ins Feuer geworfen wurden, usw.

Wer uns von außen beobachtet hätte, wäre sicher erstaunt gewesen, die ›Kämpfer‹ wie Reiter gekleidet und ihre Frauen sorgfältig geschminkt zu sehen, während die glücklichen ›Gänseleberfresserinnen‹ kahlgeschoren und ausgemergelt waren.

Abgesehen davon scheint das Warschauer Getto tatsächlich revoltiert zu haben. Diese Reiter und ihre geschminkten Damen hatten auf die Fritzen geschossen und waren nur der Übermacht erlegen, während uns noch nicht einmal der Gedanke an Widerstand gekommen war.

»Wie viele Boches hast du umgelegt?« Immer wieder diese Frage, gefolgt vom gleichen arroganten Grinsen.

Wir hatten keine Waffen, das stimmt, aber Fingernägel, Zähne und in der Ziegelei Abertausende von Backsteinen. Wir waren zwanzigtausend, die Wachen etwa ein Dutzend ... Eines Tages hatte jemand in einer kleinen Gruppe die Frage gestellt: »Und wenn jeder einen Ziegel nähme?«

Es gab einen schrecklichen Krach! »Die unverantwortlichen Elemente müssen isoliert werden, sie verärgern die Behörden.«

Und wenn wir darauf gewartet hätten, in den nächsten Minuten alle gehängt zu werden, und jemand hätte ausgerufen: »Los, spuckt, beißt, kratzt! Wir haben nichts zu verlieren!« Niemand hätte sich gerührt. Man durfte doch die Behörden nicht verärgern! ›Würde‹ ist vielleicht nur ein Wort, aber ein gekrümmter Rücken ist eine ekelerregende Wirklichkeit.

Diese unerträglichen Polacken können ein Lied davon singen.

*

Wieder eine Invasion von Einheimischen am Stacheldraht. Nur etwas scheint größer zu sein als ihre Leiden: das Verlangen, sie zu erzählen. Auch uns, die Kahlgeschorenen, treibt das Verlangen zum Stacheldraht. Aber es ist ein ganz anderes Verlangen.

Trotz ihrer tragischen Vergangenheit essen sie sich

jeden Tag satt. Vielleicht würden sie uns noch mehr verachten, wenn sie wüßten, daß uns die Nachricht, daß wir heute kein Brot bekommen (in der Küche haben sie sich verrechnet), mehr erschüttert hat als das Drama einer ganzen massakrierten polnischen Familie.

Genau das werden die Satten nie begreifen! Der Unterschied zwischen einem vollen Bauch und einem leeren Bauch ist vielleicht der größte, den es auf der Welt je gegeben hat. Wie wäre sonst die Gleichgültigkeit dieser wohlgenährten Märtyrer gegenüber unseren Blicken gieriger, schändlicher Bettler zu erklären? Manchmal werfen sie uns Scheiben schneeweißen Brots herüber. Aber es folgen nur Feindseligkeiten und Streitereien. Was bedeutet schon eine winzige Leckerei für unseren Bärenhunger?

Vorhin haben wir eine größere Ansammlung als sonst bemerkt. Sofi und ich haben uns einen Weg bis zum Stacheldraht gebahnt. Auf der polnischen Seite verspeiste ein etwas vierzigjähriger Mann Speck zwischen zwei Weißbrotscheiben, was genügt hätte, den Andrang zu erklären, aber da war noch etwas anderes.

Während er zerstreut an seinem Brot knabberte, erzählte er, wie er wenige Wochen vor unserer Ankunft seinen einzigen Sohn verloren hatte.

Er war der Liebling des ganzen Lagers. Dort war er aufgewachsen: das erste, das einzige jüdische Kind, das in Plaszow gerettet worden war. Im Alter von kaum zwölf Jahren hatte er die Ermordung seiner Mutter und seiner Schwester mit angesehen, man hatte ihn in den

Strohsäcken und unter den Pritschen versteckt, bis er als Siebzehnjähriger und somit Arbeitsfähiger eines Tages ans Tageslicht kommen konnte, am Ende eines langer Kampfs, einer regelrechten Verschwörung. Aber der Junge lebte, er war schön, stark, und er selbst der einzige Vater, der im Lager einen Sohn hatte.

Eines Tages, als er von der Arbeit kam, konnte er ihn nicht finden. Er sah ihn erst auf dem *Appellplatz* wieder, zwischen zwei Fritzen. Er war ein einziger Klumpen Blut, der sich noch immer wehrte.

Als der Kommandant auf seinem weißen Pferd erschien (etwas Außergewöhnliches bei einem Appell), begriff er, daß alles verloren war, und er hatte nur noch einen Wunsch: daß es schnell vorbei sein möge.

Aber der Fettwanst, der Zeremonien liebte, hielt von seinem Pferd herab eine halbstündige Ansprache: über »die bolschewistische Hetze«, »die historische Sendung des deutschen Volkes« (das alles vor *Judenhunden*!).

Der Vater sah das Weitere nicht, denn seine Kameraden drängten sich vor ihm zusammen. Aber er hörte seinen Sohn röcheln, dann Lärm, dem Jungen war es gelungen, den Strick zu zerreißen, er war auf den Boden gefallen und flehte, man möge ihn erschießen. Seine Bitte wurde nicht erfüllt. In den folgenden Minuten fing alles wieder von vorn an, er flehte den Gott Abrahams an, ihm den Verstand zu rauben, vergebens.

Er beendete seinen Bericht mit den Worten: »Und ich lebe.«

Und er ißt, dachte ich.

Noch immer hielt er sein Specksandwich in der Hand.

»Im Grunde«, sagte Sofi, »hat mich das Sandwich, an dem er ständig knabberte, mehr beeindruckt als seine Geschichte.«

*

Keine Neuigkeiten mehr, nur eine unschöne: seit einigen Tagen dürfen die christlichen Polen (bei dieser Gelegenheit erfuhren wir, daß es unter den Lackstiefeln und den weißen Kopftüchern auch »reinrassige« gibt) nicht mehr in der Stadt arbeiten.

Das Vitamin J (das Juden-Vitamin, wie wir die Frontnachrichten nennen) bleibt also aus. Die Einheimischen warten niedergeschlagen, von finsteren Ahnungen gepeinigt. Schon seit geraumer Zeit nähern sich nur noch die Spatzen dem Stacheldraht.

Ich denke nicht mehr an den Mann mit dem Heft. Ich erwähne ihn nur, um festzuhalten: die Polen müssen aus dem Kapitel ›Hoffnung‹ gestrichen werden. Sie haben sich nie um uns gekümmert, aber im Augenblick ist auch ihre Lage nicht rosig. Die Gojim hatten sie nicht nur mit Vitamin J versorgt, sondern auch mit Lebensmitteln, Kleidern, Złotys. Auch uns hatte eine Polin so einen Schein gezeigt. Der Złoty ging von Hand zu Hand. Wir alle drängten uns, ihn anzufassen, wie Hottentotten. Die Polin lachte und überließ uns den Złoty. Vielleicht war es ein abgewerteter Schein, oder sie wollte sich das ›Schauspiel‹ gönnen. Jemand ist ihr hinterhergelaufen, um ihr zu erklären, daß auch sie früher Einkäufe machte, Haare hatte und so weiter. Dabei weinte sie, als fürchtete sie, daß man ihr nicht glaubt, als glaubte sie selbst nicht mehr wirklich daran.

Einhellig findet die ganze Baracke die Polen zum Kotzen. Was mich erschreckt, ist diese Einhelligkeit. In Bausch und Bogen lieben oder hassen, das kann ich nicht und werde es nie können, nicht mal die Deutschen. Ich bin ein Nichts gegenüber dem Block wie gegenüber einem Tiger.

*

Ich hatte noch nicht das Vergnügen, den Markt von Plaszow zu besichtigen. Es heißt, daß dort ein schrecklicher Betrieb herrsche. Alle Welt kauft verzweifelt. Die Parole lautet: jeden Złoty zu Lebensmitteln machen.

Wie gut, daß wir diese Sorgen nicht haben! In der Quarantäne betreiben wir Tauschhandel: zwei Schlag Suppe gegen ein halbes Brot, ein Stück Seife gegen eine halbe Suppe, usw. Seit ich weiß, daß sich hinter dem Stacheldraht niemand vollfrißt, kann ich meinen leeren Magen mit Geduld ertragen.

*

Das ganze Lager wartet mit angehaltenem Atem wie in einer Festung, deren Erstürmung unmittelbar bevorsteht.

Es gäbe noch vieles zu berichten, unter anderem: die Quarantäne ist aufgehoben. Wir können uns frei im Lager bewegen. Ich habe meine ›Freiheit‹ noch nicht genutzt, dazu habe ich keine Zeit: ich arbeite wie der Teufel an den Resten meines Auschwitzer Tagebuchs. Langweilig, aber dringlich. Wir wissen nicht, welche Arbeit uns draußen erwartet, nur daß wir nicht hier sind, um uns auszuruhen oder Suppe und abscheuliche Geschichten zu schlucken.

Ein Gedanke beschäftigt mich ständig: wie sich mit Hilfe eines der Gojim mein Tagebuch rausschmuggeln läßt. Warum sollte unter den Trümmerwegräumern nicht jemand zu finden sein, der das übernimmt?

Laut Sofi ist dies von all meinen ›Einfällen‹, die sie nie erschreckt haben, der unpassendste.

Wir werden sehen.

*

Ein kleiner Streit mit Ruchi Falk. Ich stöhne, ich schreie im Schlaf! Ich bedauere, aber ich bin nicht die Aufseherin meiner Träume. Dabei hat gerade sie es nötig, sich darüber zu mokieren.

Aber das trifft sich gut, denn ich hatte ohnehin vor, mir meine Pritschennachbarinnen vorzunehmen.

Fangen wir also mit den Falks an.

Die Natur hatte in ihrem Fall sehr übertrieben: sie war wohl besonders schlecht gelaunt, als sie sie mit Rüsseln ausstaffierte (beleidigende Ähnlichkeit mit dem

Elefanten, einem eher sympathischen Tier). Der Prototyp in drei Ausführungen unterschiedlichen Alters: die gleichen harten und listigen kleinen Augen, die gleiche niedrige Stirn, die gleiche Gier, die gleiche ungeheure, widerliche Vitalität. Sie werden das Lager lebend verlassen, daran besteht nicht der geringste Zweifel, und sollte unser Planet bei irgendeiner Katastrophe untergehen, dann werden diese drei Rüssel als erstes aus dem Nichts auftauchen und in der Luft oder in dem, was es dann als Ersatz dafür geben wird, nach irgendwelchen möglichen ›Geschäften‹ schnüffeln.

Jedes Mitglied des ›monströsen Vereins‹ hat seine ganz bestimmte Aufgabe. Die Anführerin ist Ruchi, die älteste und stärkste. Überall, wo es gilt zu drängeln, die Ellbogen zu gebrauchen, etwas schnell und vor allen anderen zu ergattern, ist sie unschlagbar.

Feigeles Ressort ist der Sex-Appeal. Ihr fällt es zu, ihre Grübchen zur Schau zu stellen (ihre noch mißgestalteteren Schwestern setzen törichte Hoffnungen darauf). Man muß gesehen haben, wie sie mit ihren verschlagenen kleinen Augen die Unschuld mimt und jedem Polen, der es hören will, vorsäuselt, daß sie zu Hause sieben, mit den Eltern neun gewesen seien und es jetzt nur noch sie drei gebe, so jung, so wehrlos …

Surele ist ›à la carte‹ zu haben, sie ist das Chamäleon der Truppe. Nach Belieben kann sie ihre Form, ihr Alter, ihren Gesundheitszustand verändern. Sie ist ein schwaches Kind mitten in der Entwicklung, sobald auf dem Grund des Kessels noch etwas übrigbleibt. Schwer krank, wenn es heißt, bei schlechtem Wetter auszurücken. Und wieder frisch wie eine Blume, sobald eine entlohnte Arbeit in Aussicht steht (beispielsweise rings um die polnischen Baracken Tomaten pflanzen oder die Kessel tragen).

Es kommt sogar vor, daß sie alt und siech ist. In diesem Fall wird ihr das einer Polin entwendete schwarze Tuch unterm Kinn festgebunden (das gewöhnlich dazu dient, in Form eines Turbans Feigeles Sex-Appeal zu erhöhen). Dazu die beiden in Tränen aufgelösten Schwestern, die sie stützen. Das nötigt auch der herzlosesten Köchin einen zusätzlichen Schlag Suppe ab!

Kein Wunder, daß diesem Trio schon in Auschwitz die Aufgaben des *Stubendienstes* übertragen wurden. Kaum hatte Felicia die Baracke betreten, stieß sie auf den in voller Kriegsbereitschaft wartenden Clan, der wie das Schicksal selber vor diesem unentschlossenen Geschöpf stand. Sie versuchte erst gar nicht, Widerstand zu leisten, und schien es hinzunehmen, daß diese schreckenerregenden Personen das Brot verteilen, die Suppe ausgeben, die Strohsäcke aufschütteln, kurz, daß sie sich schon im zartesten Alter auf den Posten des *Stubendienstes* vorbereitet hatten. Sie willigte augenblicklich ein, sie zu ihren Gehilfinnen zu machen.

Die Falks geben also die Suppe aus und schneiden unser Brot.

Aber es scheint, als wäre dies alles nur ein zaghafter Anfang gewesen. Seit die Quarantäne aufgehoben ist, haben ihre Aktivitäten einen solchen Aufschwung genommen, daß sie nur noch aus Gewohnheit unser Brot stehlen.

Ihr Bett ist ein richtiger Basar. Sie haben als erste mit Zahnbürsten, Nadeln und Seife gehandelt. Von morgens bis abends halten zwei von ihnen das Unternehmen am Laufen, während die dritte die Beute bewacht und sich um die kleinen internen Geschäfte kümmert. Dabei schneiden sie unser Brot so achtlos und verspäten sich so sehr mit der Suppenausgabe, daß wir in Wut geraten und es fast zum Aufstand kommt.

»Was denn«, sagt Suri (dreizehn Jahre) phlegmatisch, »uns steht nicht der Kopf danach.«

Und abends, nach einem mit Raubzügen verbrachten Tag, wenn sie todmüde auf ihren Strohsäcken hocken, machen sie sich immer noch zu schaffen, schmieden Pläne, beratschlagen fieberhaft die halbe Nacht. Und sogar im Schlaf feilschen oder rechnen sie noch auf jiddisch.

»Schau sie dir an«, sagte Sofi zu mir, »ich wette, in zwei Wochen leben sie wie die Polen, vielleicht noch besser.«

»Sie haben einfach Überlebenswillen«, sage ich, »du brauchst dir nur ihre kurzen, starken Raubtierkrallen anzusehen.«

Kommen wir zur rechten Pritsche. Dort befindet sich die ›Gnädige‹ mit ihrer kränklichen Tochter. Als ich sie einmal ›Tante‹ nannte, bekam sie einen Anfall. Sofi und ich sind über alles im Bilde: die Zahl der Tafelservice, die sie besaß – emailliert, aus Kristall oder Rosenthal-Porzellan –, den Namen ihrer Schneiderin, die Trinkgelder, die sie zu geben pflegte, und was sie auftischte, wenn sie die Freundinnen ihrer Tochter einlud, vom Champignonomelett bis hin zum Mandelpudding und zu den Weintrauben.

Ist das Lager eine regelrechte Fabrik von Karikaturen oder fallen einfach nur diese auf? Während die anderen, die menschlichen Wesen, kein Aufsehen erregen, möglichst unauffällig leben, wie auf Zehenspitzen.

Unsere Nachbarin zur Linken beispielsweise, Illus aus Miskolc, bewegt sich wenig und sehr vorsichtig, wie eine Nachtschwester im Krankensaal, ißt leise, schnarcht nicht, leckt nie ihren Blechnapf aus. Sie gehört zu den wenigen, die dich grüßen oder deinen Gruß erwidern. Zum Preis von zwei Brotrationen hat sie als erste den Falks Seife abgekauft. Dafür hatte sie zwei Tage gefastet. Vergeblich baten wir sie, zwei Scheiben Brot von uns anzunehmen.

»Nein, danke, verzeiht«, sagte sie errötend.

Sie ist eine unverbesserliche ›Zivilistin‹.

*

Zwei fieberhafte Tage. Ich rühre mich nicht, ich spreche nicht. Ich versuche, mein Tagebuch in Ordnung zu bringen.

Wir werden arbeiten gehen. Das hat Felicia gerade bekannt gegeben. Morgen vielleicht... Ich bin noch nicht fertig.

*

Registrierung nach Berufen. Ausgeschlossen zu sagen: »Gymnasiastin«. Sofi behauptet, daß die Deutschen Fachkräfte mögen, Spezialisten. Frage: Worin sich spezialisieren? Die Auswahl ist riesig, und wir haben nur zehn Minuten, um uns zu entscheiden, ob wir Schneiderin, Krankenschwester, Tänzerin oder Tippse sein wollen.

Am Tisch sitzend, der zu diesem Zweck hergebracht wurde, notiert Felicia unsere Berufe auf Karteikarten, droht uns mit noch erschöpfterer Miene als sonst, uns auf der Stelle nach Buchenwald in die Gaskammer zu schicken (diese Gaskammer befindet sich je nach ihrer Laune abwechselnd in Auschwitz, in Dachau oder in Buchenwald), wenn wir nicht auf der Stelle gestehen, wer *Jüdin, Häftling, Hure, Hexe,* Dolores del Rio angegeben hat.

Meinem Empfinden nach teilt sie den Gastod zu leichtfertig aus. Wo wäre denn ihre Baracke, ihre materielle Grundlage, wenn sie ihre erschreckenden Versprechen wahrmachte, woher nähme sie die Złotys für diesen purpurroten Pullover, in dem sie aussieht wie eine abgetakelte alte Kunstreiterin?

O nein! Nicht jede von uns ist eine ›Dolores del Rio‹.

Weit gefehlt! Auch wenn es stimmt, daß einzig der jüdische Humor uns hilft, alles andere zu ertragen – und ich weiß wirklich nicht, was aus den humorlosen Juden werden soll, wie aus meiner Nachbarin zur Rechten, die auf ihre Karteikarte geschrieben hat:

Beruf: Dame von Welt (mit Reifezeugnis).

Ich rufe aus:

»Was soll denn das in einem Arbeitslager?«

»Ich kann nicht lügen, meine Teure. Meine goldene Regel lautet, unter allen Umständen die Wahrheit zu sagen.«

»Warum nicht Hausfrau, Köchin?«

»Dame von Welt! Damit sie es wissen!«

Sie vernichtet uns mit Blicken. Nur mit Mühe gelingt es uns, ihr den Beruf ihrer Tochter zu entreißen: »Absolventin der fünften Klasse von Notre Dame de Sion, Klavierunterricht bei Emma Lövi in Budapest.«

Sofi und ich haben auf unsere Karten nur ein einziges Wort geschrieben: Bauarbeiterin. Zuerst war ich für die Küche. Aber ich mußte einsehen, daß das bei einer halben Baracke bereits eingeschriebener Köchinnen keine gute Idee war. Die Fritzen werden sich fragen, welche Art von Lager Siebenbürgen wohl sein mag, wo die Hälfte der Bevölkerung kocht, die andere die Kessel trägt, das Gemüse putzt, und so weiter.

»Bauarbeiterinnen ...«

Ich erteile Sofi das Wort: »Es gibt nichts Herrlicheres als einen Körper, dessen Muskeln sich vor Anstrengung straffen. Und wie erhaben ist doch die Entspannung nach einem Tag aufreibender Bewegung, wenn man endlich in allen Zellen seines Körpers die Ruhe genießt.«

Ich frage mich, woher sie bei den von den Falks zugeteilten hundert Gramm Brot ihren Eifer hernimmt. Im übrigen habe ich nichts gegen Bewegung! Gegen frische Luft! In Plaszow zeigt sich die Natur in Gestalt eines kahlen, grauen Bergs. Aber sogar hinter einem grauen Berg geht majestätisch die Sonne unter, nachdem sie über dem Gipfel einen Augenblick regungslos verharrte, wie eine Orange über einem Dach. Sofi, die nicht ausschließt, daß der Berg einen Steinbruch birgt, bedauert bereits, daß wir nicht den Beruf einer ›Steinmetzin‹ gewählt haben.

»Du weißt gar nicht«, sagt sie, »was für ein Gefühl es ist, mit dem Hammer auf einen formlosen, widerspenstigen Block zu schlagen, und zu sehen, wie er unter den Schlägen zahm wird.«

Nein, ich weiß es nicht. Aber Sofis Begeisterung scheint mir kaum begründeter zu sein! Nur daß sie früher einen Marmorarbeiter zum Nachbarn hatte, der ihr einmal erlaubte, mit dem Hammer einen Steinblock zu berühren (sie sagt »zu glätten«).

Wer hätte geglaubt, daß in dieser ausgemachten ›Theoretikerin‹ die Seele einer Steinmetzin schlummerte?

*

Es lebe der Steinbruch!

Ich würde lachen, wenn ich die Kraft dazu hätte. Auch Sofi lacht nicht. Bei der Rückkehr hat sie sich schweigend neben mir hergeschleppt. Sie hatte nicht einmal Zeit, sich auf ihrer Pritsche auszustrecken, der Schlaf hat sie erschlagen, als sie noch kauerte. Und ich selbst habe vor Muskelkater kein Auge zugetan. Wie nur werde ich dieses Gekritzel entziffern können? Dennoch schreibe ich. Was sollte ich sonst tun, wenn ich in dieser Baracke unter all ›vom Schlag Getroffenen‹ als einzige wach bin?

An Ägypten oder an andere ›Arbeitslager‹ von vor der Sintflut denken. Woher nur stammt die Idee, wir seien die ersten? Wir wiederholen lediglich, immer wieder, ohne Ende.

Hier wiederholen wir nun die Bibel.

›Schinderei‹, ›sengende Sonne‹. Welchen Krach würden die vergeudeten Wörter schlagen, wenn sie eine Stimme hätten! »Woher nehmt ihr das Recht, uns so leichtfertig zu gebrauchen?« Von solchen ›Rechten‹ erwerben wir hier täglich ein oder zwei. Daher habe ich jetzt das Recht auf ›Schinderei‹ und auf ›sengende Sonne‹ ... Ich bin zwar noch ein Kind, aber ich habe ein Recht auf Wörter, die frühere Generationen erbleichen lassen könnten.

Und so trage ich es mit traurigem Stolz.

*

Felicia, die gewöhnlich eine Stunde zu früh da ist, war noch mal eingeschlafen oder hatte das Gedächtnis verloren oder den Verstand, wer weiß!

Tatsache ist, daß die *Bergkapos*, drei ziemlich gutaussehende Bestien, noch vor der *Blockältesten* hereinkamen, und als diese sich schließlich einfand, waren wir bereits von unseren Strohsäcken geklettert.

Das Ganze ging, ohne Bitten und ohne Drohungen, so schnell, daß die Nachzüglerin kaum ihren Augen traute. Wir brauchten sie nur zu sehen, diese Zorros, wie sie sich bewegten, die Peitsche hielten, mit welcher Lässigkeit und welchem Vergnügen sie sie schwangen und hopp! (Du, liebe Felicia, würdest gut fünf Minuten brauchen, uns zu wecken.) Es sind Profis! Schon beim Appell sind sie mir aufgefallen, von Kopf bis Fuß in Leder gegossen, wie Motorradrennfahrer.

»Man müßte sie ausstopfen«, meinte Sofi.

Sie brauchten sich den Pritschen nicht einmal zu nähern, von denen wir noch schlaftrunken und halbnackt heruntertorkelten. Sie lachten, als sie Felicia sahen, mit ihren Zähnen, die einen ganzen Berg hätten zermalmen können. Der Befehl war noch gar nicht erteilt worden, als sich die Reihen bereits gebildet hatten. Und wir rückten aus. In einem geistesgegenwärtigen Moment hat sich Felicia auf uns gestürzt, um uns zu zählen, aber sofort hat ein Kapo sie mit einer leichten Bewegung seines Ellbogens beiseite gefegt. Und als die Unglückliche wieder zu sich kam, hatten wir das Tor der Umzäunung schon hinter uns.

Im Gleichschritt marschierten wir durch das noch menschenleere Lager, erfrischt von der Morgenluft, der Bewegung und der Aufregung und flankiert von dem jungen Kapo, der vorhin Felicias Eifer ein Ende gesetzt hatte. Verstohlen beobachte ich ihn.

Das Gesicht ist mir nicht unbekannt. Schon von weitem, auf dem *Appellplatz*, hatte es mich irritiert. Man kann unmöglich wissen, ob dieser Mensch, dessen Lider die Augen fast gänzlich bedecken, wirklich wach ist. Beim Appell scheint er zu schlafen, und vorhin hat er Felicia wie im Schlaf zur Seite gestoßen, er schläft im Gehen, und manchmal sieht es so aus, als ob er sich im Traum amüsierte.

»Jurek!«

Er rührt sich nicht, obwohl die ganze Kolonne sich umgedreht hat und der andere Kapo, ein erstaunlicher Bursche, zu dem der Name (Johnny) ebensogut paßt wie die Peitsche, die Lederhose und die Bürstenfrisur, lachend näher kommt.

Johnny steht bereits hinter ihm, als er sich endlich langsam umdreht. Mit geschlossenen Augen hört er ihm zu. Dann lacht er laut auf und kehrt ihm den Rücken. Johnny hat Polnisch gesprochen, aber alle wissen, worum es geht.

In dem Moment, als der Berg auftauchte, wurde klar, daß die zweitausend ›Köchinnen‹, ›Schneiderinnen‹ und ›Kesselträgerinnen‹ sich gewissermaßen in die ›Natur‹ begaben. Eine große Unruhe erfaßte die Reihen. Alle begannen sich zu erkundigen, erregten sich. Johnny ging mit seiner Peitsche dazwischen. So erfuhr er von einer der ›Köchinnen‹, daß in der Baracke eine Registrierung nach Berufen stattgefunden hatte. Wie also soll eine ungarisch-rumänische Küchenchefin auf einem Berg ihrem Beruf nachgehen?

»So, so, man hat also Listen angefertigt?« sagte Johnny.

Er lachte und beeilte sich, seine Kollegen damit zu erheitern.

Und falls diese ›Karteikarten‹ noch irgend jemanden beunruhigen sollten, dann sage ich ihm, daß es Schlimmeres gibt, als die Fritzen nicht zu verstehen, nämlich sie verstehen zu wollen!

»Siehst du«, sagt Sofi, die Steinmetzin, als wir endlich vor einer Art gelblichen Felswand anhalten, von der zwei Ungarn mit der Axt Brocken abschlagen. Ein ansehnlicher Haufen davon wartet auf uns. Mit den Augen suchen wir nach den Hämmern.

Aber Johnny pfeift uns aus unseren Träumereien. Ein schriller, langgezogener Pfiff, der nichts Gutes verheißt, und schon knallt die Peitsche, die Schinderei nimmt ihren Anfang, und es ertönt das schreckliche Wort: *Los! Los!*

Es hagelt Schläge. Mir bleibt davon eine Spur auf der Stirn, Sofi im Nacken.

Unsere Arbeit! Eine Kette bilden und Steine von einem Ende des Bergs zum andern weiterreichen. Steine, Bewegung, frische Luft, alles ist beisammen!

Schlußfolgerung: der ›Natur‹ ebenso aus dem Weg gehen wie den Fritzen, solange wir ›konzentriert‹ sind.

Hin und wieder schleppten wir riesige Blöcke, die wir kaum hochheben konnten. Andere Male reichten wir uns lächerliche Bruchsteine weiter, beinahe Kiesel. Ein Kapo auf zwanzig Häftlinge. Wir konnten uns keinen Augenblick ausruhen, auch dann nicht, wenn unser Drache woanders hinschaute, denn sobald die Kette stockte, fing ein anderer Kapo an zu brüllen. Sie schienen ebenso in der Klemme zu stecken wie wir! Denn hinter ihnen standen SS-Leute, und auch diese schienen unter Druck zu sein. Dauernd kläfften sie: *Der Kommandant kommt, halt die Hunde fest.* Der hohe Besuch war so unhöflich, sich nicht blicken zu lassen. Trotzdem ging die Hetze unvermindert weiter.

Wer noch nie ›blankliegende Nerven‹ gesehen hat, braucht sich nur die Striemen auf unseren nackten Rücken anzusehen.

Keine Mittagspause. Wozu auch: es gibt kein Mittagessen.

Und doch war das nicht das Unerträglichste.

Sondern ... die Sonne!

»Stellen wir uns vor, wir seien Schwarze in Afrika«, sage ich.

»Warum nicht Braten in der Schmorpfanne?« entgegnet Sofi.

Sie hat sich mir zugedreht, und ich meinte tatsächlich einen brutzelnden Braten vor mir zu sehen. Ihr Erstaunen war nicht geringer, denn auch ich war grauschwarz gebräunt. Nur eine winzige Nuance unterschied mich vom Negus.

Aber diese Äußerungen waren vor langer Zeit gefallen, noch in den Vormittagsstunden. Gegen Mittag waren unsere Stimmen vor Durst vertrocknet. Häufig ertappte ich mich dabei, daß ich meinen Kopf, den ich wie einen Autoreifen ständig anschwellen spürte, zu dem Kapo im Himmel hob:

›Bist du verrückt, oder was? Es reicht!‹

Und dennoch bewegen sich die Steine und die Hände weiter, und immer dieses *Los! Los!* Und alles dreht sich schwindelerregend in meinem Kopf. ›Die Sonnenanbeter‹, sage ich mir, ›hatten in Wirklichkeit Angst vor der Sonne. Und wenn das so weitergeht, breche ich zusammen oder verfalle auf eine unbekannte Religion.‹

Als wären Jahre, als wäre ein ganzes Menschenleben vergangen, seit wir in Fünferreihen den Kalvarienberg hinaufgestiegen sind.

Alles, was vorher war, die Pritsche, die Brotausgabe, mein Tagebuch, die Schule, meine Kindheit, schien mir nur noch eine Leere zu sein, als hätte mein Leben auf diesem Berg begonnen, wo es auch zu Ende ginge, ganz langsam, nach Jahrtausenden, wenn der verfluchte Felsen endlich verschwunden wäre. Aber ich breche nicht zusammen. Jede Bewegung ist eine neue Qual, eine neue Überraschung. Nicht mehr ich bin es, die sich bewegt, sondern etwas in mir, mit mir. Durch meine Betäubung hindurch sehe ich die Hände, die Steine, die Kapos taumeln, als wären sie betrunken. Auch ich taumele. Ein Gedanke, immer derselbe: ›Ich kann nicht mehr‹, oder ›Ich werde ohnmächtig‹ … Aber meine Hand streckt sich vor, mein Rücken beugt sich.

Was ist dieses verdammte ›es muß sein‹, das an meiner ›Grenze‹ wacht und jedesmal meine Stelle einnimmt, wenn ich umkippen will?

*

Jurek steht hier auf Posten, an einen Baum gelehnt, kaum einen Meter von dem Graben entfernt, in dem ich, auf dem Bauch liegend, Sabotage begehe. Das Gebüsch verbirgt mich. Aber wenn der Wind es beiseite schöbe oder wenn Jurek auf den Gedanken käme, darüber zu springen … dann Gnade mir Gott! Aber er denkt nicht daran. Vielleicht ›schwänzt‹ er ja auch. Gönnt sich ein wenig Einsamkeit. Ein einsamer Folterknecht.

Während sein muskulöser Nacken, sein schwerer Kopf an dem Baum lehnen, starrt er mit seinen weit geöffneten grauen Augen in die Luft, ohne sich zu rühren. Sie erinnern an zwei klaffende Löcher (vielleicht hat er recht, sie zu verbergen).

Ein ruhendes wildes Tier. Ein zwiespältiges, des Lebens überdrüssiges wildes Tier.

Wenn ich Lust hätte, könnte ich tausendmal hintereinander schreiben: Bestie, Bestie, Bestie …

Die Peitsche baumelt schlaff in seiner eher weichen Hand. Es könnte die Hand eines Arztes, eines Zeichners sein …

Ich versuche mir vorzustellen, wie er vor dem Krieg

gewesen sein mochte. Jurek als Zivilist! ... Aber er ist nie ›Zivilist‹ gewesen, nur ein Kind. Er ist hier aufgewachsen. Hier ist er Jurek geworden.

Jemanden beobachten, der sich allein glaubt! Ein irres Abenteuer!

Man stelle sich vor, ich tauchte plötzlich auf und riefe: »Kuckuck!«

*

Eine Viertelstunde Pause. Die Aufseherin ist gekommen. (Die einzige Deutsche, die noch nie die Hand gegen jemand erhoben hat.)

Sie ist oft von den drei *Bergkapos* umgeben. Deshalb wundere ich mich nicht allzusehr, als ich sie mit einem Päckchen Zigaretten kommen sehe. Sie steckt Jurek eine in den Mund, gibt ihm Feuer und zündet sich selbst eine an. Dabei kichert sie unentwegt. Auch Jurek scheint nicht überrascht zu sein: freundlich sieht er sie hinter seinen wieder gesenkten Lidern an, als wäre es völlig normal, hier beisammen zu sein und zu rauchen.

»Hat man mich gesucht?« fragt Jurek plötzlich.

»Nur ich«, sagt die Aufseherin. (Und wieder lacht sie, als würde sie gekitzelt).

»Pst«, sagt Jurek.

Und mit einem Mal bin ich wie versteinert: er packt sie an den Schultern, zieht sie an sich und, nein, er küßt sie nicht, sondern sagt, sie an sich drückend:

»Geh, Liese, geh.«

»Hast du Schiß?« fragt die Aufseherin.

»Ja«, sagt Jurek schroff.

Sie zuckt die Achseln, verzieht das Gesicht und dreht sich auf dem Absatz um.

Kaum hat sie sich entfernt, als Jurek sie ruft, so leise, daß ich es kaum höre.

»Liese!«

Sofort dreht sie sich um. Sie macht ein paar Schritte, läuft dann auf ihn zu. Sie fallen sich in die Arme.

Die Liebe! Da kenne ich mich aus (in unserer Stadt gibt es mehrere Kinos). Aber ich verstehe nicht, warum man sich so heftig und mit so finsterer Miene beißen muß. Wie zwei Schläfer, die im Schlaf auf Leben und Tod miteinander kämpfen.

Jurek löst sich als erster.

»Geh, geh«, sagt er mir seltsam heiserer Stimme.

Er sieht eher elend aus und schaut sie ungeduldig an. Die Deutsche dagegen scheint zu strahlen, als hätte man ihr vor Gott und dem Reich einen Orden verliehen.

Jetzt, da sie aufrecht nebeneinander stehen, sehe ich, daß sie einen halben Kopf größer ist als Jurek.

Sie ist weg. Er geht auf und ab, läßt mit strengem Gesicht die Peitsche knallen. Einmal bleibt er so dicht an meinem Versteck stehen, daß er nur den Fuß vorzustrecken brauchte, um mich zu berühren. Dann dreht er sich jäh um und geht. Uff!

*

Auf mein Versteck bin ich durch Zufall gestoßen. Ich hatte Durst und reichte torkelnd die Steine weiter. Ich versuchte, meine Spucke zu schlucken, aber ich hatte fast keine mehr. Rote Kreise tanzten vor meinen Augen. ›Sonnenstich‹, dachte ich. Ich hatte nur einen Gedanken: mich in eine Ecke zu verkriechen, irgendwo im Schatten.

Die Latrine ist nicht weit, aber ihr schenken die Deutschen und die Kapos besondere Aufmerksamkeit. Sobald sich einige von uns dort versammeln, geht ein Steinhagel auf uns nieder. Nicht selten kreuzen sie persönlich auf, und ihre Peitsche überrascht uns in einer heiklen Stellung. Dann ergreifen wir die Flucht, notdürftig bekleidet, wie man sich leicht vorstellen kann, was den Fritzen und den Kapos ein ungemeines Vergnügen bereitet.

Alles in allem ist ein Sonnenstich besser als ein eingeschlagener Schädel. Ich habe lange gebraucht, bis ich mich aufraffte, aber um die Mittagszeit wurden einige von uns ohnmächtig. Ich hielt mich noch immer auf den Beinen, es kam nicht in Frage, daß ich mein fröhliches Bewußtsein verliere.

Ich hatte meinen Geistesblitz, als ich den Posten zur Latrine gehen sah. Ich begann in die entgegengesetzte Richtung zu rennen. Denn eines war klar: je weiter ich mich von der Kette entfernte, desto sicherer war ich. Plötzlich mußte ich vor einem Graben innehalten, der die Straße versperrte. Ohne nachzudenken, sprang ich hinein. Eine Weile kauerte ich dort mit angehaltenem Atem. Ich lauschte der Stille.

Ich wagte nicht, meine eingeschlafenen Beine auszustrecken. Ich brauchte eine Stunde oder länger, um mich zu beruhigen. Auf dem Berg ging alles weiter, die Kette, die Fritzen, ihre Hunde, die Routine eben!

Auf dem Bauch liegend, drang das alles wie ein stetes, mechanisches, fast harmloses Rumoren zu mir herüber.

Dann wurde meine Aufmerksamkeit durch ein anderes Geräusch geweckt, silbrig und regelmäßig, als ob unter mir, irgendwo in der Erde, eine Uhr tickte.

Ich brauchte kaum einen Meter zu kriechen, und nur mein Schutzengel hinderte mich daran, laut aufzuschreien: unten im Graben, zwischen den Kieselsteinen, sickerte Wasser. Ich war auf eine Quelle gestoßen. Alles weitere ist eine Frage der Kehle, der Haut, der ›Dankbarkeit‹ (noch ein Wort, auf das ich ein ›Recht‹ habe).

Als ich sah, daß die Kette sich auflöste, kehrte ich genauso einfach zu ihr zurück, wie ich sie verlassen hatte. Niemandem war aufgefallen, daß ein kahler Schädel fehlte. Es ist das Angenehme an diesem Ort, daß man niemandem fehlt.

Seither komme ich jeden Morgen in mein ›Büro‹. Ich habe mein ›System‹. Ich stelle mich ans Ende der Kette, und ich verlasse sie, einen großen Stein schleppend, als müßte ich einen besonderen Befehl ausführen. Es kommt sogar vor, daß ich unterwegs brumme: »Platz, Platz, bitte.« Die Mittagspause verbringe ich zusammen mit den anderen auf dem Berg. Sofi, die nicht wagt, etwas zu riskieren, ermutige ich erst gar nicht.

Und ich will auf keinen Fall riskieren, auch nur auf eine Sekunde Einsamkeit zu verzichten.

*

Seit ich tagsüber arbeite, geht alles besser, abgesehen von den wenigen Minuten Fußmarsch am Morgen, mit dem Tagebuch im Brotbeutel, den ich mir wie alle umhänge: wenn ich es mitnehme, riskiere ich sicher weniger, als wenn ich es unter dem Strohsack zurückließe, wo es den *Stubendiensten*, die überall herumschnüffeln, und den Sonderkommandos der Zwergin preisgegeben wäre. Es ist wenig wahrscheinlich, daß man uns unterwegs durchsucht. Doch sobald wir uns dem Tor nähern, fühle ich eine komische Leere anstelle meines Halses. In manchen Augenblicken verabscheue ich das Heft und fühle mich, als hätte man mich vor einen Höllenwagen gespannt. Dreimal habe ich den Nachschlag verpaßt. Zweimal bei der Suppe, einmal bei der Marmelade.

»Worüber beklagst du dich?« sagt Sofi. »Du bist hier die einzige, die nicht für die Fritzen arbeitet.«

*

Ich höre mein Herz schlagen. Wie etwas Unabhängiges, das im Gestrüpp kauert.

Es ist noch keine halbe Stunde her, daß ein weißes Pferd über meinen Kopf gesprungen ist. Sein glänzender, muskulöser Bauch zitterte unter der Anstrengung, denn es trug eine ungewohnte Last. Eine solche Fleischmasse habe ich zum letzten Mal im Zirkus gesehen: sie trug ein Motorrad samt Fahrer auf der Schulter.

Alles hatte so gut angefangen! Bei unserm Aufbruch schwebten ein paar unschlüssige Wolken am Himmel, und ein wohltuender, frischer Wind verhieß das Ende der Hundstage. Außerdem gab es zwei angenehme Überraschungen: in jeder Baracke sollen zwei Eimer Marmelade verteilt werden. Der deutsche *Bergkapo* hatte eine komplizierte Kieferoperation hinter sich, und sein wundes Zahnfleisch hinderte ihn am Brüllen. Seit dem frühen Morgen gurgelte er, eine Korbflasche in der Hand, und Johnny kurierte ihn wohl mit Anekdoten, weil er von Zeit zu Zeit mit geschlossenem Mund und schmerzverzerrtem Gesicht auflachte.

Unterdessen wandern die Steine langsam von einer Hand in die andere. Dieser Rhythmus macht mich faul. Statt zu arbeiten, schaue ich ständig nach draußen, bis ich sie endlich erkenne: zuerst das Mädchen in Uniform. Sie hat einen Helm in der Hand, lehnt am Bunker der Kapos und ähnelt von weitem einem jungen Baum. Jurek sehe ich nur halb (denn das Gelände vor dem Bunker ist abschüssig), seine dunkelgrüne Lederjacke mit Reißverschluß. Er hat die Augen geschlossen und bewegt kaum die Lippen, als ob das Sprechen ihn ermüdete.

Binnen einer Sekunde verändert sich alles. Zuerst das sorglose Gesicht der Aufseherin, ein rundes und fröhliches Gesicht, das plötzlich eckig, vor lauter Konzentration fast unangenehm wird. Mit zusammengekniffenen

Augen starrt sie auf einen Punkt im Tal. Dann packt sie Jurek an den Schultern und dreht ihn herum. Johnny und der *Bergkapo* sind auch schon da.

Vier Augenpaare, vier eckige Gesichter, die auf denselben Punkt starren.

Noch ist kein einziges Wort gefallen, und schon steht die Kette still, alle mit einem Stein in der Hand. Die Angst! Man könnte meinen, sie breite sich in Wellen aus wie der Schall.

Von der Stelle aus, wo sich die Unseren befinden, kann man das Tal nicht sehen, nur die vier angespannten, aufmerksamen Gesichter.

Die wunden Kiefer beginnen zu brüllen: *Los, Schweine, bewegt euch!* Und der Tanz beginnt, der Veitstanz.

Allein in meinem Versteck höre ich die Zweige erschauern, die Erde zittern, ich denke an ein Erdbeben, bevor ich das Geräusch der galoppierenden Hufe vernehme. Ich habe gerade noch Zeit, mich zu ducken, und schon fliegt der weiße Bauch über mich hinweg, gefolgt von weiteren Bäuchen. Dann sind sie wohl stehengeblieben. Ich höre nur noch meinen angstvollen Atem.

Der Reiter mit dem weißen Pferd steht dort, wo vorhin Liese gestanden hatte. Ein keuchender Wal mit einem enormen Bauch und dicken Hängebrüsten. Zahlreiche Orden zittern auf seiner Brust. Das also ist der berühmte kannibalische Ästhet! Sein Kopf erinnert an einen nackten, glatten Arsch.

Wie können diese geschwollenen Pranken nur einen

Revolver halten? Welche Entschlüsse quellen über dem dreifachen Kinn hervor? Wie können Grausamkeit, Perversität oder jede andere Eigenschaft überhaupt durch diese ekelhafte Fettschicht dringen? Kann man denn glauben, daß diese unförmige Masse etwas anderes ist als ein träger Stoffwechsel, daß sie etwas anders wollen kann als verdauen, schnaufen, ihren riesigen Organismus vor dem Schlaganfall bewahren? So sehr ich ihn auch anschaue, er drückt nichts aus, außer Fettleibigkeit.

Eine graue Bulldogge springt um ihn herum. Es ist das einzige Geschöpf, das sich zu rühren wagt.

Aber was ist das? Ein Laut, weder menschlich noch tierisch, rauh und beharrlich ... Dennoch ist das ›Gesicht‹ regungslos und heiter geblieben. Ich frage mich, ob dieser seltsame Laut von ihm oder von seinem Reittier ausgeht ...

Plötzlich prescht er los. Ein kurzer Galopp. Und seine Peitsche saust auf einen Rücken nieder. Vor Schreck hat die Unglückliche wohl ihren Stein auf den Huf des Pferdes fallen lassen, denn das Tier bäumt sich auf, und der befremdliche Laut wiederholt sich. Jetzt erkenne ich ein Zeichen seines Zorns: das dreifache Kinn zittert.

»*Rex, komm her!*« ruft er seinen Hund und deutet auf das Mädchen.

Und die Jagd beginnt.

Sie springt über den Graben, flüchtet zuerst hinter den Bunker, stürzt dann ins Tal hinunter.

Sie stolpert, muß ihre Schuhe zurücklassen.

Noch hält sie durch, obwohl sie häufig strauchelt und in Panik gerät.

Die Bulldogge ist ruhiger. Ihre Überlegenheit ist offenkundig. Es ist ein ›Profi‹.

Ich sehe sie nicht mehr.

Die Steine wandern weiter durch die zitternden Hände. Der Reiter steht hinter ihnen, betrachtet sie ganz aus der Nähe, regungslos, mit einem jovialen, fast väterlichen Ausdruck über seinem dreifachen Kinn, als wollte er sagen: ›Gott segne euch, Kinder.‹

Endlich taucht die Bulldogge wieder auf: allein. In ihren großen, vor Sättigung und Anstrengung verschleierten Augen liegt die Gleichgültigkeit der Vollgefressenen. Sie rülpst.

Die Reiter sind sofort losgaloppiert, als hätten sie nur auf den Hund gewartet.

Johnny bringt den Körper (oder was davon übrig ist) auf den Armen herauf

Er war unkenntlich. Aber die Pritsche zur Linken ist leer, die von Illus aus Miskolc. Bald wird sich der Basar der Falks dort breitmachen.

Ich frage mich, ob es irgendwo einen Ort wie diesen gibt, wo Gott Vater praktisch unaufhörlich auf der Anklagebank sitzt. Wenn er Illus aus Miskolc nach seinem Bilde geschaffen hat, dann trifft das auch auf ihren Mörder zu. Die Gnädige, die zum Christentum übergetreten war, in der Hoffnung, ihre Tochter zu retten, weiß sich keinen Rat mehr. Ihre einzige Gewißheit: »Das alles kann nicht das Werk der Menschen sein.«

»Bleibt der Teufel«, schlage ich vor.

Sie hat Skrupel, aber wenn man es recht bedenkt – ist er nicht der einzige, an dem man an diesem Ort nicht zweifeln kann?

Ich, die ich sogar an meinen Zweifeln zweifle, bete nur noch zu meinem Atem: ›Laß mich bitte nicht im Stich.‹

*

Jetzt ist es passiert, ich habe mein Heft samt dem Brotbeutel auf der Pritsche vergessen. Kaum war ich auf dem Berg angekommen, ging ein Platzregen nieder. Ich brauche wohl nicht zu betonen, daß mein Fetzen von Beutel mein ›Werk‹ nicht davor bewahrt hätte zu zerfließen.

Sogar im Schlaf kommt es vor, daß ich daran denke, es im Strohsack suche. Und heute (welchen Tag haben wir?) habe ich es vergessen!

Ich war bis zum großen Tor gekommen, ohne Verdacht zu schöpfen. Erst dort hatte mich der Angstreflex daran erinnert. Hätte ich meine Arme vergessen, meine Bestürzung wäre nicht größer gewesen.

*

Zur Abwechslung sind wir heute ›Erdarbeiterinnen‹ bei Hagelwetter! Wir stechen mehr oder weniger große Brocken vom Rand des Berges, die wir mit Schaufeln planieren sollen, auf einer so großen Fläche, daß wir nur noch höhnisch grinsen können wie Einarmige, denen befohlen wird, durch die Donau zu schwimmen. Sogar die Kapos können nicht leugnen, daß diese neue ›Arbeit‹, so wie die der Kette, keinen anderen Zweck hat, als uns zu ›beschäftigen‹. Der beste Beweis: daß sie uns bei dem Unwetter arbeiten lassen, wo die Erde klebt und wir nur Schlamm planieren können, und auch das nur in den selten Augenblicken, wenn unser Gleichgewicht nicht von Windstößen bedroht ist und die Eiskörner uns nicht zwingen, die Augen zu schließen. Auf unsere Schaufeln gestützt, greifen wir blindlings nach der Hand unserer Nachbarin. Blinde gegen Blinde. Aneinander geklammert, bilden wir mit unseren Körpern ein Bollwerk gegen den Wind, zum großen Mißfallen der Kapos, die es uns nicht gleichtun können. Zwischen den Pfützen strauchelnd, ausrutschend und fluchend, warten sie auf den Befehl zum Abbruch.

Sie warten vergebens.

Während eines windstillen Moments hebe ich die Augen und sehe etwas sehr Seltsames! Eine Art Riesenvogel, der über dem Nebel schwebt. Erst nach einer ganzen Weile begreife ich, daß seine ›Flügel‹ unsere Lumpen und dieses fliegende Ungeheuer wir selbst sind.

»Warum flennt ihr, wir sind genauso naß wie ihr«, schimpfen die Kapos und verkriechen sich in ihrer Lederkleidung.

Niemand schimpft mehr. Nun hat der Sturm das Sagen. Er schüttelt uns hin und her, zögert, ob er uns flach auf den Boden werfen oder ins Tal hinabschleudern soll. Und vorerst ist es noch ein harmloses Spiel. Denn als er heftiger als zuvor wieder losbricht, erfaßt er uns ganz und gar. Alles ist nur noch eine bösartige Welle, und es zählt nur eines: die Luft. Wir ringen um unseren Atem, eng aneinandergepreßt, stemmen wir dem Unwetter den Deich unserer Körper entgegen.

Wie ist es dazu gekommen? Ich weiß es nicht. Aber plötzlich fand ich mich allein, in einer Pfütze oder vielmehr in einem Bach aus Schlamm sitzend: vom Sturm gepeitschte Schlammwellen schwemmten mich fort wie einen Kieselstein – ausgeschlossen, mich auf der glitschigen Erde aufzurichten. Der Wind warf mich sofort wieder um. Wie lange hat diese Rutschpartie gedauert? Als es mir schließlich gelang, innezuhalten und mich aufzurichten, war ich schon im Tal und sah den Berg nur noch von weitem in beängstigender Entfernung.

Und wenn inzwischen der Befehl zum Aufbruch käme! Die ganze Kompanie müßte im Gewitter ausharren und auf mich warten! Ich habe einen Eisklumpen in der Brust. Aber sogar zu Eis erstarrt, schlägt mein Herz wohl noch, denn die Toten frieren nicht mehr. Irgendwo aus der Tiefe meines Entsetzens taucht der nasse *Appellplatz* auf und die Stange ...

Plötzlich höre ich Stimmen hinter mir. Vielleicht bin ich ja nicht die einzige, die abgerutscht ist. Es sei denn, sie kommen und holen mich! Ich drehe mich um: niemand. Die Stimmen dringen aus einer Baracke wenige

Schritte hinter mir. Frauenstimmen, wie mir beim Näherkommen scheint, aber ich kann die Worte nicht verstehen. Vor der Tür verläßt mich der Mut, und ich zögere, bis ein neuer Windstoß für mich entscheidet.

Als ich die Tür öffne, werde ich von warmen Dämpfen eingehüllt, die mich fast blind machen. Beim Geräusch der Dusche weiß ich, daß ich in einem *Waschraum* bin. Nach den Tausenden von Nudisten, mit denen ich schon zu tun hatte, hätte ich nie gedacht, daß mich eine Handvoll Nackte in Verwirrung stürzt! Sind es ihre Haare? Unwahrscheinliche Rundungen voller Schaum, die ihre parfümierte Haut einseifen. Andere reiben sich mit Frottéhandtüchern ab. Mein kahler Schädel, meine Lumpen und dieser Geruch nach *cold cream*! Am liebsten würde ich mich zurückziehen, bevor mich jemand bemerkt. Statt dessen reiße ich ein Stück von meinem Kleid ab und mache mir ein Kopftuch daraus. Zum Totlachen, dieser nasse Fetzen auf meinen Kopf! Wieder draußen sein bei meinen Kameradinnen, irgendwo im Sturm ...!

Aber ich rühre mich nicht, bleibe versteinert auf der Schwelle kleben und bete im stillen, ich möge unbemerkt bleiben.

Ich werde weggedrückt, ich stolpere, stoße an die Tür: diejenige, die hereingestürmt kam, hat mich nicht bemerkt. Ich sinke auf ein ›Loch‹. Ich schluchze. Noch nie hatte ich es so bitter nötig.

Eine Hand berührt mich sacht, löst den nassen Lumpen auf meinem Kopf. Wegen meines Schluchzens verstehe ich nicht, was sie sagt, aber das macht nichts, da die triefende Vogelscheuche, die ich bin, Anrecht auf Liebkosungen hat – etwas Außerordentliches an diesem Ort, das mich in eine Art von Glück taucht, so zerbrechlich wie ein Traumgebilde. Aus Vorsicht flenne ich weiter. Damit sie dableibt. Sie setzt sich auf das ›Loch‹ neben mir, sagt, ich solle mich nicht genieren, Weinen sei eine Wohltat – die sie leider verloren habe und vermutlich nicht wiederfinden werde. Danach verflüchtigt sich alles: das Unwetter, der Berg, die anderen, sogar meine Angst und die Stange. Ich spreche, kann gar nicht mehr aufhören: von meinen Eltern, meiner Klasse, meinem Tagebuch, meinem Entschluß durchzukommen. (Das Zuhören ist hier genauso selten wie eine Liebkosung.) Plötzlich stocke ich mit dem Gefühl, allein zu sein. Aber sie ist da, lächelt mir zu, doch wie aus weiter Ferne, mit jenem allwissenden polnischen Lächeln, dem zu mißtrauen ich gelernt habe. (Sie halten uns für harmlose Irre, denen man besser nicht widerspricht.)

Sie wolle mich nicht mit ihrer eigenen Geschichte langweilen. Jetzt gehe es ihr gut. Zusammen mit ihrem Mann leite sie die Schlosserei. Trotzdem würde sie sofort mit mir tauschen, so wie ich bin, durchnäßt und zerlumpt. Sie steht wieder und wickelt sich ein Handtuch um den Kopf.

›Sie geht weg!‹ denke ich bekümmert.

»Sagen Sie, sagen Sie mir, was hier vorgeht!«

Und sogleich fühle ich mich fehl am Platz, aufdringlich, und ich schweige. Während sie ihre Haare trocknet, lächelt sie mir weiter zu, sagt, man dürfe nie die Hoffnung verlieren, was man eben Kindern so erzählt, die man fast immer für blöder hält, als sie sind. Sie bittet mich, einen Augenblick zu warten, sie wolle mir etwas bringen.

Sie bleibt lange fort, und unterdessen hat meine vom Hunger entzündete Phantasie Zeit, sich ein Brathähnchen zu genehmigen, nach Herzenslust zu delirieren.

Als sie mit ein paar Fetzen im Arm zurückkommt, bin ich fast enttäuscht. Aber nur einen Augenblick: ein Kittel aus schwarzem Lamé, nein, ich solle ihn nicht gleich anziehen, probieren wir doch zuerst diesen Pullover. (Wenn ich ihn über meinem Kleid trüge, könnten die Deutschen ihn konfiszieren.) Unter dem Pullover hat der Kittel mehr Schmiß, und ich bekomme obendrein noch ein weißes Seidentuch! Unter ihren leichten Händen entsteht ein Turban. Er paßt wunderbar zu meiner dunklen Haut und dem schwarzen Kittel!

»Sieh an, wie hübsch du bist!« ruft sie aus und küßt mich auf beide Wangen.

War wirklich sie es, die mir vor ein paar Minuten ihr trostloses Lächeln schenkte? War ich es, die so bitterlich in ihren Armen schluchzte? (Nicht einmal auf seinen eigenen Kummer kann man sich verlassen!)

Mehrere Taschenspiegel strecken sich mir entgegen. Aber der beste Spiegel ist immer noch die Fensterscheibe. Nackte Arme drängen mich dorthin.

Alle Badenden freuen sich, staunen wie ich selbst.

Man könnte glauben, ich hätte mich völlig vergessen. Bin ich das wirklich, diese junge Person mit dem Turban, so frisch und herausgeputzt?

Bevor sie geht, ruft sie mir ihren Namen zu: Elli Reich. Jeden Morgen könne ich sie hundert Meter von hier in der Schlosserei finden. Sie umarmt mich, man könnte meinen, sie wäre dankbar für die Freude, die es ihr gemacht hatte, mich zu trösten. Vor lauter Rührung habe ich nicht einmal bemerkt, daß das Gewitter aufgehört hat, wie eingeschüchtert durch mein unerwartetes Aussehen.

Ich komme genau in der Mittagspause an. Die Erdarbeiterinnen sind bis auf die Knochen durchnäßt, was sie nicht daran hindert, Mund und Augen aufzusperren. Wo immer ich mich hinwende, stoße ich auf mein skandalöses Spiegelbild: all die Schweinereien, die ich begangen haben mußte, um einem geilen alten Polakken diese ›Beute‹ abzuluchsen. Ich weiß, daß die Wahrheit keine Chance hat, denn nichts entgeht dem Gesetz des Lagers: ›Von nichts kommt nichts.‹ – Man könnte meinen, daß dieser ›meinen Reizen erlegene geile Bock‹ mir eher nützt! Denn Ruchele, die die Suppe austeilt, verliert derart die Fassung, daß sie mich als erste bedient. Sofi, die aussieht wie eine halb ersoffene Maus, niest und murmelt dazwischen: »Du hast diese Sachen, unwichtig woher!« Mehr hat sie nicht zu sagen.

»Von wo hast du die Sachen?«

»Von einer Polin.«

Ich höre diese merkwürdige Stimme, die meinige, als käme sie aus einer fremden Kehle. Es ist Jurek, wie einem Brunnen entstiegen, der mich unter seinen Lidern belauert:

»*Ganz nett*«, sagt er zwischen den Zähnen und verzieht sich.

*

Eine halbe Stunde Schlaf würde mich aufmöbeln. Aber daran ist in der Baracke nicht zu denken, denn sonntags ist Waschtag. Alle rennen geschäftig herum, eingehüllt in Decken, aus denen lediglich spitze Schultern, kahle Schädel ragen und ein ständiges Geplapper dringt, von dem man Kopfweh kriegt. Überall hängen Lumpen, die mit ihren Flecken, ihren Rissen und vor allem ihrem ranzigen Geruch (das kalte Wasser vermag ihn nicht zu vertreiben) unseren Ruhetag beleben und verpesten. Da ich nicht arbeiten kann, verfolge ich das ›Wirken‹ unserer neuen Nachbarin zur Linken, die ihre freie Zeit damit zubringt, einem Klumpen Lehm Gewalt anzutun (in Wirklichkeit Schlamm, den sie mit Sand ›festigt‹). Sie macht daraus seltsame Formen, wie man sie nirgendwo sieht, als ob die Natur sie störte. Freilich war die Natur nicht sehr nett zu ihr, da sie ihr einen Schnurrbart verpaßt hat, der Zweifel an ihrem Geschlecht aufkommen läßt.

Sie sagt: »Das ist nicht mein Problem.« In diesem Moment wirkt sie konzentriert, abwesend, als dächte sie über ein wichtiges Werk nach. Und dann dreht sie sich um und sagt ernst: »Einverstanden.«

Sie überschlug den Preis für ein Stück Seife, das die Falks ihr für eine Wochenration Marmelade anboten.

*

Hätte ich wenigstens nicht alles meinem Glück zu verdanken!

Kaum bin ich bis zur Badebaracke gelangt, wo ich mich nach der Schlosserei erkundigen wollte, als mich, noch bevor ich verschnaufen konnte, eine Kahlgeschorene außer Atem anspricht:

»Jurek sucht dich überall. Wenn wir dich nicht innerhalb von fünf Minuten vorzeigen, erschlägt er den ganzen Haufen.«

»Worauf wartest du noch? Bist du taub?«

Sie packt mich. Ich lasse mich mitzerren. Wir fliegen auf den Berg, ich spüre mein Gewicht nicht. Mein Kopf ist leer, meine Hand in der ihren weich wie Teig. Vor dem Bunker der Kapos läßt sie mich los. Als ich eintrete, sehe ich Jureks Rücken. Er wühlt in einer Kiste oder einem Sack. Ausgeschlossen, daß er die Tür nicht gehört hat. Ich habe Zeit, wieder zu Atem zu kommen. Ich gehe vor. Er rührt sich nicht. Eine Weile stehe ich da und betrachte den Rücken dieser Bestie. Es ist seine Art, mich in meiner Angst zappeln zu lassen. Er genießt es, der Hund!

»Sie haben nach mir gefragt?«

Ich mache einen Schritt auf den Rücken zu, er dreht sich um. Mit einem Anflug von Genugtuung stelle ich fest, daß er sich räuspern muß.

»Wo warst du?« fragt er so leise, daß man eine Gänsehaut kriegt.

Doch meine Stimme läßt sich zum Glück nichts anmerken:

»Auf der Latrine. Mir war schlecht.«

»Was hast du?«

»Durchfall.«

Ich glaube, daß ich das Schlimmste hinter mir habe, und blicke ihn an, ohne mit der Wimper zu zucken. Was ich auf seinem Gesicht sehe, läßt mich wieder erstarren.

»Das werden wir ja sehen«, zischt er und packt mein Handgelenk, als wollte er mir den Puls fühlen.

Ich ziehe meine Hand zurück, eine Geste, die so unüberlegt ist wie die der Pupille vor einem Staubkorn.

Die Hand, die die meine ergriffen hatte, bleibt einen Moment in der Schwebe. Ich murmele:

»*Ich habe kein Fieber.*«

»*Aber eine Ohrfeige, das hast du!*«

Und sofort die Empfindung von etwas Schwerem, als wäre mir ein Schrank auf den Kopf gefallen. Der Bunker schwankt, dann ist es dunkel. Erst danach fängt meine Backe an zu brennen.

Ich versuche, mich beim Hinausgehen gerade zu halten. Als ich bei der Tür bin, ruft er mir nach:

»Warte!«

Ich höre seine dumpfe Stimme im Rücken.

»Wo sind die Sachen, die du gestern angehabt hast?«

»Beim Teufel«, sagte ich und drehe mich um.

Er begnügt sich damit zu feixen. Man könnte meinen, daß die Wut, die er weckt, ebenso wohltut wie die Angst. Tatsache ist, daß ich den Bunker auf meinen Beinen verlasse mit dem dunkelroten Abdruck seiner Pranke auf meiner Backe.

Bis zum Abend habe ich mit diesem Brandmal geschaufelt. Unempfindlich gegen das Gerede, gegen die Ironie, sogar gegen die Sonne.

Ich erinnere mich nur an einen Rat, den ich erhalten habe, aber nicht daran, wer ihn mir gegeben hat.

»Am besten geht man diesen Henkern aus dem Weg.«

Worauf ich geantwortet habe:

»Ich werde ihn umbringen ... mit einem Backstein.«

*

Die Erdarbeiten! Wir ziehen die Schaufeln hinter uns her, ohne sie zu benutzen. Die Hitze, das Stehen, nichts ist so aufreibend wie die Absurdität von alledem. Ich schleppe die kostbaren, vergeudeten Stunden wie Gewichte mit mir herum.

Es ist wie bei jenen langweiligen Träumen, in denen lauter unbedeutende, sinnlose, aber dennoch ermüdende kleine Dinge passieren. Man langweilt sich im Schlaf, man weiß, daß das alles nicht möglich ist, daß man aufwachen muß. Und gerade dann, wenn man es unter großen Mühen schon fast bis an die Schwelle des

Bewußtseins geschafft hat, zieht einen ein neuer Unsinn wieder zurück. Dabei zählt der heutige Tag nicht zu den schlimmsten, schon wegen eines fast unvorstellbaren ›Ereignisses‹, das soeben stattgefunden hat.

Die Mittagspause war zu Ende. Wir wollten gerade unsere Schaufeln wieder zur Hand nehmen, als wir eine seltsame Gruppe zum Bunker hochsteigen sahen. Es waren Kahlgeschorene. Die bunten Kopftücher und die sauberen Kleider konnte es nicht verbergen. An der Spitze ein schlankes, aber nicht ausgemergeltes Mädchen in einem gut sitzenden, wenn auch ein wenig kurzen Kleid mit einer Armbinde auf dem Ärmel: *Lagerkapo*. Donnerwetter, so was haben wir unter den Kahlgeschorenen noch nie gesehen! Ihr wiegender Gang, ihre lässige Haltung und schließlich die unverwechselbaren, unter ihrem kurzen Kleid herausragenden ›Säulen‹ – und tatsächlich, es war das ›Phänomen‹, Julika, blühend, fast hübsch. (Ich war mir sicher, daß sie und ihre Mutter in ihrer Eigenschaft als *Stubendienst* dem Berg entronnen waren.) Und siehe da, sie gibt Johnny die Hand, und mit geschäftiger Miene diskutieren sie, als handelte es sich um wichtige Dinge.

Die Gruppe der Frauen wartet in einiger Entfernung.

Eingeschüchtert von soviel Sauberkeit, kommt es uns nicht einmal in den Sinn, sie anzusprechen. Und über das ›Phänomen‹ wundere ich mich kaum. Ist das Außergewöhnliche bei ihr nicht alltäglich? Und wenn sie plötzlich einen Dolch zöge, um wie Charlotte Corday den *Bergkapo* zu erstechen, wäre ich nicht sonderlich überrascht.

Von dem Ereignis ganz benebelt, habe ich es fast vergessen: ein Attentat auf den *Führer*. Das wissen wir von der neuen Wache (einem Siebenbürger Sachsen). Sobald Windstille herrscht – zum Beispiel wenn der *Bergkapo* auf der anderen Seite des Hügels brüllt –, tischt er uns in unserer Sprache herrliche Räuberpistolen auf.

Seiner Meinung nach ist der Krieg sozusagen zu Ende, aus, *Schluß* (man fragt sich, warum wir dann noch hier sind, warum er immer noch sein Gewehr trägt und so ängstlich nach rechts und links schielt).

Nicht irgendein Terrorist, sondern ein reinrassiger deutscher General hat das Attentat verübt. Und ihn verfehlt. Er hat die Kugel verdient. In einem so langen Krieg hätte er lernen können zu zielen, das ist das Mindeste.

Aber auch ich habe Momente der Amnesie, in denen ich nicht mehr verstehe, was ich hier tue und warum ich eine Schaufel mit mir herumschleppe. Bestürzt schaue ich mich um. Sofi meint, ich hätte die gefährliche Neigung, wieder der Logik zu verfallen.

*

Der ›Solidarität‹ (gewöhnlich trifft man sie in Kriegsromanen an) begegnete ich heute in Plaszow, an diesem drückend heißen Tag des Herrn.

Wie beflissen zermartern sich doch unsere ›Freunde‹ das Hirn, um unser Leben abwechslungsreicher zu gestalten! Und immer wieder fällt ihnen etwas Neues ein: heute zum Beispiel die Arbeit im ›Akkord‹. Jeder soll ein bestimmtes Stück Gelände planieren. Wer es nicht schafft, muß es in der Mittagspause nachholen. Und wem auch diese Zeit nicht ausreicht, nun ja, der wird schon sehen, was ihm blüht! Vielleicht ist der ›Akkord‹ gar nicht so maßlos, aber kaputt wie ich bin, ist es ein Ding der Unmöglichkeit. Alle haben mich überholt. Ich sehe nur noch Rücken: der entfernteste ist der der Bildhauerin. Schon wenn ich ihr zuschaue, werde ich müde. Was für ein Eifer! Man könnte meinen, es macht ihr Spaß. Sie trällert (mit diesem Schnurrbart!), sie legt sich ins Zeug! Ich sehe, daß sie zu meiner Parzelle zurückkommt, als sie mit ihrem Akkord fertig ist. Ich winke ihr.

»Bleiben Sie ruhig«, ruft sie mir zu.

Ich wage nicht, es zu glauben, und schleppe mich zu ihr.

»Machen Sie sich keine Sorgen, ich bin mit meinem Akkord schon fertig.«

Ich sehe wohl ziemlich dämlich aus. Sie lächelt. In dieser Nacht habe sie mich laut sprechen hören. ›Sie träumt‹, habe sie sich gesagt. Aber nein! Mit an die Wand gestütztem Kopf hätte ich gearbeitet, und als könnte die Hand meinen Gedanken nicht folgen, hätte ich ungeduldig gemurmelt, mir selbst diktiert und dabei gestikuliert und Grimassen geschnitten, ein richtiges

Spektakel! Sie entnimmt ihrem Beutel einen faustgroßen Kopf aus Lehm, voller Runzeln, mit halboffenem Mund und zerquältem Ausdruck, den Kopf einer alten Frau.

Sie errät meine Gedanken, sagt, sie habe ungeheure Mühe gehabt, mich zu modellieren, denn der Ausdruck meines Gesichts ändere sich ständig mit meinen Gedanken, aber sie wolle einen neuen Kopf von mir machen, ruhend und mit meinem hübschen Turban. Sie schmiedet Pläne, organisiert sich, als wäre das Lager ein Atelier, ein möglicher Ort für ihre überschäumende Energie. Ich solle mich beim Akkord nicht überanstrengen. Sie selbst sei an körperliche Arbeit gewöhnt dank ihrem Beruf und ihrer bäuerlichen Herkunft. (Ich wußte gar nicht, daß es jüdische Bauern gibt.) Außerdem war sie im Gefängnis gewesen.

Sie wartet auf mich, um es mir zu erklären. Man habe die Juden ohne Ausnahme und ohne Unterschied abtransportiert, ob sie nun zu drei Monaten oder zu zwanzig Jahren verurteilt waren.

»Heißt das, daß hier das Ende des Wegs ist?«

»Hier sind wir an der frischen Luft«, sagt sie, »im Gefängnis waren uns weder Hofgang noch Besuche erlaubt.«

Ich frage mich, was sie bei ihrer Energie ›verbrochen‹ haben mochte. Aber sie hat nichts ›verbrochen‹, es sei denn Flugblätter und Reden gegen die Ordnung der Dinge. Zufällig bin ich die Tochter eines Rechtsanwalts und weiß, daß, wer die Ordnung der Welt erschüttern will, die Armee, die Polizei, die Justiz auf seiner Seite haben muß ... Daß es Witzbolde gibt, die hoffen, es mit Flugblättern zu schaffen! In unserem Mietshaus hatte ein solches Ehepaar gewohnt. Mal saß der Mann, mal die Frau im Gefängnis, und wenn einer von ihnen, der gerade in Freiheit war, mit meinen Vater sprach, durften wir Kinder nicht durchs Vorzimmer gehen. Es waren ernste, verschlossene Menschen, und die Grundsätze, für die sie Entsetzliches erduldeten, ließen mich vor Ehrfurcht erschauern, denn ich gehörte zu denen, die beim Zahnarzt zittern.

Ich muß wohl komisch aussehen, denn sie sagt:

»Vergessen Sie es, wenn es Sie stört.«

Ich sage, sie habe recht, darüber zu sprechen, denn woher man auch komme und wer man sei, eingesperrter als hier könne man nicht mehr sein.

»Was Sie nicht daran hindern wird, heute nacht zu schreiben, wette ich.«

»Und Sie nicht daran, die Welt ohne eine einzige Bombe, sogar ohne eine Pistole verändern zu wollen.«

Sie lacht.

»Mehr denn je! Auf die Gefahr hin, in Ihrem Tagebuch eine komische Figur abzugeben.«

»Mein Tagebuch und Ihre Flugblätter, das läuft auf dasselbe hinaus, es ist zum Totlachen.«

Doch ich glaube, daß sie keine komische Figur abgibt, denn Komiker lachen nie über sich selbst.

*

Die *Bergkapos* amüsieren sich mit Reptilien statt mit Peitschen. Eine Schlange klatscht auf meine Schulter. Es ist ein Scherz von Jurek. Ich tue ihm nicht den Gefallen, einen der ›typisch weiblichen‹ spitzen Schreie auszustoßen, von denen der Berg widerhallt. Er läßt das Ding um meinen Kopf kreisen – und, was für ein krepiertes Reptil schon eine Leistung ist, es richtet sich kerzengerade auf, inmitten der um die Wette (fast wollüstig) kichernden Erdarbeiterinnen. Mit seinem hinter den geschlossenen Lidern lauernden Blick, seinem angespannten maskenhaften Gesicht, seinem geschmeidigen Gang ähnelt er einem Gaukler, einem Jongleur, kurz, einer Zirkusfigur. Er greift in seine Tasche, holt eine kleine Schachtel in einer rosa Hülle heraus und drückt sie mir in die Hand.

»*Mach es nur auf.*« Es ist ein Befehl.

Um zu vermeiden, daß mir eine Maus oder eine Kröte ins Gesicht springt, halte ich die Schachtel von mir weg und öffne sie vorsichtig. Was herausspringt, ist weder eine Maus noch eine Kröte, sondern ein starker Sardinengeruch. Ich habe ein Sandwich mit Butter und Sardinen in der Hand. Ich schiele nicht zu der ›Maske‹, aber ich spüre, daß sie sich verzieht. Ich spüre auch die Wellen von Hunger, die mich von allen Seiten erreichen. Ich stehe im Mittelpunkt aller leeren Mägen, der Hungersnot der ganzen Welt. Achtung, sage ich mir, vor allem nichts überstürzen. Ich mache die Schachtel wieder zu und werfe sie in aller Ruhe weg (auch wenn sie weiter entfernt hätte zu Boden fallen können). Ich sehe, wie die Menge herbeirennt, sich darauf stürzt und wie Jurek mit finsterer Miene dazwischenfährt. Schließlich läßt Johnny, wie gewöhnlich mit drei Fingern im Mund, seine Sirene ertönen. Alle sind an ihrem Platz, und wir marschieren los.

Ein Marsch, der mir meines zurückgehaltenen Jubels wegen sehr lang vorkommt. Ich kann es kaum erwarten, auf meinem Strohsack zu sein, damit endlich die Freude explodieren, mich überfluten kann. Aber nein! Es ist mir schon öfter aufgefallen: die Freuden, mit denen ich allzu sehr rechne, lassen mich im Stich, so als hätte ich ein Wettrennen gewonnen, um am Ende festzustellen, daß ich ganz alleine gerannt war, ohne Rivalen und ohne Beistand.

P.S. Eine Laune: während Sofi das Brot holte, habe ich mich mit meinen neuen Klamotten herausgeputzt, mich dann unter der Decke wieder ausgezogen und alles in den Strohsack gestopft. Man frage nicht, was das für einen Sinn hat!

(Wenn man sich selbst begreifen könnte, würde man – vielleicht – mit den anderen auskommen.)

*

Ich schreibe auf einer umgestülpten Kiste, sitze also auf einem richtigen Hocker. Zwischen meinem Kopf und dem unerträglichen Himmel von Plaszow eine Menge Balken (bei halbgeschlossenen Augen von unten gesehen, scheinen sie zu wogen). Ständig schaue ich sie an, als könnten sie sich von einem Moment zum andern in Luft auflösen. Dabei schwänze ich gar nicht. Es ist mein ›legales‹ Dach. Ich bin nämlich in einer Kleiderkammer ›angestellt‹.

Angestellt ... ein Grund, berauscht zu sein. Beim Schreiben habe ich so etwas wie ein unverwüstliches Lächeln auf den Lippen. Das Lächeln von jemandem, der im Winter aus einer sicheren, warmen Stube durch das Fenster in die eisige, gefahrvolle Welt hinausschaut. An all das Schreckliche denken, dem ich entronnen bin: der Sonne, dem Regen, den Kapos, den nackten Hintern in der Latrine, die vor der Peitsche flüchten, Jurek ...

Heute morgen beim Appell ist mein Freund mit dem Heft aufgetaucht. Er hat um Ruhe gebeten, ist mehrmals an der Kolonne vorbeispaziert und hat mit seinem vor Aufmerksamkeit angespannten langen Gesicht alle Reihen durchforscht. Zuerst wählt er ein ›blondes‹ Mädchen, Alice, was niemanden überrascht. Jedenfalls kann von den zweitausend Köpfen nur einer ›blond‹ genannt werden. In Wirklichkeit handelt es sich lediglich um eine Franse auf der Stirn, die die slowakische Haarschneiderin verschont hat, nachdem sie die Schere in einer goldenen Haarflut gedreht und gewendet hatte, ohne sich entschließen zu können. So war dieser weibliche Samson bei uns geblieben; die Franse ist wirkungsvoller als alle Schliche der Falks. Als *Stubendienst* hat es Alice noch nie an der doppelten Ration Suppe gemangelt, ebensowenig wie ihrer Kusine Magda, die sie immer bei sich behalten konnte.

Jetzt sind schon zwei aus der Reihe herausgetreten, und der Mann mit dem Heft läßt einen aufmerksamen Blick über die Reihen schweifen, als suchte er jemand. Ich spüre mein Herz in der Kehle. Nichts wäre mir lieber, als herauszutreten, aber wie in jenen Alpträumen, in denen man sich nicht bewegen kann, obwohl das Leben davon abhängt, rühre ich mich nicht. Plötzlich steigt mir das Blut in den Kopf: Ruchi Falk steht vor dem *Lagerkapo.* Ihr süßlicher Tonfall einer falschen Bettlerin, ihre unsägliche Vulgarität, ihre Häßlichkeit, es hilft nichts, ihr Gequatsche wiegt alles auf: ihre Schwester sei erst dreizehn, ein schwaches, kränkliches Kind, das die Arbeit am Berg zugrunde richte. Ein Murren geht durch die Reihen. Surele ist kein einziges Mal auf dem Berg gewesen! Und schon steht das kleine Miststück neben Alice und Magda. Vier Mädchen aus Dunaszerdahely schließen sich der Gruppe an, auch das ist kein Zufall.

Zwar bilden wir Siebenbürgerinnen die Mehrheit im Transport. Doch was bedeutet die Zahl gegenüber dem Schwergewicht einer festen Einheit? Der unverbrüchlichen Solidarität einer Bande aus demselben Ort? Eine für alle, alle für eine. Vom Schlag etwas begriffsstutziger Musketiere, und allesamt Analphabetinnen. Weiß man denn nicht, was die Grenze der Welt ist? Die Donau und besonders die Donau in Dunaszerdahely. Alles andere ist leeres Gerede. Sie haben das Glück, alles zu verachten, was sie nicht kennen, angefangen mit dem Vokabular, das sie frohgemut verhunzen, wir nennen sie die ›Hunninnen‹.

Zusammen mit den Hunninnen macht das also sieben. Der *Lagerkapo* zählt sie noch einmal und sucht mit dem Blick noch einmal konzentriert die Reihen ab. Sofi zieht mich, die Bildhauerin schiebt mich. Ich bleibe regungslos stehen, während ein zweites, ängstliches und gieriges Ich alle seine Bewegungen verfolgt. Endlich wendet er sich verdrießlich an Felicia.

»*Wo ist die Kleine ... die Kleine?*« fragt er, und sein Blick hält nicht weit von mir inne.

»*Aber bitte, ich bin gar nicht klein.*«

Endlich richte ich mich auf, trete einen Schritt vor, mein Gesicht brennt unter all den auf mich gerichteten Blicken, dem des erleichterten und gleichzeitig verärgerten *Lagerkapos*:

»*Warum hast du dich nicht sofort gemeldet?*«

Ich murmele, das wisse ich nicht, und plötzlich erinnere ich mich an Sofi.

»Meine beste Freundin, bitte, nehmen Sie doch auch sie mit in die Gruppe!«

Nichts zu machen, er braucht nur acht Personen. Aber um die werde er sich kümmern.

Am Ausgang begegnen wir den drei *Bergkapos*. Sie haben sich verspätet. Oder hat man uns heute früher antreten lassen? Jurek entdeckt mich sofort und pflanzt sich vor dem *Lagerkapo* auf. Sie reden Polnisch, aber an ihren mir zugewandten Blicken verstehe ich, daß er ihm wohl erklärt, daß ich zu seiner Gruppe gehöre, der *Lagerkapo* mustert ihn verwirrt (wir gehören doch alle zu seiner Gruppe). Ich spüre einen leicht gereizten Blick auf mir. Er sagt, ich könne auf den Berg zurück, wenn ich will. Ich schüttele den Kopf: nein. Dorthin zurück, barmherziger Gott!

Der Berg! Wenn es mir doch nur gelänge, ihn aus meinen Alpträumen zu vertreiben! Lieber die Hunninnen, die mich bereits scheel ansehen, als hätte ich mich durch meine Weigerung, wegzugehen, hier eingenistet und einen Platz besetzt, der rechtmäßig ihnen zusteht.

Und nun das ›Magazin‹! Man stelle sich einen uralten Müllkasten vor, mit Girlanden von Schimmel und Spinnweben geschmückt. Wir müssen lange suchen, bis wir inmitten dieser natürlichen Elemente ein paar vergilbte Unterhosen aufstöbern und dann, wenn sich das Auge langsam an die Umgebung gewöhnt, eine Unmenge nach Schimmel riechender Hosen, Hemden, Blusen, Pullover, wild durcheinandergeworfen oder aneinanderklebend. Früher hatten sie wohl eine Farbe. Spuren davon findet man unter den dicken Schichten von Staub und Dreck, sobald man sie ausschüttelt. Hin und wieder entschließe ich mich dazu. Hustend wende ich mich schnell ab: ich habe Angst, Gedanken zu verraten, die sich eine ›Angestellte‹, noch dazu eine Neue nicht leisten kann. Denn wir, die Neuen, haben weder Hemd noch Unterhose. Jeden Fetzen, jedes Stück Seife kaufen wir mit unserer »Ration«. Wie viele Brotrationen liegen hier im Staub, halb von Motten zerfressen? Was unsere im übrigen durchaus gutwilligen Arbeitgeberinnen nicht zu stören scheint, die sich in ihren makellosen Kitteln ungezwungen in all diesem Unrat, diesem Ratten- und Schimmelgeruch bewegen. Jedesmal, wenn sie einen Blick nach draußen werfen, schieben sie die Spinnweben vor dem Fenster wie einen Vorhang beiseite. Ein Beweis dafür, daß sie in ihrem früheren Leben Vorhänge gehabt haben müssen.

Die älteste ist Frau Ellis, eine hagere, erschöpfte, nervöse Person, deren Alter sich unmöglich näher bestimmen läßt. Doch die ›Nervöse‹ sei sie, die jüngere, Sonja (um die dreißig) – jedenfalls behauptete sie es, und man solle sie nicht ernst nehmen. Tatsächlich ist sie ständig in Bewegung, beendet selten ihre Sätze und wartet die Antwort auf ihre Fragen nicht ab. Wenn man sie hört, ist Reden lediglich ein Tick, denn wer in Plaszow hätte wohl etwas zu sagen, was nicht schon gesagt worden wäre? Daß sie heute morgen noch lebe, habe für den Abend oder für die nächste Stunde nichts zu bedeuten, denn bei diesen ›Hunden‹ könne man nie wissen. Sie hat recht, das sinnlose Wiederkäuen ist tödlich, sogar bei einer Tragödie. Wenn man eine kennt, kennt man alle: das Getto, die ›Aktionen‹* und die Vergeblichkeit von allem. Und das Wort, das sie ständig wiederholen: *Scheiße*.

Von ihr haben wir die Geschichte der dritten und jüngsten der Magazinverwalterinnen erfahren, Vanja. Sie ist ›Arierin‹, einzige Tochter eines reichen Landwirts. Sie hatte die extravagante Idee, einen Juden im Getto zu heiraten. Sie war ihm ins Lager gefolgt, ob-

* Massentötungen.

wohl die ›Hunde‹ auf Einschreiten ihrer Familie hin bereit waren, sie gegen eine hohe Kaution auf freien Fuß zu setzen, sofern sie in die Scheidung einwilligte. Das kam für Vanja nicht in Frage. Ihr Mann ist voriges Jahr bei einer Aktion liquidiert worden. Seither läuft sie den lieben langen Tag im Magazin und die ganze Nacht in der Baracke herum. Sie sei schon immer eine Sphinx gewesen, jetzt aber mache sie den Mund nicht mehr auf. Sie sei von vornherein mit allem einverstanden und »atmet nur aus Gewohnheit«, sagt Sonja, und das sei vielleicht besser für sie. Man könnte meinen, daß die Apathie sie bewahrt. Es sieht nicht so aus, als hätte ihr Drama ihr etwas anhaben können. Im Gegenteil, es geht ihr glänzend – mit ihren riesengroßen, umschatteten Augen, ihrer durchsichtigen Haut, ihrem ätherischen Wesen scheint sie die lebende Veranschaulichung ihrer romantischen Geschichte zu sein. Kaum vorstellbar, daß sie, so zauberhaft und tragisch, wie sie ist, sich ernährt, jeden Morgen aufsteht, die Wasserspülung zieht wie jedermann. »Immerhin ißt sie«, bemerkt eine der Hunninnen in ihrer Schlichtheit, »sonst hätte sie nicht die Kraft, den ganzen Tag herumzulaufen.« »Man muß ein dickes Fell haben«, fügt sie hinzu, »um im Unrat zu leben. Mit allen diesen Toten und Geschichten hinter sich.« Sie behauptet, gesehen zu haben, wie die dicke Sonja die Raben mit Brot fütterte. »Wenn ich nur Deutsch könnte, dann würde ich ihr sagen, daß es hier welche gibt, die hungriger sind als die Raben und die Toten.«

Ist ihnen noch nie in den Sinn gekommen, die Fenster zu öffnen? Und wir? Wozu sind wir hier? Vielleicht zum Saubermachen? Offensichtlich sind die Spinnweben ihr ›Dekor‹. Sie haben Jahre gebraucht, all diesen Dreck anzuhäufen, bestimmt liegt ihnen viel daran, es ist ihre Vergangenheit, gewissermaßen ihr Museum. Ein epochaler Dreck. Vielleicht kämen sie sich verloren, vertrieben vor, wenn man das alles wegschaffte.

Endlose Beratungen. Schließlich vertrauen wir die Sache Alice an, wegen ihrer Franse, ihrer entschlossenen Miene und ihres ausgezeichneten Deutsch. »Ich will es versuchen, sagt sie, mag kommen, was will.«

Und sie pflanzt sich vor Sonja auf:

»Wollen Sie uns freundlicherweise sagen, worin unsere Arbeit besteht? Wir möchten gern anfangen.«

Sonja zieht die Augenbrauen bis zum Haaransatz hoch, die Frage trifft sie unvorbereitet:

»Wenn ihr den Fußboden aufwischen würdet ...« sagt sie zögernd.

»Den Fußboden aufwischen? Was hat das für einen Sinn, wenn die Wände, die Regale, die Fenster, einfach alles vor Dreck starrt?«

Es ist eine der Hunninnen, die wild gestikulierend vorgeprescht ist. Es folgt eine energische Zurechtweisung von Alice, die sich zu benehmen weiß. Vielleicht ist sie aus demselben Ort oder derselben Region, aber sie gehört zu den ›höheren Kreisen‹. Die Hunninnen verehren sie fanatisch, so wie sie mich verabscheuen. Warum? Darauf kommt es nicht an, die Hunninnen brauchen keine Gründe, sie funktionieren automatisch aus Stammesgewohnheit.

»Meinst du«, fragt Sonja besorgt, »das müßte alles …«, und mit ihrem kurzen Arm beschreibt sie einen Kreis.

»Genau«, rufe ich aus, »Großreinemachen.«

Sie scheint den Vorschlag zu erwägen, klatscht dann plötzlich in die Hände.

»Wunderbar! Großartig!«

Und sie gibt mir einen kräftigen Schmatz. Ich spüre, daß der Haß der Barbaren mich wie ein Pfeil durchbohrt. Davon abgesehen haben wir gemeinsam gute Arbeit geleistet. Für morgen bleiben uns nur noch die Fenster und der Fußboden. Wir hätten mehr schaffen können, wenn unsere Chefinnen uns nicht ständig im Weg gewesen wären. Zum ersten Mal habe ich mich im Lager auf nützliche Weise bewegt. Ich habe daraus sogar persönlichen Nutzen gezogen, denn mit Hilfe von vier Kisten habe ich mir in einer Ecke ein ›Arbeitszimmer‹ gebastelt.

Wir hatten Besuch vom *Lagerkapo.* Er tat so, als erkennte er die Örtlichkeit nicht wieder. Vermutlich übertrieb er seine Überraschung, um uns eine Freude zu machen. Er streckte die Hand aus. Bei mir fing er an, und da ich nicht gleich begriff, schob ich meine Hand mit leichter Verzögerung recht ungeschickt in die seine. Kann man auch das Händeschütteln verlernen? Diese Kleinigkeit genügte, mir die Laune zu verderben.

P. S.: Sein Name ist Konhauser, vorher leitete er ein Altenheim in Schlesien. ›Von dort bis ins Leichenhaus‹, dachte ich, ›ist es nur ein Schritt.‹

*

Mir ist nicht zu helfen. Die schäbigen Reibereien machen mich fertig. Nie werde ich mit Dunaszerdahely und dem Unbehagen zu Rande kommen, das es mir bereitet. Dabei hatte ich den Schlüssel zu der Situation in der Hand. Nur ein Augenblick, eine Bewegung, und die gefürchtete Stadt hätte sich mir geöffnet. Und ausgerechnet diesen einmaligen Augenblick, diese Bewegung habe ich verpaßt. Ich bin verloren, dem massiven Groll einer Horde von Debilen ausgeliefert. Ich habe nicht einmal den Trost, daß ich nichts dafür kann, falls es nicht mein persönlicher Dämon (ein Ausbund an Eitelkeit) ist, der mir unaufhörlich zuflüstert: »Laß dir nichts gefallen.« Und ich lasse mir nichts gefallen! Und ich zahle und schufte! Und es nimmt kein Ende! Heute hat ›er‹ Sonja benützt. Sie hat mir ein Butterbrot zugesteckt. Aber warum gerade mir? Aus demselben verfluchten Grund, dem ich den schwarzen Kittel und den Turban verdanke. Aus Tücke, um mich in Teufels Küche zu bringen und sich über mich lustig zu machen.

Die anderen hielten sich am Ende des Magazins auf und kehrten uns den Rücken, als Sonja, in der richtigen Annahme, daß die Augen normalerweise unter der

Stirn angebracht sind, mir das Butterbrot in die Hand drückte. Aber Sonja kennt weder die Hunninnen noch Suri Falk: sie sind Ausnahmen von der Regel – sie sehen mit dem Rücken und sogar mit ihren Fersen. Ganz zu schweigen von den Kusinen, die ebenfalls mehr sehen, als sich für junge Mädchen aus ›höheren Kreisen‹ schickt.

Sie haben es gesehen, ich weiß es. Sie wissen, daß ich es weiß. Sie warten, mir schamlos zugewandt, und lassen ihre erregten Blicke vom Butterbrot zu meinem Gesicht und von meinem Gesicht zum Butterbrot wandern. Sogar unter der blonden Franse nimmt der Appetit einen schwärmerischen, erbärmlichen Ausdruck an.

Verletzte Eigenliebe, Trotz? Kurzum, der Dämon läßt sich auf einen heftigen Kampf mit einer vernünftigen Person ein, die nur ihre Haut retten will. Und letztere scheint die Oberhand zu gewinnen. Ich weiß, was ich zu tun habe, es ist ganz einfach. Ich brauche das Butterbrot nur Rosi aus Dunaszerdahely zu geben, einer trübsinnigen, niedergeschlagenen Person, die an einer geheimnisvollen Frauenkrankheit leidet und über die ihre Gefährtinnen mit sonderbarer Zuneigung wachen: »Faß das nicht an, dumme Gans!« oder »Willst du wohl die Kiste loslassen, Herrgott noch mal!« ...

Ein friedliches, mit Wertschätzung und freundlichen Gesichtern erfülltes Dasein! Ich brauchte nur die Hand auszustrecken ... Hätte dieses schwächliche Geschöpf bloß nicht angefangen, mit wollüstiger Hingabe in der Nase zu bohren! Es ist nicht Ekel, sondern der Wunsch, ihr auf die Hand zu schlagen, und eine Erinnerung, die diesen Wunsch aufleben läßt: als ich Sofi einmal dabei ertappte, wie sie ihre Pickel aufkratzte, habe ich ihr einen Klaps gegeben. Verdanke ich nicht ihr dieses Butterbrot, wenn ich es überhaupt jemandem ›verdanke‹?

Mit welchem Recht glotzen sie mich so an? Sie brauchen bloß zu warten! Um die Gunst einer Horde von Wilden zu buhlen! Das fehlte gerade noch! Ich klappe mein Butterbrot zusammen, lasse meinen Blick nacheinander über die drei sich verdüsternden Barbaren schweifen, über die ›Franse‹, über Suri, die vor Aufregung fast ihr spitzes Kinn fallen läßt. Ich drehe mich um und gehe seelenruhig zu meinem ›Büro‹. Leider verfolgt mich die Stille, die ich hinter mir lasse, wie die Ankündigung eines Unheils, wie ein böses Los, das ich mir selbst geworfen hätte.

›Geächtet‹. Noch ein Wort, auf das ich ein Recht habe, schwerer als alle anderen. Es ist das erste Mal, daß ich an den Berg denke, als wäre er nicht das Schlimmste, was mir zugestoßen ist.

Ich wage nicht zu weinen. Es kommt nicht in Frage, ihnen dieses Vergnügen zu gönnen!

Die kleine Suri streicht um mich herum (das ist noch verletzender als die Einsamkeit). Einmal hat sie sich in mein ›Büro‹ geschlichen – ihre kleinen Insektenaugen glänzten – und mir zugeflüstert:

»Wir zwei werden zu den Polacken halten, ja?«

»Raus!«

Zu mehr hatte ich nicht die Kraft.

Wie tief bin ich gesunken! In meinem großen Elend habe ich das Butterbrot allein verschlungen, und ich habe nichts geschmeckt. Keinen Hunger mehr, soweit ist es mit mir!

Wenn es nur dabei geblieben wäre!

Vor der Baracke erwarten mich Sofi und die Bildhauerin mit geheimnisvoller Miene und einem unumstößlichen Programm. Wenn ich täglich zwei bis drei Unterhosen und Hemden stehle (sie meinen, unter meinem Kittel sei reichlich Platz dafür), könnten wir in ein paar Wochen den zerlumptesten Teil der Baracke versorgen.

Mein Blick geht von einer zur anderen.

»In einigen Wochen? Ist das nicht zu lang?«

»Warum? Hast du eine bessere Idee?« fragt Sofi ängstlich und schmutziger denn je.

»Ja, Einbruch hat mich schon immer mehr gereizt als Diebstahl.«

Sie schweigen. Dann meint die Bildhauerin versöhnlich, im Augenblick sei ich vielleicht zu müde, aber sobald ich ausgeruht wäre, bitte sie mich, ihr doch freundlicherweise ein paar Minuten zu widmen.

Warum nicht, natürlich, ich stände jederzeit zur Verfügung. Doch in dieser Sache sei es besser, sich an Suri Falk zu wenden! Ich schenke ihnen ein reizendes Lächeln.

Sie will nicht glauben, daß es mir Ernst ist. Ihr mißbilligender Ton, ihre beschissene ›Moral‹! Als trüge sie die ganze Menschheit auf ihren Schultern – alle Verdammten der Erde! Nur auf meine Schultern darf sie nicht zählen! Die sind zu schwach. Der einzige Verdammte, den ich zu tragen habe, nämlich mich, geht schon über meine Kraft.

»Hören Sie, gnädige Frau«, sage ich mit meiner ruhigsten Stimme.

»Ich bin ledig«, berichtigt sie sanft.

»Es ist mir egal, was Sie sind, und wenn Sie der Papst wären. Ich mische mich nicht in Ihre Angelegenheiten. Und wenn ich einen Vormund brauche, werde ich es Sie wissen lassen.«

»Sie sind wirklich nicht auf dem Damm«, fährt die unerschütterliche Junggesellin voller Mitgefühl fort. »Nicht einmal der Berg hat Sie so mitgenommen.«

Da hat sie gar nicht so unrecht!

Sie verstehen nicht, warum ich lospruste. Weil ich schon jetzt sehe, was für ein Gesicht sie gleich machen werden.

»Morgen gehe ich zurück auf den Berg, ich biete Ihnen meine Stelle an. Dann können Sie auf eigene Gefahr die Baracke versorgen.«

Damit lasse ich sie stehen, verziehe mich auf meine Pritsche und tue so, als ob ich schliefe. Und sie insistieren nicht weiter.

*

Konhauser hat dicke Scheiben Brot verteilt, großzügig mit Quark bestrichen. Die (kleinere) Hälfte davon habe ich für Sofi aufgehoben: auch von ihrem Anteil am Quark habe ich noch was abgezwackt.

Mein Gewissen ist so la la.

Heute bin ich mit dem Gefühl zwischen den Regalen herumgeschlichen, als werde ich verfolgt oder vielmehr ›belauert‹. Ich habe oft den Eindruck, daß mich die aus Dunaszerdahely und Alice nicht aus den Augen lassen. Und ich? Halte ich etwa nicht den Atem an, sobald sich Suri oder eine der Barbarinnen in die Nähe der Regale mit der von uns gewaschenen, gebügelten und gestapelten ›Ware‹ wagt? Was gäbe ich nicht darum, wenigstens einen Stoß Hemden oder Hosen zählen zu können! Ich selbst habe noch nichts angerührt. Es kommt nicht mehr in Frage, irgend etwas unter meinem Kittel verschwinden zu lassen, ›die Baracke einzukleiden‹. Aber es ist komisch, seit die ›humanitären‹ Träume der Bildhauerin anscheinend erloschen sind, beginnt der Gedanke mich zu reizen. Jedenfalls erscheint er mir nicht mehr unvorstellbar.

*

Kriminaldrama im Magazin. Alles wuselt herum, erregt sich, verurteilt. Wer hätte das gedacht: hinter der Franse von Alice schlummerte ein Staatsanwalt! Sonja und Dunaszerdahely – die Ordnungskräfte. Angeklagte, Richter, Zeugen, sogar der Verteidiger, alle sind da: ein ganzer Gerichtshof. Nur ich, der ›Zuschauer‹, und Vanja, das ätherische Wesen, gehen unverdrossen in der Baracke hin und her.

Anlaß für den Prozeß ist eine Tasche: vierzig Złoty waren aus ihr verschwunden. Sonja, die Geschädigte, vergißt entschieden die ›Vergeblichkeit des Ganzen‹ und stampft, außer sich, mit dem Fuß auf. »Misthaufen«, »Saubande«, und sie schwört trampelnd, lieber wolle sie ganz allein den Fußboden schrubben als von Gaunern umgeben sein. »Das sehen und sterben«, murmelt eine der Hunninnen, denn das war zuviel für die Würde der berühmten Ortschaft. Die ›vornehme‹ Alice: kreidebleich. »Durchsucht uns«, schlägt sie vor. Aber dabei blieb es. Jemandem fiel auf, daß die kleine Falk wegging. Wir fanden sie auf dem Müllhaufen in der Nähe des Magazins. Sie kauerte zwischen Knochen, Küchenabfällen und anderem Unrat. Sie hielt die Scheine fest in der Hand, und bevor wir sie erreicht oder angeschnauzt hatten, begann sie verzweifelt zu schwören. Sonja ohrfeigte sie. Und nun wird sie von den Hunninnen in die Zange genommen, ohne daß sie aufhört, ihre rührende Geschichte eines polnischen Onkels weiterzuerzählen, den sie ganz durch Zufall getroffen habe.

»Hier, neben dem Misthaufen?« fragt Alice

Ihrem Gesichtsausdruck nach zu schließen, flößen ihr die unerwartet auftauchenden Onkel keinerlei Vertrauen ein.

In härterem Ton fährt Dunaszerdahely fort:

»Innige Familienumarmung, was?«

»Auauau«, brüllt Suri, die weiterhin mit beeindrukkender Entschlossenheit die Złotys in ihrer Hand festhält (eine Falk bleibt eine Falk, sogar unter der Folter).

Und jetzt die Prozession: Sonja an der Spitze, rosig, ›brutzelnd‹ wie eine Pute, die gerade aus dem Backofen kommt, gefolgt von Dunaszerdahely mit der brüllenden Trophäe, dann die Kusinen, die versuchen, ihr die Złotys zu entreißen, und schließlich ich, die am liebsten ›da capo‹ riefe wie in der Oper nach einer Bravourarie.

Achtung, wir kommen zum Wendepunkt. Er erwartet uns vor der Tür zum Magazin. Ein dunkler, untersetzter kleiner Mann mit einem komischen Gesicht, wie von Kinderhand mit einem dicken Bleistift gezeichnet. Warszawski (Besitzer dieses drolligen Gesichts) ist der Lagerfotograf, seine Dunkelkammer befindet sich gegenüber dem Magazin. Frau Ellis und Sonja meinen, er habe ›nichts von einem Intellektuellen‹. Trotzdem macht er ausgezeichnete Fotos von den Deutschen, ihren kleinen Freundinnen, ihren Hunden und manchmal sogar von Sonja. Ein fideler Bursche um die vierzig. Er hat eine Tochter in meinem Alter verloren und erzürnt bis zu Tränen, wenn jemand an seiner ›tiefen Traurigkeit‹ zu zweifeln wagt. Ein Großmaul eben, dem es gelingt, hin und wieder sogar Vanja ein mattes Lächeln zu entlocken.

Man stelle sich vor, dieser ›tieftraurige‹ Mann hat eine Schwäche für Suri. Für dieses Monstrum! Vielleicht weil sie so grauenhaft häßlich, klein und abstoßend ist.

Und woher sollte ein frustrierter Vater in Plaszow saubere, schöne und liebenswerte Kinder nehmen?

»Was wollt ihr von der Kleinen?« sagt er drohend und stellt sich dem Zug in den Weg.

»Auauau!« brüllt das ›Kind‹ aus vollem Hals (es wäre keine Falk, wenn es die Situation nicht ausnutzte).

Und ihre Gendarmen sind gezwungen, sie loszulassen.

Sonja, der er den Eintritt ins Magazin versperrt, zetert außer sich. Frau Ellis fängt an, drinnen zu toben, und auch Vanja, die Nymphe, tritt als Statistin in Erscheinung.

Sie wären handgreiflich geworden, wäre Sonja nicht so klein und wabbelig gewesen. Energisch klopft sie auf den muskulösen Arm des Fotografen. Der lacht, begnügt sich damit, seine Fäuste bei sich zu halten, bevor er sich an sie wendet (in Wirklichkeit an uns alle):

»Du kriegst deine Złotys, aber erst, wenn du uns sagst, woher sie stammen.«

Und da die Antwort in einem abermaligen Hagel von Flüchen besteht, antwortet er an ihrer Stelle:

»Gestohlen hast du sie.«

Er schaut sie ruhig, fast gutmütig an, läßt das Donnerwetter vorübergehen und fährt fort:

»Und dazu noch von den Unseren, von denen, die draußen in der Hitze krepieren. Du stiehlst, ich stehle, alle stehlen, wieder ein Tag, eine Stunde, die dem Tod abgerungen wurden. Ich mache dir keinen Vorwurf, aber was willst du dann von dem Kind? Komm, Suri!«

Mit seiner großen Pranke drückt er das kleine zitternde Etwas an sich, das zwischen Tränen und Lächeln zu schwanken scheint, sich schließlich dafür entscheidet, unter den Tränen ein Lächeln durchsickern zu lassen.

»Ich nehme dich in mein Atelier«, sagt der Fotograf. »Ich garantiere dir zwar nicht, daß du das Handwerk erlernst, aber stehlen ganz bestimmt. In Taschen wühlen! Was für ein Blödsinn! Statt ein paar Sachen von den Regalen zu nehmen! Dafür bekommst du doppelt soviel von den Gojim, die in der Stadt arbeiten, und niemand nennt dich eine Diebin.«

Ich wage nicht, mich zu rühren, aber der Blick, den die Kusinen wechseln, entgeht mir nicht. Die angestammte Ehrlichkeit von Dunaszerdahely scheint ins Wanken zu geraten.

Sonja brüllt weiter, auf polnisch, auf deutsch, auf jiddisch (drei Sprachen, die sich in dieser Baracke ständig vermischen). Die umherirrende Vanja tut nicht einmal so, als hörte sie zu. Plötzlich durchzuckt mich der Gedanke, daß auch sie vom Stehlen lebt, von dem, was sie den halbnackten Gerippen auf dem Berg wegnimmt.

*

Kleine Ungeschicklichkeit: in der Dunkelheit bin ich versehentlich in die Dunkelkammer geraten. Der Fotograf war gerade dabei, für sich und Suri einen Fleischtopf zu kochen. Beide wirkten erhitzt, aus Verlegenheit oder wegen der verlockenden Dämpfe. Ich bin schnellstens abgehauen. Aber Warszawski kam mir nachgerannt und hat mir ein ganzes Brot zugesteckt: ich solle es unter uns sieben verteilen.

Eine andere Neuigkeit: wir werden zusammen mit den Polen als ›Magazinarbeiterinnen‹ zum Appell antreten. Von weitem habe ich Elli Reich gesehen. Mehrmals versuchte ich, ihren Blick zu erhaschen, vergebens. (Vielleicht ist sie kurzsichtig.)

Beim Appell stehen die *Bergkapos* am andern Ende des Platzes, Jurek verschlafener denn je, schön wie eine Schlange.

*

Der *Lagerkapo* hat Alice, Magda und mich ausgesucht, damit wir das Magazin neben dem unseren saubermachen. Dort lassen die christlichen Häftlinge ihre Zivilkleider zurück, die sie bei ihrer Entlassung wiederbekommen werden. Wir irren zwischen den Kleider- und Anzugreihen herum und atmen den geliebten Staub von früher ein.

»Erinnerst du dich an mein blaues Shantung-Kleid, es hatte denselben Schnitt«, sagt Magda zu ihrer Kusine.

Minutenlang betrachten wir das Shantung-Kleid, das dem von Magda gleicht, und wir seufzen einmütig.

Dem *Lagerkapo* zufolge gehört dieses Magazin zu unser aller Aufgabenbereich, und wenn er dessen Reinigung uns dreien anvertraue, dann nicht, weil er unsere

Kolleginnen nicht schätze, aber ihrer Intelligenz falle es schwer, sich auf deutsch auszudrücken. »Denn bei einer Frau«, sagt er seufzend, »suche ich vor allem Intelligenz! Wie kommt es, daß ich sie immer nur bei hübschen Frauen gefunden habe?«

Damit schenkt er uns etwas, von dem wir glaubten, es befände sich in der Schwebe, im Winterschlaf. Und das war auch besser so. Sind hübsche Frauen in einem Lager nicht wie Blumen auf einem Grab?

»Ich hätte nie gehofft, eine Schriftstellerin unter meinen Untergebenen zu haben. Übrigens, wie steht es mit deinem Roman?«

»Es ist kein Roman, sondern ein Tagebuch.«

»Also mit deinem Tagebuch! Wie schade, daß ich eure eigentümliche Sprache nicht verstehe, die mich doch immer wieder in Erstaunen setzt.«

»Es wird übersetzt werden.«

»In Deutsch?«

»In alle Sprachen.«

»Ja ... natürlich ...«

Bestimmt fragen sie sich, ob ich Witze mache oder einen Stich habe, und setzen eine Allerweltsmiene auf. Und ich mache die Dinge durch kein Lächeln leichter.

Dann kommt er auf die Geschichte mit Suri zu sprechen. Er bittet uns um Einzelheiten, um einen Bericht von A bis Z. Dabei geht aus seinen Fragen hervor, daß er sich gebührend unterrichtet hat.

»Das hat er zu Sonja gesagt, mit diesen Worten, vor der ganzen Kompanie? Hahaha ...!«

»Was meinen Sie?« frage ich, als ob nichts wäre. »Waren diese Sachen denn für unseren Transport bestimmt?«

»›Bestimmt‹« (er sagt es in einem seltsamen Ton, mit einem seltsamen Lächeln), »du hast eine recht poetische Sicht der Dinge.«

Ich weiß, es ist ein unpassendes Wort, wie jedes beliebige Wort am Ort eines Gemetzels. Ich weiß eine ganze Menge durch den Fotografen, unter anderem, daß die Sachen, die uns am Bahnhof von Auschwitz abgenommen wurden und die auf die Häftlinge der verschiedenen Lager verteilt werden sollten, Gegenstand eines schwungvollen Handels sind, von dem die Häftlinge nur die Abfälle zu sehen bekommen. Und kann man erwarten, daß ein so ›kolossaler‹ Kommandant wie der unsere (der Fettleibige auf dem Pferd) allein mit seinem Sold für seinen Appetit, den seiner Dogge und seiner Pferde aufkommen muß, ganz zu schweigen von den jungen Frauen, die sich ebenfalls nicht aus schierem Idealismus mit einem Organismus wie dem seinen abfinden?

Ich denke lieber nicht darüber nach, womit unser Wohltäter seinen Unterhalt bestreitet. Zu meiner Überraschung schneidet er selbst dieses heikle Thema an. Er habe daran gedacht, alles zu verteilen, was noch im Magazin ist, aber das sei ja so wenig! Etwa eine Unterhose für zehn Personen. Er fürchtet das Chaos.

Ich merke an, daß das ein paar Durchfälle weniger bedeuten würde. Er zuckt die Achseln: ich brauchte bloß mit den Damen vom Magazin zu reden. Ihm fehle der

Mut, wie er gestehe, diese Wäscheangelegenheit überfordere ihn. Wir stehen auf, es ist Zeit, mit der Arbeit anzufangen. Er wolle hoffen, daß wir uns nicht zu Tode schuften. Ob es uns störe, wenn er ein Schläfchen halte? Er macht uns darauf aufmerksam, daß er seine freie Zeit mit Schlafen verbringe, und da er viel freie Zeit habe, schlafe er den ganzen Tag. Eine Himmelsgabe, sein persönliches Rezept gegen den Krieg und allen Irrsinn. Er werde uns seine Träume erzählen, sie seien wunderbar. Worauf er sich auf das Sofa legt, von dem wir uns erhoben haben, und sein Gesicht mit einem Kissen ohne Bezug zudeckt.

»Noch etwas«, dringt es unter dem Kissen hervor, »wenn es klopft, müßt ihr mich zuerst wecken und erst dann aufmachen.«

*

»Du brauchst bloß mit den Damen vom Magazin zu sprechen.« Ich mache mir keine Illusionen über die Damen, aber diese Wäschegeschichte wurmt mich allmählich. Ich versuche, Sonja anzusprechen. Sie zeigt sich verständnisvoll, nickt, ich sage mir schon, das läßt sich gut an, als sie, Gott weiß warum und unter welchem Vorwand, das Thema wechselt. Es geht nur noch um ihren Onkel, den Zahnarzt, der am Tag der Kriegserklärung den Geist aufgab. Was für ein Schwein der gehabt hat! ›Warte nur, ich kriege dich schon ...!‹ Aber da sehe ich sie bereits ganz verklärt zur Tür rennen, ein bescheidenes und gleichzeitig strahlendes Lächeln auf den Lippen.

Hoher Besuch. Ein junger Offizier und, an seinem Arm, Liese, ja, sie ist es in Fleisch und Blut, Jureks Aufseherin. Auf geheimnisvolle Weise kommt unter der Theke ein Karton hervor, und ein pastellfarbener Regenmantel taucht auf. Sonja stellt sich auf die Zehenspitzen und probiert ihn Liese an. Diese bewahrt ihr lächelndes Gesicht (oder unterdrückt mit Mühe einen Lachanfall), läßt sich vergnügt bewundern, grüßt nach rechts und nach links, bald leutselig, bald majestätisch. Sie bringt alle zum Lachen, angefangen mit ihrem Freund (oder Verlobten), bis hin zu Warszawski, dem ›tieftraurigen‹ Mann. Sogar auf meinem Gesicht macht sich, wie ich nicht ohne Mißbilligung merke, ein dem Umständen entsprechendes Lächeln breit.

Nun ist Warszawski an der Reihe, mit seinen Fotos zu glänzen. Auf allen ist Liese sehr gut getroffen: in Zivil und in Uniform, mit oder ohne Offizier, mit einer niedlichen weißen Katze im Arm (zwei Verräter). Hätte ich ein Objektiv im Auge, dann könnte auch ich ihr ein paar Schnappschüsse offerieren.

*

Morgens geht unser Abmarsch selten ohne Schikanen vor sich. Wir müssen die Baracke bei Tagesanbruch verlassen, wenn die anderen, ›die Verdammten‹, zum Berg aufbrechen. Das Magazin aber wird nicht vor acht Uhr geöffnet (außer wenn eine Kontrolle droht). Dazu kommt das Talent des Magazinkapos für den Schlaf! Manchmal müssen wir zwei Stunden vor dem ›Basar‹ warten, allen möglichen Hänseleien und Beleidigungen ausgesetzt. Die Geißel Nummer eins ist natürlich die Zwergin. Denn um diese Zeit macht sie ihre Wanderung auf der *Lagerstraße* rund um die Küchen und Waschräume. Sie weiß genau, was mit uns los ist, aber sie kann Konhauser nicht ausstehen und tut jeden Morgen völlig überrascht:

»Was treiben denn diese ›Schmuckstücke‹ hier?«

Und sie versäumt nie, uns mit ihrer Peitsche zu ›necken‹, bloß damit sie nicht aus der Übung kommt.

Aber heute morgen (es muß wohl an den Wechseljahren liegen, wie im Magazin behauptet wird) hatte sie eine ganz neue Idee: »Zieht euch aus«, befahl sie mitten auf dem *Appellplatz* vor den feixenden Wachen und Straßenkehrern, nur um zu sehen, ob wir gestohlene Wäsche unter unseren Kitteln versteckten.

Konhauser kreuzte genau in dem Moment auf, als sie sich anschickte, die Hunnin Rosi zu maßregeln, die sich nicht ausziehen wollte (sie erwartet ein Baby). Die Gesichter der ›Barbarinnen‹ muß man gesehen haben. (Ich wage nicht, mir vorzustellen, was geschehen wäre, wenn unser Chef sich nur eine Minute länger auf seinem Kanapee geräkelt hätte.)

»Zieht euch an!« schrie er.

Unsere Fetzen in der Hand schielten wir zu der verkrüppelten Person, die unser Zögern zu belustigen schien, genauso wie die Wut von K., der den Befehl wiederholen mußte.

Wortlos ließ sie die Peitsche knallen und entfernte sich oder verschwand vielmehr wie ein Gespenst in einem Horrorfilm. Dieser Vorfall hatte unseren Retter so erschöpft, daß er sich sofort zu einer kleinen Schlafkur zurückzog. Vor dem Abendappell sollten wir ihn nicht mehr zu Gesicht bekommen. Aber die Frauen sind außer sich. »*Die Hexe*«, murmelt die apathische Vanja, vor Haß fast menschlich geworden beim Anblick unserer kahlen, leichenblassen Schädel.

Bei dieser Gelegenheit erfahren wir ein paar Einzelheiten über den Aufstieg der Zwergin. Im Getto hat sie den Fluchtplan einer Gruppe verraten, zu der sie gehörte (einen Plan, den sie im übrigen selbst ausgeheckt hatte). Auch Sonja gehörte dazu und Frau Ellis mit ihren beiden Kindern, Konhauser mit seiner Verlobten und viele andere. Einige wurden umgebracht, andere kamen in den Waggons um (die beiden Kinder von Frau Ellis und die Verlobte von K.).

Nach vier Jahren war es ihm gelungen, dieses Magazin auf die Beine zu stellen, dessen Kapo er wurde. Er war es, der sie als ›nützliche Juden‹ vor den Aktionen bewahrt hat. »Seiner Energie haben wir alles zu verdanken.« Dieser große Schläfer war früher anscheinend ein Kämpfer gewesen, und wir, die wir ihn erst seit kurzem kennen, sehen nur, was von ihm übrig ist. ›Reste‹, mehr bekomme man in Plaszow nicht zu sehen, und wir müßten noch darum beten, daß es so bleibe.

Ich gebe zu bedenken, daß der Krieg ja nicht ewig dauere. Darüber können sie nur lachen. Ihr Schicksal habe nichts mit dem Krieg zu tun: sie wüßten zuviel!

Wenn es jemanden gebe, der hier herauskommen werde, dann Frau Potrez (die Zwergin). Mit dem, was sie hier hinter dem Stacheldraht zusammengerafft habe, könne sie sich alles kaufen: die Russen, die Amerikaner, den lieben Gott, so wie sie den Kommandanten gekauft hätte – was eigentlich eine Leistung sei, denn dieser Fettsack sei ebenso dämlich wie unheilvoll.

»Es wird ihr gelingen, ihr gelingt alles.«

Es ist ein Herzensschrei von Sonja. Wütend läuft sie im Magazin herum. Doch wie gewöhnlich hält sie mittendrin inne, setzt sich und erklärt:

»Entschuldigt, ich habe nicht mehr die Geduld, zu leiden.«

*

Das Magazin ist eine Durchgangsstation für die Polakken, die auch die ›Reste‹ genannt werden. Es ersetzt die Kneipe, die Post, das Casino, hier werden Nachrichten ausgetauscht, Gerüchte, Alpträume. Plötzlich bin ich mit Vanja allein. Um mir nichts vorzuwerfen, nutze ich die Gelegenheit und irre mit ihr von einer Ecke des Magazins zur andern. Ich lege ihr kurz dar, wovon ich Sonja bereits überzeugen konnte. Ich werde nie erfahren, was sie davon hält, denn ich sehe ihr Gesicht nicht, da sie mir immer einen Schritt voraus ist.

»Wie viele seid ihr da drüben?«

»Zweitausend«.

Und schon verliere ich den Boden unter den Füßen. Es ist hoffnungslos. Trotzdem fange ich gewissenhaft wieder an: Jedes Leben sei ein Leben, und die Blasenentzündung und der Durchfall usw. Aber mit einer Handbewegung verscheucht sie meine Tirade wie ein lästiges Geräusch.

Einen kurzen Moment lang mustert sie mich, wie ich selbst die Bildhauerin gemustert haben muß, als sie mir ihren anstößigen Vorschlag machte. Dann zuckt sie die Achseln. Sie läßt mich fallen! Nein, sie setzt einfach ihren Spaziergang fort.

»Und warum verteilst du die Sachen nicht selbst?«

»Wie?« (Macht sie sich über mich lustig?)

»Es ist ganz einfach«, sagt die Spaziergängerin. »Du rufst alle hier zusammen und verteilst.«

»Aber ...« (Ich stottere. Sie versteht.)

»Wenn du willst, helfe ich dir, wenn hier zugemacht wird.«

Ich bin platt.

»Wann?« frage ich, die Stimme erhebend (in einem solchen Augenblick kann ich unmöglich weiter herumrennen).

»Wann du willst. Zum Beispiel heute.«

»Sie machen wirklich keine Witze?«

»Laß mich jetzt in Frieden«, sagt sie, vom vielen Reden erschöpft.

Schließlich einigen wir uns auf morgen. Inzwischen

werde ich die Bildhauerin verständigen, damit sie die Zerlumptesten auswählt.

Und wenn wir die ganze Baracke mobilisieren ... großer Gott, hoffentlich nimmt sie mich nicht auf den Arm, dieses Traumgeschöpf.

*

Ich habe Fredy noch nicht vorgestellt. Wie konnte das passieren? Der wirkliche, der echte Fredy ist im Gymnasium geblieben, in Gesellschaft ausgestopfter Eulen, Eichhörnchen und Enten. Einmal haben wir ihn vor der Anatomiestunde von Kopf bis Fuß angezogen: Mantel, Galoschen, Hut des Profs. Ein Pfiffikus hat sich hinter ihn gestellt. Als der Prof hereinkam, hatte ihn das Skelett mit seinem eigenen Hut begrüßt. Ergebnis: wir mußten alle nachsitzen und zweihundertmal schreiben: »Ich werde mich nicht mehr über den menschlichen Körper lustig machen.«

Wer hätte gedacht, daß ich diesen ›Körper‹, wenn auch in Einzelteilen, vor Ende der Ferien wiedersehen und mich über diese ›Teile‹ derart lustig machen würde, daß ich auf sie trete?

Dabei war unsere heutige ›Begegnung‹ ganz zufällig. Zunächst einmal trat ich nirgendwohin – sondern lag hinter dem Magazin im Sand, weil ich nicht den Mut hatte, hineinzugehen, und nicht wußte, wohin mit meiner unerwünschten Person. Sie haben mich noch nicht entlassen, aber die Luft ist nicht zum Aushalten. Sonja rackert sich ab, den *Lagerkapo* dazu zu bewegen, mich rauszuschmeißen. Es lohnt nicht mehr, meinen Lamékittel zu schonen. Ich strecke mich aus, warte auf den Schatten, warte darauf, daß die Stunden vergehen und meinen Ekel mitnehmen. Daß sie mich mitnehmen. Plötzlich fühle ich mich gestoßen oder vielmehr von einem spitzen Finger im Rücken ›geschubst‹. Als ich mich aufsetze, sehe ich im Sand eine Hand von Fredy, eine vollständige Hand mit allen ihren tadellos konservierten Knochen. Er hat mir ein Zeichen gegeben! Früher hätte ich vielleicht geschrien, aber in meiner Situation weist man keinen Annäherungsversuch zurück, so ›knöchern‹ er sein mag.

»Ja, gib mir die Hand, Fredy! Wie friedlich und kühl du bist. Und du hetzt dich nicht ab und schlägst nicht und wirfst keine Steine! (Aus Dankbarkeit werde ich dich eines Tages begraben.)«

Die lebendigen Hände! Zu Hunderten und Aberhunderten mir drohend entgegengestreckt. »Hierher, hierher! Gib mir endlich das Hemd!« Ich bin nicht Jesus, wie soll ich achtzig Hemden in fünfhundert Hände legen?

Die Nymphe Vanja reicht mir nacheinander die Stapel Wäsche, so gleichmütig wie eine gut eingefahrene und geölte Maschine. Nach dem letzten Ansturm, als wir mit leeren Händen vor den leeren Regalen stehen und die Steine zu fliegen beginnen, ziehe ich mich ins Magazin zurück. Ich rufe Vanja, aber sie bleibt regungslos auf der Schwelle stehen. Irgendwann meine ich sie lachen zu hören und sage mir, daß es aus Nervosität ist.

Aber der Nervenzusammenbruch kommt erst später. Sonja und Frau Ellis kreuzen in einem leicht vorstellbaren Zustand auf. Sie haben mich nicht geschlagen. Vanja hat alles auf sich genommen, mit jener Art heiterer Geduld, die Sonja brüllen läßt, sie sei völlig plemplem, alle wüßten es und alle würden in Auschwitz enden. Plemplem? Das finde ich überhaupt nicht! Ich habe den Verdacht, daß sie sich königlich amüsiert hat und daß sie in Wirklichkeit nur eine etwas überdrehte Nymphe ist, die sich auf ihre Weise ›entspannt‹.

Zum Glück war es dunkel, als ich in die Baracke zurückkam. Sofi und die Bildhauerin, meine Komplizinnen, schliefen oder taten so. Plötzlich geschieht etwas weit Schlimmeres als alle Fausthiebe, Beleidigungen und Sonja zusammen.

Ich spüre einen weichen, feuchten, fiebrigen Mund auf meiner Hand: »Danke, Liebes, danke.« Ich fahre hoch, als wäre ich gebissen worden. Es ist die ›Gnädige‹. Großer Gott! Sie, die meine Mutter sein könnte und so große Trinkgelder gab!

O Fredy, war für dich auch alles so mies, als du noch unter uns weiltest?

*

Alles schweigt in der Baracke, im Magazin, im Lager. Sonjas Groll scheint abgeflaut oder auf Eis gelegt zu sein. Sie geht zwischen den leeren Regalen hin und her und sagt kein Wort.

Es geschah beim Appell. Die Zahl stimmte nicht. Wir waren an die zehnmal durchgezählt worden. Haben wir Minuten, Stunden gewartet? (Vielleicht gibt es im Schrecken nur Jahrhunderte.) Die Zwergin trampelte auf ihren hohen Absätzen. Ganz allein in der Mitte des riesigen Platzes schwang sie hin und her wie eine entnervte Glocke.

Eine fehlte.

Sie wurde auf ihrem Strohsack schlafend in einer der Baracken gefunden.

Die Hände auf dem Rücken, umkreist die Zwergin die Unglückliche, die sich, kaum wach und dösig, ihrerseits um diese herumdreht. Schließlich bleibt die Polakkin stehen, winkt Otto, einen *Lagerkapo,* herbei. In diesem Augenblick tritt vollständige Stille ein, als hielten Tausende von Leuten gleichzeitig den Atem an, und mir wird klar, daß das Mädchen verloren ist. Ihr selbst aber nicht. Sie sieht die verkrüppelte Person vertrauensvoll an, als wollte sie sagen: Ich kann nichts dafür, ich habe doch nur geschlafen.

Otto – ich habe ihn beim Appell kennengelernt – ist Deutscher und vor dem Krieg als Schwerverbrecher zu elf Jahren Gefängnis verurteilt worden. Ein Goliath, Bürstenschnitt, fett, rosiger Teint voll Sommersprossen (sogar seine große, dicke Hand ist davon übersät). Er winkt das Mädchen heran und befiehlt ihm, die Hände auszustrecken. Folgsam wie in der Schule gehorcht sie.

Die Peitsche saust zweimal nieder, sie stöhnt, bleibt aber stehen.

»Zieh dich aus!«

Die blutenden Finger versuchen, den weißen Kittel aufzuknöpfen, haben aber nicht die Kraft dazu. Otto reißt ihn ihr vom Leib. Er zieht seine Lederjacke aus, legt sie sorgfältig gefaltet auf den Boden. Diese sorgsame, bedächtige Art, seinen Mord vorzubereiten, erschüttert mich mehr als alles Folgende.

Zum Glück wird sie fast sofort ohnmächtig. Otto schlägt weiter zu, bis ihm die Luft ausgeht. Er ist schweißgebadet, sein Hemd klebt ihm auf der Haut. Das, worauf er schlägt, ist nur noch ein Ding. Nach getaner Arbeit tobt er aus schierem Vergnügen weiter. Er mag das. Schließlich wird er von der Zwergin gestoppt. Sie beugt sich über den Körper, hebt den Kopf mit der Spitze ihres Absatzes an. Otto wischt sich die Stirn. Diejenige, die aufgehört hat, eine Nummer zu sein, wird weggebracht. Der Appell geht weiter.

Ich lebe! Ich schreibe ... Ich ›genieße‹, nicht wie Otto, aber ich wähle meine Worte, ich ›formuliere‹. Ich übe den Beruf eines Verräters aus, und je mehr ich den Dingen auf den Grund gehe, desto besser verrate ich und desto mehr Recht habe ich auf den Namen ›Schriftstellerin‹. Unwichtig, daß ich vor allem mich selbst verrate! Im Augenblick bin ich dabei, ein schmerzliches Geheimnis preiszugeben. Es ist wie eine Wunde, die sich zu entzünden droht, sobald der Schorf abgekratzt ist. Ich flehe mich gewissermaßen an, zu schweigen, um meines und Sofis Friedens willen. Aber es ist schon zu spät ... Sofi dagegen wahrt Stillschweigen. Sollte auch sie Angst haben? ›Freundschaft‹, ›meine Freundin‹ – Wörter, die man verplempert und mit denen man doch haushalten, die man beschützen oder nur selten und feierlich aussprechen sollte!

Wo ist der Riß entstanden? Wenn ich es gewußt hätte, dann hätte ich etwas unternommen. Namenlose, grundlose Niedergeschlagenheit. Und wenn man sich wieder aufrafft, ist der Riß kein Riß mehr, sondern ein Graben. Und man steht ratlos am Rand. Man weiß nicht, wie man über diese Leere eine Brücke schlagen soll. Will man es denn wirklich?

Vielleicht hat es mit dem Magazin angefangen. Sofi hat mir zugeredet. »Aber nein«, sagte sie, »was nützt es uns, wenn wir gemeinsam in der Sonne schmoren oder klatschnaß werden? Wir werden ja immer noch eine Stunde für uns haben.« Doch abends, wenn ich vom Magazin komme und mir der Kopf von Geschichten schwirrt, hört sie mir vor Müdigkeit nur mit halbem Ohr zu, weil es nicht mehr ›unsere‹ Geschichten sind und weil ihre eigene Geschichte nur Erschöpfung und Hunger ist, Punktum. Was mich an das Butterbrot erinnert, das ich heimlich verschlungen habe. Wann beginnt das Schweigen zwischen zwei Menschen nach Duckmäuserei zu riechen? In welchem Moment beginnt man zu lavieren, sein Gewissen geschickt zu umgehen wie eine Falle?

Ich bemühe mich natürlich, meine Opfergaben (soweit irgend möglich) auf dem Altar der Freundschaft niederzulegen. ›Ich bemühe mich‹, das klingt nicht sehr freundschaftlich. Und tatsächlich lege ich nicht mit den freundlichsten Gefühlen die Hälfte des Käses und der Butterbrote, die mir im Magazin zugesteckt werden, für sie beiseite. Man kann sich gar nicht vorstellen, wie verlockend eine beiseite gelegte Hälfte ist! Ich betrachte sie versonnen, manchmal knabbere ich ein bißchen daran, mache dann schweren Herzens den Beutel wieder zu. Groll? Verlegenheit? Oder beides? Wenn mein fürchterlicher Hunger die Reste meines Ehrgefühls beseitigt und ich, der Niedertracht verfallen, alles verschlinge, was ich für sie aufgehoben habe, dann quälen mich die Gewissensbisse mehr als vorher der Hunger. Es lohnt also nicht. Und warum? Wer ist schuld an all diesem Verdruß? Ist es verwunderlich, daß ich mich über sie ärgere, schroff und verschlossen bin? Aber in welcher Laune ich auch bin, sie reagiert nicht, weil sie zu erschöpft oder zu vorsichtig ist. Was mich nur noch mehr aufregt. Schließlich besinne ich mich und werde übergangslos redselig, liebevoll, was sie ebenso apathisch über sich ergehen läßt wie meine anderen Übertreibungen. Erfahren und ›alt‹, wie sie ist, hat sie mich sicher schon längst durchschaut. Unsere immer reservierteren, angespannten, fast falschen Beziehungen, einschließlich unseres Schweigens.

Ich kann mich immer weniger von meinen Notizen losreißen. Wo ist die Philosophie, wo sind unsere langen Gespräche von früher geblieben? »Es wäre traurig, wenn wir nur von unserer Brotration sprächen!« hat sie einmal gesagt. Ich sehne mich nach jenem Tag, nach der Sofi von einst. Sie zurückgewinnen. Was hindert mich eigentlich daran? Ach, nur Lappalien! Ihre Art, sich abzuwenden, wenn ich ihr das Päckchen zuschiebe, als schämte sie sich ihrer Gier. Sie ißt alles heimlich. Doch einmal, als sie glaubt, ich schliefe, beobachte ich sie durch die Wimpern: sie fängt zu knabbern an und fällt dann gierig über das Brot her, um es gleich wieder besorgt aus dem Mund zu nehmen. Und bevor sie von neuem hineinbeißt, betrachtet sie lange die Spur ihrer Zähne.

Mitleid! Eine Qual, die mir erspart geblieben war, als wir mit unseren Schaufeln auf dem Berg waren. Und die Gerüche! Ihren dreckigen Hals hatte ich vorher noch nie bemerkt! Aber wie könnte ich, die ich jeden Tag dusche, es ihr übelnehmen?

Auch der Lärm machte mir nichts aus. Jetzt habe ich einen leichten Schlaf, und meine Nerven liegen blank. Ich kann nicht begreifen, warum man brüllend in die Baracke hereinstürmen und sich gegenseitig auf die Füße treten muß wie die Wilden, wenn doch ohnehin jeder seine Brotration bekommen wird? Auch Sofi stürzt mit dieser wilden Miene herein. »Ist das Brot da?« Vor zwei Woche habe ich das nicht einmal bemerkt, ich bin mit demselben Ausdruck eines Sioux zu meine Pritsche gerannt.

*

Ankunft eines Waggons mit holländischen Holzschuhen. Kein Wunder, daß der Kommandant im ganzen *Reich* keine Käufer gefunden hat: sie sind schwer wie Schlitten. Auch ein wenig Unterwäsche ist dabei, die bei einer eiligen Plünderung heruntergefallen oder schmutzig genug war, um zu uns ›deportiert‹ zu werden. Der Schweiß eines ganzen Transports ist mitgekommen. Dieser Transportgeruch! Ich würde ihn überall wiedererkennen: den Geruch durstiger, zusammengepferchter, ungewaschener Körper. Sonja ist schlecht geworden. Das Ganze wird in die Desinfizierungsbaracke geschafft. Enttäuscht stellen wir fest, daß es sich hauptsächlich um Unterhosen handelt. Was uns nicht daran hindert, ein paar davon (mit K.s nachträglicher Billigung) abzuzweigen, vier pro Kopf, besser als nichts. Das alles zu bügeln und zu verstauen – was für eine Plackerei! Es ging nicht ohne Skandal ab wegen der schwangeren Hunnin, die unbedingt das Bügeln übernehmen wollte und den anderen Hunninnen, wie üblich vor ›Rührung‹ schreiend und fluchend, die Stirn bot. Woher nur kommt diese Arbeitswut, wo sie sich doch kaum auf den Beinen halten kann!

Ich kann nicht umhin, sie zu beobachten. Ich bin nicht die einzige. Ihre unbedeutende Person steht im Mittelpunkt eines heftigen Konflikts zwischen ihrem Stamm und den Polinnen des Magazins. Die Hunninnen verteidigen ihre Positionen mit großen Gesten, verstärkt durch das einzige Wort der Sprache Goethes und Adolfs, über das sie verfügen: »*Nein.*« Unsere Chefinnen (einschließlich des Fotografen) überhäufen die künftige Mutter mit ›schandbaren‹ Ratschlägen: sie machen sich sogar anheischig, eine Spezialistin ins Magazin zu holen, eine Engelmacherin, die seit Jahren im Lager ihre ›Spezialität‹ ausübt.

»Sollen sie sich ihre Engelmacherin an den Hut stecken«, murren die Hunninnen.

»Hier werden Babys umgebracht, man erwürgt sie oder gibt ihnen eine Spritze … Begreift ihr das denn nicht?«

»Quatscht nur weiter! Nie werden wir glauben, daß der liebe Gott das zuläßt.«

Ich übersetze, und erst dann spucken die Polinnen schreiend aus, was der liebe Gott auf Erden und besonders in Plaszow alles zuläßt …

»Aber die ganz kleinen Kinder!«

Die Hunninnen sind unnachgiebig.

»Nein, daß sich bloß niemand an unserer Rosi vergreift! Sie hat doch so auf das Kleine gewartet!«

»Was meint ihr, was hier mit ihm geschieht?«

»Was mit uns allen geschieht.«

Die Mutter hört sich den Lärm an, als beträfe sie das alles nicht. Einmal stößt sie mich sogar mit dem Ellbogen an:

»Wenn sie mit den Kindern machen, was sie sagen, was wird dann aus der Mutter?«

»Vermutlich auch ein Engel.«

»Gemeinsam?«

»Ja.«

Wir hoffen, daß sie das zum Nachdenken bringt, und tatsächlich muß sie nachgedacht haben, denn nach einer Weile sagt sie:

»Das ist besser so.«

Am Nachmittag knöpfen die Kusinen sie sich vor, ebenfalls ohne Erfolg.

»Der liebe Gott würde es nicht zulassen.«

»Und wenn doch ...?«

»Dann gibt es ihn nicht«, sagt sie. »Wozu dann noch leben?«

Wir füttern sie den ganzen Tag. Und trotzdem nimmt sie ab. Sogar ihr armer Bauch scheint zu schrumpfen. Möglicherweise ist das Baby, für das sie sterben will, schon tot.

*

Die Nachricht von der eingetroffenen ›Ware‹ ist uns in die Baracke vorausgeeilt. Wer noch nie ein Wunder erlebt hat, konnte heute abend große Augen machen: unsere Nachbarinnen haben zu grüßen gelernt. Schon an der Tür hängt sich das Quartett an mich, zerlumpt und entschlossen. Die ›Gnädige‹, meine unausstehliche Nachbarin, ist mit von der Partie. Komplimente umschwirren mich, als ginge ich mit einem Topf Honig durch die Baracke. Ich werde mit einer Platane verglichen, mit einer Zeder, mit Diana Durbin, mit Jeanne d'Arc. Ich fühle mich vor Sanftmut dahinschmelzen, renne angewidert zu meiner Pritsche und verkrieche mich unter die Decke, kann mich jedoch nicht beruhigen. Ich koche. Die Würdelosigkeit dieser Matronen macht mich rasend.

Ich höre die ›Gnädige‹ weinen. Natürlich weint sie, um gehört zu werden. Was nicht heißt, daß sie nicht wirklich weint.

»Mein Mann war Klinikchef«, stöhnt sie. »Ich war die verwöhnteste Frau von N. Glauben Sie, es fällt mir leicht, mich zu erniedrigen? Sie sehen ja, wie ungeschickt ich mich anstelle! Nie würde ich es für mich selbst tun. Aber die Kleine ist blutarm, immer haben wir um ihre Lungen gebangt. Wenn ich sie im Schlaf husten höre, sage ich mir, daß es keine Schande gibt, die ich für eine Ration Marmelade oder Butter nicht auf mich nähme.«

»Beruhigen Sie sich«, sage ich und drücke ihr zwei Unterhosen in die Hand.

Ich wußte nicht, daß Sofi mich beobachtete. Wie lange schon? Zum ersten Mal erlebe ich sie wütend. Sie weint, schreit, nennt mich leichtfertig.

»Hör auf«, sage ich, »das macht nichts, ich bringe dir andere mit...«

Sie beruhigt sich auf der Stelle, bleibt jedoch auf der Hut.

»Wirklich? Und wie viele?«

»Zwei.« (Auch ich bin auf der Hut). »Was willst du denn damit machen?«

»Das überlaß nur mir«, antwortet sie so entschlossen, daß ich neugierig werde. »Du brauchst sie bloß herzubringen! Und hör auf, mich so anzustarren! Mir fehlt nichts! Ich habe nur beschlossen, zu stehlen, zu töten. Einmal, nur ein einziges Mal will ich mich satt essen, und sollte ich dafür gehängt werden!«

*

Mit Sofi bin ich zu den ›schönen Vierteln‹ hinaufgestiegen. So nennen wir Kahlgeschorenen die schmucke kleine ›Stadt‹, wo die Einheimischen in getünchten, mit weichen Stoffen in allen Farben geschmückten Baracken ihre Nester haben.

Vor einem Jahr waren die ›Nester‹ noch überfüllt, und ihre Sauberkeit ließ zu wünschen übrig. Doch nach jeder Aktion wurden sie geräumiger und komfortabler. Haufenweise Decken, Kissen, eine ganze Aussteuer erwartete die Davongekommenen auf ihren Pritschen. Noch vor kurzem machte man vor jedem Appell sein Testament. Um Mißverständnisse zu vermeiden, schrieb jede auf einen Zettel, wem sie ihr Kissen, ihre Decke, ihre Sommer- und Wintersachen vermachte, für den Fall, daß ...

»Wir wußten nie«, erzählt Frau Ellis, wer vom Appell zurückkommen würde. Diejenigen, die für die Aktion ›selektiert‹ wurden, mußten zuerst ihr Grab schaufeln, nachdem sie sich ausgezogen und alles abgelegt hatten, was sie bei sich trugen (säuberlich getrennt: die Kleider auf der einen Seite, die Unterwäsche auf der andern), dann mußten sie sich am Rand der Grube hinknien und auf die Kugel in den Rücken warten, die sich die Deutschen von der jüdischen Lagerverwaltung bezahlen ließen. Da sie trotzdem mit der Munition sparten, wurde die Arbeit oft schludrig gemacht, so daß die Schreie noch Stunden nach der Exekution aus der Grube drangen. Bei großen Aktionen ging alles viel zu schnell. Die Leichen wurde nicht beerdigt, sondern nur mit Sand bedeckt, und so wußten wir nicht mehr, ob wir auf alte oder auf neue Knochen traten. In der Eile hatte man nicht mal Zeit, seine Mutter oder seine Schwester verschwinden zu sehen. Wir waren nicht mehr fähig, zu leiden, uns zu fürchten oder zu wundern. Der Tod erschreckt nur die Lebenden. Aber lebendig waren wir schon lange nicht mehr.«

Und dennoch ... alle verteilten gewissenhaft ihre Kissen, ihre Decken, ihre Löffel, um ›Mißverständnisse‹ zu vermeiden. Diese Pedanterie angesichts des Todes, der kein Drama mehr ist, sondern ein alltäglicher, banaler, nackter Vorfall! Und da sind sie nun, diese in geerbte Morgenröcke gehüllten Puppen inmitten ihrer geerbten Decken und Kissen, nehmen ihre kleine Mahlzeit ein, pudern sich die Nase und trotzen in jedem Augenblick ihrem unglaublichen Gedächtnis. Schließlich hing es doch nur an einem Faden, daß sich eine andere an ihrer Stelle unter derselben Decke räkelte, ein Quarkbrot in der Hand, und sorgfältig ihre Lippen nachzöge.

»Und ich«, sagt Sofi, die nicht die geringste Lust hat, sich von alledem erschüttern zu lassen, »ich werde diese Unterhosen einer anderen anbieten!«

Abb. 1 bis 5: Das Tagebuch, photographiert im Oktober 2008
Das Tagebuch der Ana Novac bestand aus mehreren Teilen (Blättern und Heften). Das hier abgebildete ist der einzig verbliebene Teil, alle anderen fielen Umzügen und Unfällen zum Opfer. Auch dieses wäre beinahe bei einem Kaminbrand zerstört worden.

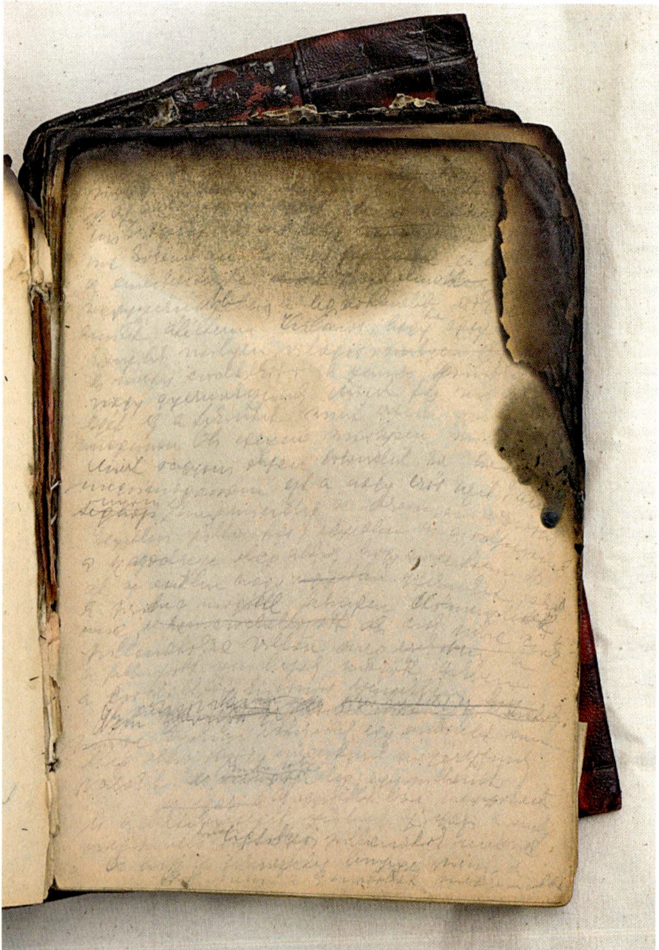

Abb. 6: Ana Novac, Paris 2008

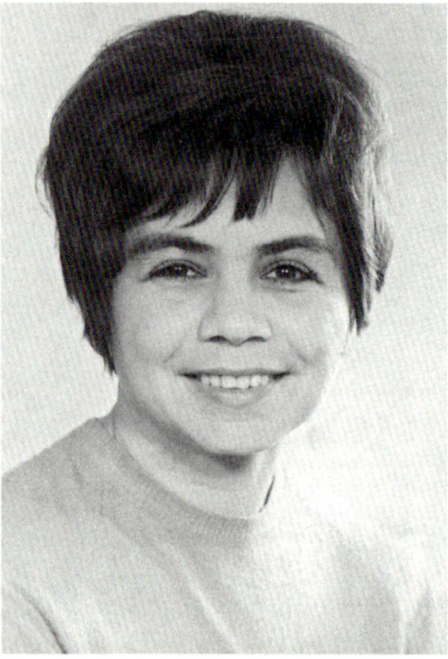

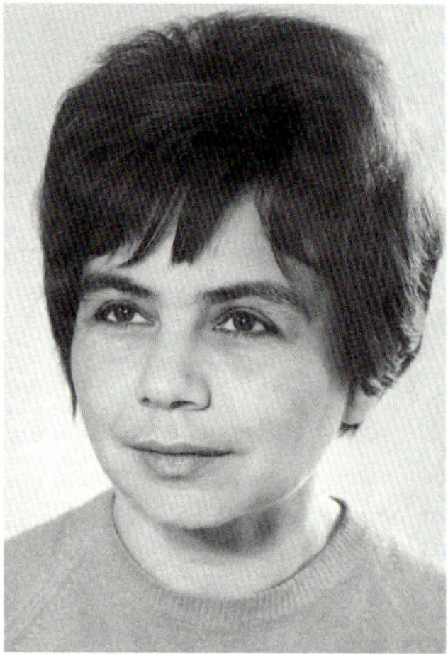

Abb. 7 und 8: Ana Novac, Mitte bis Ende der fünfziger Jahre in Rumänien

Abb. 9: Ana Novac in Mogosoaia, Rumänien, Anfang der sechziger Jahre / Abb. 10: Ana Novac im Département Loiret, Frankreich, Anfang der siebziger Jahre

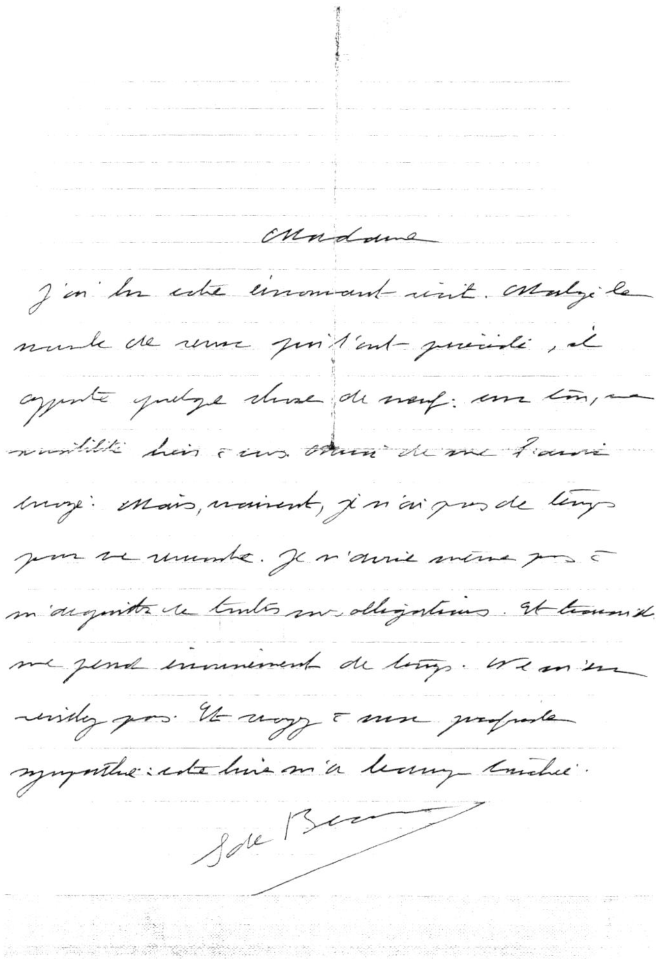

Madame

J'ai lu votre émouvant récit. Malgré le nombre de livres qui l'ont précédé, il apporte quelque chose de neuf: un ton, une sensibilité bien à vous. Merci de me l'avoir envoyé. Mais, vraiment, je n'ai pas de temps pour vous rencontrer. Je n'arrive même pas à m'acquitter de toutes mes obligations. Et [illegible] me prend énormément de temps. Ne m'en voulez pas. Et croyez à ma profonde sympathie: votre livre m'a beaucoup touchée.

S de Beauvoir

Abb. 11: »Ihr Buch ist mir sehr nahe gegangen …«
Simone de Beauvoir an Ana Novac

Abb. 12: Die deutsche Erstausgabe des Tagebuchs. Reinbek: Rowohlt 1967 (= Rowohlt Paperback 58)
Aus dem Ungarischen übersetzt von Barbara Frischmuth
(vgl. S. 311)

Und zu meiner peinlichen Überraschung fängt sie an, die ›Ware‹ anzupreisen, in ihrem Deutsch, das es mit dem von Ruchi Falk aufnehmen kann:

»*Wäsche, reine Wäsche, billige, reine Wäsche!*«

Es trifft mich unerwartet. Lacht da drüben nicht Sonja, hinter einem Fenster? Nein, ich atme auf...

»Bist du bescheuert?« zische ich und kneife ihr in den Arm. »Sei doch nicht blöd, wer braucht schon diese Fetzen?«

Sie antwortet mir nicht einmal. Wie von einem fremden Willen besessen, zerrt sie mich hinter sich her und peinigt mich mit ihrer Ruchi-Stimme:

»*Wäsche, reine, billige Wäsche, bitte.*«

Niemand regt sich auf den Pritschen. Was mich zur Verzweiflung bringt, scheint hier zur Routine zu gehören. Schließlich streckt sich doch noch eine schöne, zerstreute weiße Hand aus:

»Zeigt her.«

Sofi erbleicht, reicht ihr eine Unterhose. Und die andere wirft sie zurück. Ich bin erleichtert. Aber Sofi schlägt Wurzeln, starrt die junge Frau an, bescheiden, aber unbeugsam. Schließlich hat die Polin es satt und nennt einen lachhaften Preis, um Sofi loszuwerden.

Ich halte mich abseits, um deutlich zu machen, daß ich nichts mit alledem zu tun habe. Jetzt ist Sofi dabei, sie mit einer Flut fieberhafter Worte zu überschütten. Wieder packt mich die Wut, und ich will schon dazwischenfunken, als ich bestürzt merke, daß die Polin ihr antwortet. Ja, es hört sich nach einem Dialog an. Sie feilschen. Mein Zorn legt sich.

»Ein Viertel«, sagt die junge Frau.

»Ein Halbes«, antwortet Sofi.

Ich habe Lust, mich einzuschalten: ›Laß es gut sein, Idiotin!‹ Aber Sofi bedeutet mir, den Mund zu halten. Ihrer Ansicht nach ist Ungeduld der Feind eines jeden Geschäfts. Und mit derselben verblüffenden Hartnäckigkeit debattiert sie weiter.

Als wir schließlich mit einem halben, dick mit Quark bestrichenen Brot den Rückweg antreten, ist sie zu kaputt, um sich zu freuen.

»Komisch«, sage ich, »sie hat bestimmt keine Unterhose gebraucht!«

»Das ist ja der Trick«, belehrt mich Sofi sachkundig. »Eine Ware, die niemand braucht, zu einem Preis absetzen, den man selbst für unverschämt hält.«

Ich gebe zu bedenken, das sei Bettelei, aber meinetwegen!

»Das Brot ist frisch«, antwortet sie, »aber wir sollten nicht so daran herumpulen.«

Ich habe es nicht angerührt, aber sie pult unentwegt mit ihren schmutzigen Fingern daran herum. Tut sie es in einer Art Trance und führt dabei Selbstgespräche?

»Merk dir: wenn jemand dir in den ersten Minuten ein halbe Scheibe mehr anbietet, dann heißt das, daß in der nächsten halben Stunde das Geschäft so gut wie sicher ist.«

Schließlich fällt ihr selber auf, was sie mit unserem Brot angerichtet hat, und entschuldigt sich.

»Das macht nichts«, sage ich. »Aber woher hast du bloß diese kaufmännische Erfahrung?«

Sie zuckt die Achseln.

»Woher? ... Das Leben ...«

Das Leben! Darüber spricht sie nur selten. In Wirklichkeit wußte ich kaum etwas von ihrem Leben außerhalb der Schule. Aber ich erinnere mich, daß sie Stunden gab. Von ihren Eltern wollte sie nichts annehmen und war stolz darauf. Sie mietete ein ›Bett‹. Ihre Zimmerwirtin schraubte abends, wenn sie nach Hause kam (selten vor acht Uhr), die elektrische Birne heraus. Sofi lernte im Schein einer Petroleumlampe, und in der Schule stank sie derart nach Petroleum, daß ich, die neben ihr saß, ebenfalls danach roch.

»Was soll ich machen«, sagte sie betrübt, »es setzt sich in meinen Kleidern fest.«

Einmal, als ich sie bei einer ihrer Schülerinnen abholte, hörte ich, wie das Zimmermädchen sie im Vorraum abkanzelte:

»Mit diesen verdammten Stiefeln machen Sie mir noch das Parkett kaputt! Wenn man ein herrschaftliches Haus betritt, zieht man sich Überschuhe an, Kleine!«

»Wie kannst du dieser Vettel erlauben, so mit dir zu reden?« fragte ich entrüstet.

Sie zuckte die Achseln.

»Das verstehst du nicht, du hast noch nie in herrschaftlichen Häusern gearbeitet ...«

P. S.: Eine unerwartete Begegnung, die ich fast vergessen hätte. Auf dem Rückweg bemerkten wir auf dem polnischen Markt unsere beiden vornehmen Gefährtinnen, Alice und Magda, inmitten einer Gruppe: sie boten Unterhosen an. Fast hätte ich sie gegrüßt, aber Sofi hielt mich zurück.

»Komm«, sage sie, »sie wären nicht erfreut, uns zu sehen.«

Das glaube ich gern!

*

›Sie‹ kommen! So empfing uns Ruchi Falk: besser, wir ziehen uns nicht aus, denn ›sie‹ könnten nach Mitternacht jederzeit dasein, und dann hätten wir keine Zeit, unsere Klamotten anzuziehen.

Apathie angesichts dieser ›Prophezeiungen‹. Alle bereiten sich auf die Nacht vor.

Tagsüber weiß ich: sie sind in der Nähe. Aber nachts verläßt mich mein Optimismus. Ich knicke ein. Die Nacht ist deutsch, und was bin ich gegenüber dieser Nacht? Und warum sollte gerade ich davonkommen? Wir haben nicht einmal die Hoffnung eines Verurteilten: das Gnadengesuch. Wir sind keine Verbrecher, nur ›Schädlinge‹. Kugeln? Reine Verschwendung. Wenn es möglich wäre, würden sie uns mit Insektenvertilgungsmitteln ausrotten wie die Fliegen. Ich sehne mich verzweifelt nach einem scharfen, körperlichen Schmerz, der alles andere überdeckt, mich aufschreien läßt. Auf gut Glück stöhne ich. Sofi rührt sich nicht, auch die Bildhauerin nicht. Dabei ist es ausgeschlossen, daß sie mich nicht gehört haben, diese Verräterinnen. Sie wissen alles, was ich weiß, und pennen trotzdem oder tun so.

Plötzlich frage ich laut:

»Schläfst du?«

Sofi rührt sich nicht, aber zu meiner Linken antwortet mir ein dumpfes Knurren.

»Was ist denn?«

»Nichts« (ich setze mich auf). »Was meinen Sie? Werden sie uns den Russen überlassen?«

»Ganz bestimmt.«

»Nein, wir wissen zuviel.«

Woher rührt das unwiderstehliche Bedürfnis, ihr meine Ängste mitzuteilen? Doch ich bin an die Falsche geraten. Sie verteidigt ihren Schlaf.

»Versuchen Sie zu schlafen«, zischt sie tückisch.

»Mit diesen Gedanken?«

»Denken Sie nicht dran!«

»Machen Sie sich doch nichts vor, vielleicht ist es nur noch eine Frage von Stunden. Wir sind so gut wie Leichen.«

Wütend zieht sie sich die Decke über den Kopf.

»Werden Sie wirklich schlafen? Wie machen Sie das, zum Teufel?«

»So wie Sie«, sagt die Stimme unter der Decke und fügt hinzu: »Ehrenwort, wenn ich nicht so müde wäre, würde ich wach bleiben, nur um Sie alle halbe Stunde zu wecken.«

Als ob sie nicht wüßte, daß ich an chronischer Schlaflosigkeit leide! Ich habe keine eisernen Nerven und keine weltbewegenden Sorgen. Das Los meiner unbedeutenden Person quält mich ununterbrochen. Ich erwarte keine Hilfe mehr. Ich lasse mich auf den Strohsack sinken und weiß, daß ich bis zum Morgen der Folter des Wachseins ausgeliefert sein werde.

Ich liege also wach. Und dennoch werde ich geweckt, jedenfalls von jemandem oder etwas aufgeschreckt. Zuerst scheint das Bett zu schwanken, dann das ganze Gebäude. ›Bombenangriff‹: das ist mein erster Gedanke, als ich aus meinen Wachzustand aufwache.

»Uiuiui!«

Es ist ganz in meiner Nähe: eine langgezogene Klage, unterbrochen von Schreien, ausgestoßen von einem Todkranken, einem Sterbenden, oder mehreren?

Ich wage nicht, die Augen zu öffnen. Und doch läßt sich nichts Sichtbares mit meinen Visionen vergleichen: es ist das Ende ... Aber nein, Scheiße!

Es sind die Falks, die beten, nach Osten gewandt. Auf ihrem Bett kniend, beugen sie sich unablässig nach vorn und schlagen ihren Kopf auf die Bretter. Alle drei gleichzeitig, unermüdlich. (Kein Wunder, daß sie nach jeder Erschütterung lauter schreien, diese Gymnastik muß auf die Dauer sogar einen Falk-Schädel auf eine harte Probe stellen.)

»Bum, bum, uiui ...« Das ist der Rhythmus dieses befremdlichen Chors. Auf allen Pritschen ist man alarmiert, noch schlaftrunken.

Es wird protestiert, von überall gebrüllt.

»Hört auf, der liebe Gott ist nicht taub.«

»Ui…« (Als hätte sie ein heiliger Zorn ergriffen, wird ihr Gegröle unerträglich.)

»Hört auf, verdammt noch mal!«

Fast möchte ich mich auf sie stürzen, und doch ist es ein Schauspiel, das man nicht verpassen sollte, Ruchi auf Knien, die Arme erhoben, den Herrn vollquatschend – ein Exorzist in Trance, könnte man meinen. Das Lamento hört nicht auf, das Bumbum auch nicht: sie tun so, als sähen und hörten sie nichts. Aber sie sehen und hören uns sehr gut. Ihre ›Ekstase‹ täuscht niemanden und erst recht nicht den Herrn dort oben, der um einiges schlauer ist (falls er überhaupt da ist!).

»Glaubst du etwa, es genügt, daß du dir den Kopf einschlägst, damit Er vor euren dreckigen Machenschaften die Augen verschließt?«

Ruchi fällt über mich her. Sie kratzt mich ebenso fanatisch, wie sie sich zuvor bei Gott angebiedert hatte!

»Was sagst du da, du kleine Schlampe, Goi, Hure!«

»Wenigstens schlage ich mit dem Kopf nicht auf die Bretter.«

An das, was folgte, habe ich keine sehr klare Erinnerung mehr. Ich weiß nur noch, daß wir uns lange gezwickt und ins Gesicht gespuckt haben. Dann sehe ich nur noch eine Art Knäuel, in dem ich mit vielen anderen herumrolle. Bald bohre ich meine Knie in eine fremde Masse, bald trampeln die anderen mir auf den Bauch. Als uns die Gewalt oder die Erschöpfung schließlich trennt, überkommt mich eine wohlige Müdigkeit. Leider ist es schon Morgen.

Im Magazin erregten wir Aufsehen mit unseren geschwollenen Gesichtern voll blauer Flecken und ...

»Was ist passiert?«

»Bombenangriff!« sagt Suri, mir freundschaftlich zuzwinkernd.

*

Schuhausgabe. Die übliche Schlange vor dem Magazin. Nach einem wahren Handgemenge erscheine ich zerknittert und mit schiefem Turban endlich vor K. (im ›christlichen‹ Magazin). Glücklicherweise schlief er diesmal nicht und hörte mich klopfen. Natürlich könne ich bleiben und arbeiten bis zum Abend, wenn es mir Spaß mache.

Es ist kühl. Die Stille ein Geschenk. Erwartet er, daß ich mich gleich an die Arbeit mache? Sein auf mir ruhender Blick ist lästiger als eine ganze turbulente Baracke. Mich an diese Gegenwart gewöhnen, mich von ihr freimachen! Mehr habe ich nicht im Kopf. Seine Frage kommt wie ein Rettungsanker. Plaudern! Das ist mir bei weitem lieber.

Er: Worüber schreibst du genau?

Ich: Über alles und nichts.

Er: Zum Beispiel?

Ich: Was mir durch den Kopf geht. Über Sie zum Beispiel.

Er: Wirklich? ... Und was schreibst du über mich?

Ich: Daß Sie immerfort schlafen.

Er: In letzter Zeit leide ich an Schlaflosigkeit. Mit Mühe bringe ich es auf elf Stunden (Seufzer). Was soll ich deiner Meinung nach tun? Ein Tagebuch führen?

Ich: Warum nicht?

Er: Hältst du mich für intelligent?

Ich nicke.

Er: Das bin ich tatsächlich, jedenfalls genug, um zu wissen, daß ich all dem, was schon gesagt worden ist, nichts hinzuzufügen habe.

Ich: Und wenn Sie einfach faul wären?

Er: Vielleicht ist das die Chance der Mittelmäßigen.

Ich: Oder die Ausrede der Faulpelze. Wer sagt Ihnen, daß diese Vorstellung von Ihnen richtig ist?

Er: Ich vertraue dir jetzt ein großes Geheimnis an. (Er beugt sich zu mir und sagt ganz leise:) Jeder Mensch hat eine richtige Vorstellung von sich selbst.

Ich: ...?

Er: Nicht den ganzen Tag, aber mindestens zwei Minuten am Tag. In diesen zwei Minuten stimmt alles, du weißt, wer du bist, was du taugst! Und für diese zwei Minuten Hellsicht rächt man sich, spielt den ganzen Tag den Schlaumeier.

Ich: Und wer sind Sie in diesen zwei Minuten?

Er: Ein ganz netter Kerl, nicht blöde, der auf einem Klavier klimpern kann, *Zarathustra* gelesen hat, usw. Aber wenn seine armen Eltern vor zweiundvierzig Jahren die Zeitung gelesen hätten, statt ihn zu zeugen, dann wäre nirgendwo eine Lücke entstanden, kein leerer Platz: der Platz von Ludwig Konhauser.

Ich: Und wenn die Eltern von Ludwig van Beethoven dasselbe getan hätten, meinen Sie, dann hätte jemand eine große Leere empfunden, geweint und so weiter?

Er: Du bist wirklich nicht dumm.

Ich: Nein! Und mir scheint, daß ich mir schrecklich fehlen werde, wenn ich verschwinde.

Wir lachen.

»Dabei gab es Momente«, füge ich hinzu, »in denen ich nur den Wunsch hatte, ohne Schmerzen für immer zu verschwinden.«

Er fragt, ob das der Moment gewesen sei, wo man mich von den Meinen getrennt hätte. Ich verneine. Ich bin ganz allein in einem Zug aufgegriffen worden. Ich war mit Fremden im Getto (in Wirklichkeit war es eine Ziegelei). Mehrmals bin ich ausgerissen. Und immer wieder wurde ich eingefangen. An das alles erinnere ich mich nur nebenbei. Der einzige Augenblick, den ich wohl nie vergessen werde, ist jener, in dem ich nach meiner letzten Flucht nicht mehr ausreißen wollte, überhaupt nichts mehr wollte, und daß es ein Augenblick großer Erleichterung und des Friedens war. Genau der Moment, wo ich in der Ziegelei die Erde schwarz von Menschen gesehen habe und mir sagte: »Wo sie hingehen, da werde auch ich hingehen, und was ihnen zustößt, wird auch mir zustoßen.« Vielleicht habe ich es dieser großen Müdigkeit zu verdanken, daß ich mich nicht mehr an die Waggons erinnere, an nichts bis zum *Waschraum*, als hätte ich von mir selbst Urlaub genommen und wäre völlig unempfindlich.

Das alles ist ihm bekannt. Es ist die Geschichte von allen – mehr oder weniger. Im Augenblick interessiert ihn, wie ich mich in jenen zwei Minuten sehe.

Ich sagte, es gebe Minuten, in denen ich mich völlig taub fühle, zum Sterben lächerlich.

»Und warum?«

»Weil ich in der übrigen Zeit die Welt am liebsten fressen würde ...«

Er mustert mich wortlos, und ich beeile mich, hinzuzufügen, daß es vielleicht an meiner Jugend liege, einem zu Übertreibungen neigenden Alter ... Seiner Meinung nach ist es keine Frage des Alters, sondern des Appetits. Bin ich eher zu beneiden oder zu bedauern? Er kann sich nicht entscheiden. Und mit seinem offenen und schelmischen Lächeln fügt er hinzu:

»Wenn du ein Rennpferd wärst, würde ich auf dich setzen.«

Ich weiß gar nicht mehr, was ich gesagt habe, denn ich war völlig geblendet, als hätte er mir die Sonne auf die Stirn gedrückt.

*

Schwierig, die Stille zu erforschen: geheimer Jubel oder unterdrückte Panik? Als wartete ich irgendwo im Leeren und als stürmten der Tag und die Nacht mit derselben Geschwindigkeit auf mich zu, ohne daß irgendein

Zeichen darauf hindeutete, wer von beiden zuerst ankommt.

Oder es wird wieder ein Kompromiß sein, etwas Vorläufiges, Formloses.

Dahinvegetieren, warum nicht. Atmen, noch einen Tag, noch eine Seite!

*

»Liegt dir viel an deinem Tagebuch?«

Die Frage läßt mich zu Eis erstarren. (Fürchtet er eine Durchsuchung?) Bestimmt bin ich ganz blaß geworden.

»Keine Angst, niemand will dir dein Tagebuch wegnehmen.«

Einmal hätte ich ihm gesagt, daß ich es gern außerhalb des Lagers in Sicherheit wüßte. Jetzt biete sich eine Gelegenheit. Jemand verlasse heute das Lager, jemand, den er kenne und der am Tor bestimmt nicht belästigt werde. Wenn ich ihm die Adresse einer meiner christlichen Bekannten gäbe, werde diese Person alles versuchen, es ihr zukommen zu lassen.

»Wohin?« frage ich töricht. »Wenn es verlorenginge …«

Ich falle ihm auf die Nerven, schroff sagt er:

»Es gibt keine Garantien, es ist Krieg, nur Chancen. Morgen werden wir vielleicht beide in Krakau spazierengehen.«

»Warum soll ich es dann hergeben?«

Er verdüstert sich:

»Weil es noch eine andere Möglichkeit gibt.«

Ich habe nur wenige Minuten, um nachzudenken. Und das ist besser, denn meine Unentschlossenheit wird auch in einer oder in zehn Stunden dieselbe sein. Am Ende habe ich nur noch eine Sorge – mich an den Namen unserer Hausmeisterin in der S.-Straße zu erinnern: Sebök oder Sebes? Als hinge alles nur von dieser Adresse ab. Sobald sie mir einfällt, schreibe ich sie in großen runden Buchstaben auf den Umschlag. Er hat schon ein Pflaster für die ›Wunde‹ parat: zwei kleinformatige Hefte.

»Du müßtest halt lernen, mit kleinen, engen Buchstaben zu schreiben«, schlägt er vor, »das wäre empfehlenswerter.«

Ich ziehe das Saubermachen in die Länge, um mit eigenen Augen den glücklichen Sterblichen zu sehen, der in ein paar Stunden durch die Straßen gehen, aus freien Stücken den Zug besteigen und meinen ›Augenzeugenbericht‹ mitnehmen wird, wie die Bildhauerin es nennt.

Es kann nur ein Deutscher sein, der seine Strafe verbüßt hat. Ich denke an einen ›leichten politischen Fall‹ wie den Zeichner, der vor ein paar Tagen weggegangen ist. Es gibt auch die Verbrecher, so wie Otto, der heute freikommt.

Mir fällt die Ehre zu, ihm frische Wäsche aus unserem Magazin zu bringen. Sonja und Frau Ellis sind lange zwischen den Regalen herumgewandert, bis ihre Wahl auf ein rotkariertes Hemd und eine Unterhose fiel, in die auch der Hintern eines Elefanten gepaßt hätte. Als ich mit diesen beiden entzückenden Teilen aufkreuze, probiert Otto gerade seine alte Jacke an.

»Nein«, sagt er traurig und zieht sie aus. »Ich bin zu dick geworden, sie paßt mir nicht mehr, und außerdem ist sie abgewetzt.«

»Ja«, stimmt K. ernsthaft zu, »ein echter Kerl muß auf sich achten.«

Während er ihm eine andere Jacke überzieht, wirft er mir hinter seinem Rücken einen amüsierten Blick zu.

Der Golem seufzt.

»Wem sagst du das!«

Er sieht niedergeschlagen aus, als er immer wieder eine zu enge Jacke anprobiert, beklagt sich. Er habe im Lager seine Gewohnheiten gehabt: sich satt essen und trinken, Frauen ohne Zahl!

»Daran ist auch draußen kein Mangel«, tröstet ihn K., »jetzt, wo Krieg ist.«

Aber der Krieg kann Otto nicht begeistern. Was solle er denn tun in einer Welt, in der es drunter und drüber geht, bei einem so unsicheren Beruf wie dem seinen? Man würde ihn in eine Munitionsfabrik stecken. Mach schon, Otto, schieb die großen Kisten! Und das ist nicht das Schlimmste, anscheinend werden die Gefängnisse geleert, alles an die Front! Bum, bum! Kein Otto mehr ... *Kaputt*!

Ein komischer Anblick, wie dieser Henker seine kleinen Miseren wiederkäut, die schäbige Angst auf seiner unverschämten, stumpfsinnigen Visage! Und K. der seine Sorgen fast wie ein Bruder zu teilen scheint.

»*Ein nettes Leben, ein ruhiges Leben*!« (Seine kleinen Schweinsaugen werden feucht vor Rührung.) »*Ich bin kein Antisemit: du bist mein Freund.*«

»*Ja*«! räumt K. ein. »*So ist es im Leben, man muß scheiden.*«

Der Riese schluchzt.

»*Aber wir bleiben Freunde, nicht wahr?*«

Er wird ihn umarmen, sage ich mir entsetzt. Er begnügt sich damit, ihn am Arm zu nehmen und bis zum Ausgang mitzuziehen.

Warum hat K. mein Heft vom Tisch genommen? Nein, das ist viel zu abwegig, als daß ich in Panik geriete. Was haben sie auf der Türschwelle zu bequatschen? Und warum sprechen sie so leise? Und wenn ich ihnen nachspringe? Aber das müßte ich im Rollstuhl tun, denn meine Beine sind wie Watte.

»*Ein naiver Kerl, dieser Otto*«, sagt mein Freund, als er zurückkommt, »*der Arme fürchtet, er wäre der einzige Verbrecher im Reich.*«

»Wo ist mein Heft?«

»In seinem Beutel, vermute ich.«

Meine Frage scheint ihn zu verdrießen.

»Er ist ein Mörder ... ein wildes Tier ...«

Mehr bringe ich nicht heraus.

»Was nicht heißt, daß er keine Adresse lesen kann. Dieses wilde Tier hat mich zweimal vor dem *Sonderkommando* gerettet. Du schreibst doch, und da müßtest du auch darüber Bescheid wissen: Vollkommenheit gibt es nicht! Bei den wilden Tieren ebensowenig wie bei den Heiligen! Ich kenne welche, die würden sich für einen Kumpel in Stücke reißen lassen.«

»Ich will mein Heft!«

Ich werfe mich auf den Strohsack, doch da ich nicht weinen kann, tobe ich mit trockenen Augen.

Nachdem er mich schweigend beobachtet hat, geht er zum Tisch, gießt Wasser in ein Glas und schüttet es mir ins Gesicht.

Entgeistert setze ich mich auf.

Es sei noch nicht zu spät, sagt er. Wenn ich wolle, könne er ihm nachlaufen und mir mein Heft zurückbringen.* Er wartet und mustert mich unfreundlich. Ich rühre mich nicht, ich will nichts, höchstens verschwinden, mich auf der Stelle in Nichts auflösen …

Heute morgen hat er nur Alice und Magda zum Saubermachen gerufen.

*

Fliegeralarm in kurzen Abständen. Die Fritzen scheinen nervös zu sein! Man spürt es an der Jubelstimmung im Lager. Sonja und Warszawski, Erzfeinde, haben sich heute im Magazin umarmt. Rosi, seit einigen Tagen völlig zusammengesunken, sieht uns zuweilen mit der Leb-

* Dieses Heft hat Otto unserer Hausmeisterin zukommen lassen, den größten Teil dieses Tagebuchs.

haftigkeit eines Hundes an, der den Schritt seines Herrchens im Treppenhaus zu hören glaubt. Sollten die Kassandras im Magazin ihre Prophezeiungen vergessen haben?

Heute ist die Welle auf dem Höhepunkt. Wir haben Recht auf zwei ganze Brotlaibe mit einem Haufen Quark. Ich habe meines nicht angerührt. Am Abend Festmahl auf der Pritsche: Sofi, ich, die Bildhauerin und die Gnädige mit ihrer quengelnden Tochter. Die Gnädige ist plötzlich alt geworden und von beunruhigender Bescheidenheit. Kein Wort mehr über ihre ›Rosenthal-Service‹, ihre wertvollen Möbel, ihren Ehemann, den Klinikchef. Die Tränensuse dagegen scheint zu gedeihen. Sie hat sich sogar einen Polen geangelt, einen ›Galan‹. Sie trägt einen Turban wie alle Kahlgeschorenen, die etwas auf sich halten, und erklärt uns feierlich:

»Wenn das alles vorbei ist, werde ich ein Bad nehmen.«

Sofi frißt stumm und beflissen. Wenn man das Wort an sie richtet, scheint sie konsterniert zu sein wie eine Gläubige, die man beim Gebet stört.

*

Einsamkeit. Die Russen stehen vor der Tür, wie es scheint.

Eine große Freude macht uns fast ebenso hilflos wie ein großes Unglück.

Heute hat K. namentlich Alice und Magda gebeten, bei ihm sauberzumachen.

Klar, er will nichts mehr von mir wissen.

Eine Schmach, die ich wohl in die Freiheit mitschleppen muß.

*

Ein Alptraum, mit dem ich mich den ganzen Tag herumschlage: Ich suche Mama. Weinend laufe ich um ein verschlossenes Haus herum. Ich klopfe an eine hohe, bedrohliche Eisentür. Geheimnisvolle Frauen (nur Frauen) gehen durch sie ein und aus. Sie schieben mich weg, geben mir sonderbare, zweideutige Erklärungen, die mein Unbehagen noch vergrößern. »Deine Mutter ist da drinnen, wir kümmern uns um sie« oder: »Bleib ruhig ... bald wirst du sie sehen.« »Wann? Was macht ihr mit ihr?« Ich schreie und bahne mir einen Weg, ich stoße jemanden zur Seite, vielleicht mehrere. Mit Fäusten und Ellbogen komme ich bis zur Treppe. Dort lassen sie mich endlich los, aber die Angst ist in Entsetzen umgeschlagen, während ich die Stufen hinaufstürze. Die Türen sind weit offen. Ich renne durch mehrere Zimmer und finde Mama im letzten Raum. Fast ein Gerippe, die daran haftende Haut ist bläulich, blau das ausgetrocknete, unkenntliche Gesicht und die beiden glasigen Kugeln ihrer in abgrundtiefen Höhlen liegenden Augen. Die Frau, die sie in den Armen hält, ist dieselbe, die mich vorhin daran hindern wollte, hinaufzugehen. Sie hält sie so, daß ihre steifen Glieder und ihr lieber Kopf herabhängen und ihr langes Haar fast den Boden berührt. ›Sie haben sie umgebracht‹, denke ich. Aber ich habe nicht das Recht, sie anzuklagen, denn die Frauen sind zahlreich, und ich habe keine Beweise.

Seitdem spukt mir das geheimnisvolle Haus im Kopf herum, ich suche nach einer Möglichkeit, hinzukommen, die Verbrecherinnen zu erwischen, als wäre es kein Traum, sondern eine Warnung, eine grausige Botschaft.

Ich werde meine Mutter nie wiedersehen! Ich ›spüre‹ es nicht: *ich weiß es* mit trostloser Gewißheit, wie den Tod, wie die Jahreszeiten. Ich habe keine Hoffnung mehr. Ich trauere, eine ruhige, chronische Trauer. Manchmal ertappe ich mich dabei, daß ich versuche, meine Wunde zu flicken, mich mit dem Unabänderlichen anzufreunden wie ein Waisenkind.

Wie? Woher weiß ich es? Bah, all diese unergründlichen, unzugänglichen Dinge, alle meine Labyrinthe, in die ich mich manchmal gegen meinen Willen verirre, ohne daß ich jedoch ein klares, zusammenhängendes Bild von ihnen gewinne. Vielleicht ist es ja ein Glück, nichts von dem Abgrund zu wissen, über den wir gehen.

Ich weiß, daß ich nur einen Augenblick stehenzubleiben brauche, um verschlungen zu werden. Ich bleibe nicht stehen. Hohe Wellen spülen das Treibgut all dessen hinweg, was meine Kindheit gewesen ist. Und ich, allein am Ufer gestrandet, sehe, wie es davonschwimmt. Manchmal taucht mein Zimmer auf, mein mit einem weißgepunkteten blauen Stoff überzogenes Kanapee, der Fuß eines mit Männchen, Bäumen und anderen Kritzeleien verzierten Tischs, aus der Zeit, als ich noch nicht bis an die Schublade reichte, und die große Schreibunterlage mit dem alten Löschpapier, auf dem ich Hunderte von Proben meines Autogramms hinterlassen habe, hier die Signatur eines Filmstars, dort die Handschrift einer braven Beamtin, da die Schrift von jemandem auf der Höhe seines Ruhms, über den seine Freunde sagen: »Wie bescheiden sie doch geblieben ist...« Mein Sofa mit den ausgeleierten Spiralfedern, die von meinem Körper stammenden Mulden, die Blumentapete. Ich verbrachte Stunden darauf und wanderte in dieser Blütenwelt umher: es gab stolze und unterwürfige Blüten, schöne gesunde Blüten und verbitterte Proletarier, sie drehten sich aneinandergeklammert endlos im Kreis oder winkten mir ruhig und einsam mit ihren rätselhaften Stengeln zu...

Nie werde ich diese Tapete, dieses Zimmer wiedersehen. Nie mehr werde ich auf meinem geliebten verbeulten Sofa vor mich hin träumen.

*

Ich komme mit einem großen Paket Wäsche aus der Desinfektion (die anderen sind noch immer dort). Ich treffe Jurek, auf der Theke sitzend, an, er läßt seine aus Shorts herausragenden langen nackten Beine baumeln.

Wir sind allein. Meine Hoffnung: der Fotograf. Als ich

wegging, machte er sich noch in der Dunkelkammer zu schaffen. Ich höre seine schleppende, näselnde Stimme.

»Gib mir ein Hemd, aber was Ordentliches.«

»Warte, bis die Frauen zurückkommen«, sage ich oder sagen vielmehr meine Automatenlippen.

»Bist du etwa keine Frau?« sagt er und wirft unter seinen Lidern einen schläfrigen Blick auf mich.

Mir fällt keine Antwort ein. Ich tue so, als hätte ich nichts gehört. Ohne Eile gehe ich zur Tür, um mir nicht anmerken zu lassen, wie flau mir zumute ist. Er springt nicht von der Theke herunter, wartet, bis ich auf seiner Höhe bin, und verschränkt die Beine um meine Taille. Ich komme gar nicht dazu, mich zu befreien oder zu brüllen, denn ich muß mich auf meinen Atem konzentrieren, als wäre ich in Gefahr zu ertrinken. Diese Dichte, diese Hitze durchstoßen! Ein heftiges Pulsieren (ich weiß nicht, ob es aus meiner Brust oder aus einer an mich gepreßten fremden Brust kommt), ich stemme meine Hand auf diese andere Brust. Viel zu abrupt läßt er mich los. Bin ich ausgerutscht? Ich erinnere mich nicht, ob ich mich gestoßen habe, denn schon vorher ist alles schwarz geworden.

Als ich wieder zu mir komme, liege ich auf der Theke. Warszawski ist da und unterhält sich auf jiddisch mit Jurek, der noch immer auf der Theke hockt. Sein singender Tonfall ähnelt dem von Ruchi Falk. Zum ersten Mal sehe ich das schlecht rasierte Profil, die dunklen Ringe um die Augen. Von unten gesehen erinnert Jurek an einen dösenden alten Juden.

Sie sprechen von mir. Jurek sagt, ich sei bestimmt eine ›Zimperliese‹, der man wohl mit Schokolade hinterherlaufe … Es sei nicht normal, in Ohnmacht zu fallen, bloß weil man einen Scherz mache.

Ich öffne die Augen, stütze mich auf die Ellbogen. Ich frage ihn, was er früher gemacht habe, ob er im Gymnasium gewesen sei. Ich frage ihn, wie ich jeden anderen Jungen gefragt hätte. Er sei Optikerlehrling gewesen und verstehe nicht, was ich daran so komisch finde. Ich weiß es selber nicht, ich muß einfach wie verrückt lachen.

Danach kommt der Fotograf mit dem Tee, und Jurek versichert, er habe mir nicht Böses tun wollen, ganz im Gegenteil. Er fügt hinzu, daß ich, falls wir uns in Kürze ›am andern Ufer‹ wiedersähen, nicht mit ihm rechnen könne. Dann wäre es zu spät, einen angenehmen Augenblick zu verbringen.

Dieser ›Scherz‹ erheitert sie beide.

»Es ist kaum wahrscheinlich, daß wir uns wiedersehen«, sage ich.

»Warum?«

Ich nehme seine Peitsche und lasse sie knallen.

»Darum. Da drüben werden die Henker wie Schweine gegrillt.«

Er verzieht das Gesicht.

»Du bist wirklich eine Nervensäge«, sagt er, »ich habe niemand getötet … Doch einmal«, verbessert er sich mit finsterer Miene.

»Wen?«

Er zuckt die Achseln, nimmt mir die Peitsche aus der Hand, tippt sich wie zum Gruß mit zwei Fingern an die Stirn und schleicht mit seinem wiegenden Gang davon.

Unnötig, Warszawski auszuhorchen, er ist eine Klatschbase.

»Jurek hat seine Schwester getötet, auf ihre eigene Bitte hin. Man wollte sie in ein Soldatenbordell an der Front bringen. Er verdankt sein Leben einem Wunder, wie fast alle. Er war fünfzehn. Fünf gleich große Jungen wurden hintereinander aufgestellt, so daß sie einander genau deckten. Auf diese Weise übte sich der Kommandant im Zielschießen. Die Leistung bestand darin, alle fünf Herzen mit einer einzigen Kugel zu durchbohren. (Damals eine sehr beliebte Sportart.) Aber dieser Junge hatte keine Lust, sich durchlöchern zu lassen. Er trat aus der Reihe und stellte sich vor den Kommandanten:

›Mein Herr‹, sagte er, ›ich bin jung, ich will leben.‹

Die Antwort war eine Ohrfeige, die einen Ochsen umgehauen hätte. Aber Jurek regte sich nicht, er sah dem Eliteschützen gerade in die Augen.

›Dieser Taugenichts ist wirklich aus Eisen‹, sagte der Kommandant.

Bravourös durchlöcherte er die verbliebenen Herzen und stellte Jurek als Stallburschen ein.«

»Der arme Junge«, seufzt der Fotograf, »was hat er von der Welt gesehen? Das Getto, das Lager und die Aktionen. Der Kommandant ist sein zweiter Vater und die Zwergin seine Ziehmutter. Was ist von solchen

Eltern zu erwarten? Stell dir vor, er war noch nie im Kino.«

Der Traum seines Lebens war, Kameramann zu werden. Sollte der Herrgott ihm eines Tages erlauben, nach Hause zurückzukehren, will er sich darin versuchen.

Ich höre ihm nur mit einem Ohr zu. Eine andere Geschichte geht mir durch den Kopf:

»Es war einmal ein kleiner Optikerlehrling … und man hat ihn umgebracht.« Das ist die ganze Geschichte.

*

Schon die zweite Nacht dauert die Schießerei an: es werden ›Politische‹ hingerichtet.

Man hat sie in der Stadt eingesammelt. Seit gestern stehen sie unter unseren Fenstern, mit dem Gesicht zur Wand. Regungslos warten sie auf die Kugel in den Rücken. Warum laufen sie nicht auseinander oder greifen die Wachen an? Was haben sie zu verlieren? Warum das Warten? Warum zum Tod noch die Demütigung? Das Spiel der ›Hunde‹ mitspielen? Wucherer: mit jeder Kugel kaufen sie tausend langsame, hellwache Tode. Und das macht mich rasend! Die Henker haben weder tausend Herzen noch tausend Kehlen; sie werden nur einen einzigen Todeskampf haben!

Niemand schnarcht in der Baracke. Ich bin nicht die einzige, die auf den Atem derer dort draußen horcht.

Kein Laut. Und plötzlich spüre ich, daß meine Kehle trocken ist.

»Sie haben Durst...« Ich nehme unsere Wasserflasche, springe von der Pritsche, laufe zum Fenster und öffne es behutsam:

»*Wollen Sie Wasser*?« sage ich ganz leise.

Im Dunkeln kann ich die Gesichtszüge nicht erkennen, nur die verneinende Bewegung eines Kopfes, der zum Fenster hochschaut: Ich solle es sofort wieder schließen, ob ich denn nicht wisse, daß es verboten ist, sich ihnen zu nähern? Ich weiß es. Aber es ist mir scheißegal, wirklich scheißegal. Für den Bruchteil einer Sekunde fühle ich mich frei, fast euphorisch. Ich richte mich in der Fensteröffnung hoch auf. Wenn sie schießen wollen, jetzt ist der rechte Moment dazu! Aber nichts regt sich, und fast enttäuscht klettere ich wieder auf meine Pritsche.

Kaum bin ich dort, geht es los, die Betten beben mit uns, als beschösse man die Baracke. Ich zittere wie alle, kann es kaum fassen: ich lebe. Kein Stöhnen, kein Gemurmel. Nichts außer den Feuerstößen und der stummen Blendung all derer, die noch atmen.

Als wir gegen Morgen einen wirklichen Schrei hören, kommt Leben ins uns, und wir stürzen zu den Fenstern.

Ein fast nackter Körper liegt vor der Baracke. Eine SS-Aufseherin fährt mit dem Fahrrad darüber. Der Körper bewegt sich. Einmal hebt sich der blutige Kopf, aber der junge Wachtposten, der daneben steht, drückt ihn mit dem Stiefel zurück, damit seine forsche Kollegin ihr Spiel fortsetzen kann. Als sie an uns vorbeikommt, betrachte ich sie aufmerksam. Sie ist sehr jung, ihre Wangen glühen, sie kichert hysterisch.

Das Fahrrad... Dieser breite Mund einer Heranwachsenden mit seinen großen flachen Zähnen, dieses ständige Gekicher... Ich fürchte, sie werden mich immerfort in meinem Kopf verfolgen, solange ich ihn noch habe.

*

Immer öfter kehrt der schreckliche Name wieder: Auschwitz.

Die blutleeren Gesichter beim Appell. Eine Anweisung folgt der andern, eine Nachricht jagt die andere.

Es heißt, daß die Waggons bereitstehen.

Es heißt, daß sie keine Zeit mehr haben werden, sich mit uns zu befassen, daß ihnen dazu immer noch genügend Zeit bleibt, daß die Zwergin liquidiert worden ist... Sie wußte zuviel. Der Kommandant räumt seine Villa. Der Galan läßt seiner Komplizin den Vortritt. Er ist also gar nicht so ›begriffsstutzig‹. Nach Meinung des Fotografen ist das nur Gerede, denn um nichts in der Welt hätte er sich das Schauspiel entgehen lassen: Was für ein schönes Galgenfest wäre das gewesen!

K. hat eine Stinklaune und verlangt energisch, daß ich meine Hefte verbrenne.

»Schon geschehen.«

Ich lüge, ohne mit der Wimper zu zucken.

Der Dreierrat versammelt sich auf meiner Pritsche, und obwohl die Bildhauerin eine gegen zwei ist, entreißt sie mir schließlich meine beiden Hefte (Sofi und ich sind der Meinung, man solle sie in Plaszow vergraben). Der Streit zieht sich bis zum frühen Morgen hin. Dann überlasse ich ihr, von meinem im Grunde wenig aufrichtigen Widerstand erschöpft, meine beiden Hefte mit sämtlichen Risiken.

Vielleicht hätte ich ohne mein Abenteuer der letzten Nacht ihr Drängen nie begriffen: in diesem Schlachthaus zu ›wählen‹, sich auszuzeichnen, dem Tod einen Sinn zu geben.

Was liegt daran!

Warum sorgen sich die Leute um ihren Grabstein?

Warum habe ich meine Hefte noch einmal an mich genommen?

*

Auschwitz. Jedes Wort setzt sich aus Buchstaben zusammen. Grammatik. In dieser riesigen Krypta sind wir wieder viel zu viele. Wir drängen uns zu zehnt oder mehr auf einem Platz, den wir in Plaszow zu dritt belegten: Sofi, die Bildhauerin und ich.

Sofi lebt. Mir schien, als hätte ich sie aus dem Waggon steigen sehen. Ihre kleine Gestalt war einmal aus der Menge aufgetaucht. Zu müde, sie zu suchen.

Der ›Dreierrat‹ ... Wir können ihn nicht mehr zusammenrufen. Sein wichtigstes Mitglied ist ausgeschieden. In letzter Minute hat sich diese Schlaubergerin aus dem Staub gemacht, sie, die so mit ihrer bäuerlichen Kraft prahlte! Drei Tage lang hat sie mich wie ein Baby behütet. Mit ihren knochigen Armen schuf sie ein Bollwerk, schützte mich vor der Lawine der anderen Körper. Mit wütender Beharrlichkeit rief sie mich jedesmal, wenn ich den aufreibenden Kampf um Luft aufgeben wollte, ins Leben und in die stinkende Hitze zurück. Und als ich einmal fast ohnmächtig wurde, bahnte sie sich einen Weg, stieß die toten oder lebenden Körper fort, bis es ihr gelang, mich zur Wand des Waggons zu zerren, damit ich durch die Bretterfugen Luft bekommen konnte.

»Atmen Sie«, befahl sie und preßte mein Gesicht an einen Spalt.

Jemand verrichtete seine Notdurft über mir. Ich schrie. Sie rief mich zur Ordnung. Das sei Selbstmord, ich solle meine Kräfte nicht vergeuden, sie, die sich nicht schonte, die sich verhielt, als hätte sie hundert Leben! Die Hochstaplerin! Gegen Ende verstummte sie. Doch an jene Stunden erinnere ich mich nur sehr verschwommen. In einem Gewirr von Toten und Lebenden waren wir zu einer einzigen stinkenden Masse zusammengeschweißt. Immerhin erinnere ich mich, daß sie sich gegen Morgen aufsetzte und ihre Schuhe aufschnürte.

»Was tun Sie da«, stöhnte ich.

Einige schimpften, denn als sie sich vorbeugte, brachte sie das ganze Gebäude der Körper zum Kippen, und es dauerte eine ganze Weile, bis alle ineinander verhakten Glieder wieder ins Gleichgewicht kamen.

»Damit es nicht zu spät ist«, sagte sie.

Ich verstand sie erst später, als die Waggontür sich öffnete und sie sich nicht bewegte. Ich rief sie, berührte sie: sie war noch warm. Ihr Kopf lehnte an einem anderen Körper. Sie sah aus, als wäre sie eingenickt – vielleicht sogar über einem beruhigenden Gedanken –, sie hatte denselben friedlichen Ausdruck wie im Schlaf auf ihrer Pritsche.

»Damit es nicht zu spät ist.« Sie dachte an die in ihren Tretern versteckten Hefte! Sie wußte es also. Sie fürchtete, ich könnte bei der Ankunft keine Zeit haben, sie an mich zu nehmen. Sterbend quälte sie sich noch damit. Und mit letzter Kraft schnürte sie ihre Schuhe auf.

Während der Waggon sich leerte, hatte ich Zeit, ihr die Schuhe auszuziehen, meine Hefte an mich zu nehmen, sie zu verstecken und die Tote noch einmal zu betrachten. Die Erinnerung ist nicht bedrückend, im Gegenteil. Zum ersten Mal sehe ich dem Tod ohne Schrecken ins Auge, als hätte dieses Gesicht ihn mit sich genommen.

*

Ich mißtraue dem Strohsack als Versteck! Nach guter Auschwitzer Gewohnheit jagt man uns ständig aus der Baracke. Zum Glück bleiben die beiden Türen dieses schrecklichen Tunnels während des Saubermachens offen, und unsere neue Antreiberin, die schöne Gisa mit dem schwarzen Haar und dem perversen Lächeln, kann nicht auf der Peitsche reiten wie die Hexen auf ihrem Besen. Wenn es ihr nicht gelingt, jemanden zu erwischen, schlägt sie in die Luft. So braust sie, mehrmals am Tag, durch die Baracke. In ihrem Gefolge eine Meute kleiner Antreiberinnen, eine Horde wildgewordener Stuten, während Aranka, die Blockälteste, eine blonde, rosige, träge Puppe, sich in ihrem Kabuff reckt und unter der Decke gähnt. Wir können sie von unserem Bett aus gut sehen, wenn sich die Tür des Kabuffs öffnet (was im Verlauf der Nacht häufig geschieht, um abwechselnd Häftlinge und ihre Wachen einzulassen). Aber wenn ich sie beim Morgenappell mit ihrem Porzellangesicht und ihrer frisch gestärkten Hemdbluse sehe, frage ich mich, ob ich nicht Visionen hatte. Mit ihren fetten kleinen Händen berührt sie beim Abzählen jede einzelne von uns, doch ihre farblosen Augen schauen nur selten jemanden an – was vielleicht besser ist, denn merkwürdigerweise scheint ihr der ›Blick‹ zu fehlen. Man fühlt sich dabei sehr unbehaglich, wie wenn ein Blinder einen anstarrt.

Gleich am ersten Morgen blieb sie nicht weit von mir stehen und fragte, woher wir kämen.

»Aus Plaszow«, antworten wir im Chor.

Sie zieht die Brauen hoch. Vor Überraschung wird sie fast lebendig und rennt los, um gleich darauf mit Gisa zurückzukommen.

»Wart ihr schon einmal in diesem Lager?«

»Nicht in diesem, in einem anderen.«

»Ich meine in Auschwitz?«

»Ja, und man hat uns zurückgebracht«, antwortet der Chor.

»War es ein großer Transport?«

»Etwa zehntausend.«

Die beiden Frauen sehen sich an. Und in der Stille höre ich einc vertraute Stimme, eine intelligente, feste Frauenstimme, die von Alice.

Ich drehe mich um. Sie ist nicht mehr blond. Unter ihrem glänzenden Schädel sind ihre Züge geschrumpft. Aber auch so, ganz ohne Schmuck, hat sie etwas von ihrem alten Glanz bewahrt. Wo ist ihre Cousine geblieben?

»Wären Sie so freundlich, uns zu sagen, wie viele wir hier sind …«?

»In meiner Baracke siebenhundert«, antwortet Aranka bereitwillig, »und acht- bis neunhundert auf die anderen verteilt.«

Es wird still. Konhauser, Warszawski, Sonja? Immer habe ich an sie wie an Nachbarn gedacht, denen ich eines Tages auf der *Lagerstraße* begegnen werde. Habe ich nicht auch Sofi so getroffen? Sonja rasiert! Großer Gott, mit ihrem ›schlechten Charakter‹ und ihrer Gewohnheit, über sich selbst Tränen zu lachen. Ich habe nicht die Geduld zu warten, bis die beiden Slowakinnen ihr unverständliches Zwiegespräch beenden.

»Darf man erfahren, in welchem Lager die andern sind?«

Ihres eigenen Gebrülls wegen hören sie mich nicht. Ich wiederhole meine Frage. Die brünette Gisa dreht sich gereizt um:

»Sie sind im H-Lager«, sagt sie. »Ihr wißt gar nicht, was für ein Glück ihr habt, daß ihr hier seid.«

Aranka schenkt uns ihr etwas totes Lächeln. (Manchen Kreaturen sollte man das Lächeln verbieten.)

*

Wir sind im B-Lager, bis zum H-Lager sind es also sieben. Und danach? Wie viele Lager gibt es hier, jedes davon größer als das von Plaszow? Auch bedrückender. Die Entfernungen, die Baracken, der Himmel, die Luft, sogar das Gesicht und die Liebhaber von Aranka, der ›Blokowa‹*. Die Suppe dagegen ist reichhaltiger, und von Arbeit ist keine Rede. Ich kann mich mit meinen Blättern irgendwo hinkauern, ohne Aufmerksamkeit zu erregen. Ich habe einen Platz unter der Dachrinne, den ich mit den Raben teile. Manchmal beobachten wir uns in der Stille, minutenlang. Zieht meine Reglosigkeit sie an oder daß ich so klein, so zahm und fast so schwarz bin wie sie? Ich schreibe wenig und mühsam. Denken ermüdet mich. Ich döse im Sitzen. So verbringe ich meine Zeit, vom Appell bis zur Suppenausgabe, von der Suppenausgabe bis zur Brotausgabe. Wie lange schon? Keine Ahnung! Im übrigen hat nichts die gleiche Be-

* Blockälteste, polnisch.

deutung wie in Plaszow. Nicht einmal mein ›Zeugenbericht‹? Es wird immer mehr zu einer Art Pflicht, die die Bildhauerin mir auferlegt hatte, als sie sich aus dem Staub machte – und der ich träge nachkomme, wenn ich nicht zu schlaff bin.

Es heißt, das liege am ›Brom‹, das man uns in großen Mengen in die Suppe gibt. Möglich.

*

Ich bin an meinem gewohnten Ort eingedöst. Als ich die Augen öffne, sitzt Sofi neben mir. Wir sitzen oft so da und dösen abwechselnd.

»Der Wind riecht hier immer nach Rauch, ist es dir aufgefallen?«

»Ja«, sage ich. »Wegen des Krematoriums.«

»Sie verbrennen die Abfälle.«

»Sie verbrennen auch die Toten. Erinnerst du dich, als wir angekommen sind, war der Himmel zwei Tage lang rot …«

»Normal. An einem Ort wie diesem muß es viele Todesfälle geben. Was sollten sie damit anfangen?«

Mit einemmal breche ich in Lachen aus.

»Was ist los mit dir?«

»An einem Ort wie diesem gibt es viele Todesfälle.«

»Tatsächlich«, sagt sie, »das ist viel zu anormal, um wahr zu sein. Oder?«

»Schlafen wir ein wenig?«

Eine Ewigkeit habe ich nicht mehr geschrieben. Ich zähle die Tage nicht mehr. Seit langem bin ich müde …

Die ›Teufelchen‹ habe ich schon vor der großen Müdigkeit kennengelernt. Einmal sind sie mir auf der *Lagerstraße* buchstäblich um den Hals gefallen, vor allem eine von ihnen, die Größere (später hat sie sich als die Jüngere herausgestellt). Eines ist sicher: sie ist das Familienoberhaupt, die Entschlossenere, die Dynamischere, was schlecht zu ihrer Sentimentalität paßt. Ihre scharfe Zunge, ihr Fuchsgesicht, ihre (eher lästige) Art, wegen einer Lappalie zu flennen, schon weil sich dabei ständig ihre Brille beschlägt. Sie hat sich auch beschlagen, als sie mir um den Hals gefallen ist. Sie hat sich beeilt, sie an ihrem schmutzigen Kleid abzuwischen.

»Das ist meine kleine Schwester«, schluckst sie, was nicht schwer zu erraten ist. Als schöbe sie ihr Double zu mir hin, auch wenn die kleine Schwester nichts von einem Fuchs hat. Sie ähnelt vielmehr einer Eule: große runde, hervorquellende Augen, ein kleiner spitzer Mund, ein aufgedunsenes Gesicht, und auf alledem eine unbeschreibliche Furcht. Ein vorzeitig verwelkter Säugling, alt und verstört. Früher gab sie Englischstunden, womit sie ihre ganze Familie unterhielt und ihre jüngere Schwester auf die Uni schicken konnte.

Sie tragen die gleiche Brille mit schwarzem Gestell, die gleichen schwarzen Lumpen hängen ihnen am Leib, und die gleiche trübe Angst scheint in ihnen zu nisten. Dieses ganze verdoppelte Elend wirkt unendlich grotesk. Sie sprechen mit mir wie mit einer alten Bekannten. Ununterbrochen danken sie mir abwechselnd. In ihrem Eifer bemerken sie meine Verblüffung gar nicht.

Ich überlege, zerbreche mir den Kopf: wo bin ich diesen beiden Exemplaren bloß begegnet? Zwei Brillen mit dunklem Gestell. »Der Sturm«, rufe ich aus. Plötzlich versiegt die Flut der Danksagungen. Der Gedanke, daß man sie vergessen könnte, nimmt ihnen den Atem. Ein wahrer Orkan; in unsere Decken gehüllt, schlotterten wir im Magazin und hatten die Tür verriegelt aus Angst, ein Windstoß könnte sie herausreißen. Mehrmals war es mir so vorgekommen, als hätte jemand geklopft. Der Wind? Ich rannte zum Fenster: zwei fast völlig nackte Gerippe, zwei zur mir erhobene schwarzumrandete Brillen. Mehr konnte ich im Regen nicht erkennen. »Etwas Warmes«, wimmerte eine dünne Stimme, die im Sturm gespenstisch klang.

›Sie sind vom Berg weggelaufen‹, sagte ich mir. ›Ich habe keine Zeit, lange zu suchen!‹ Eilig zog ich meinen Pullover aus, den ich von Frau Reich bekommen hatte. Ich ergriff das erstbeste Kleidungsstück, das mir in die Hände fiel, es war eine kleine karierte Jacke, nach der die nachlässige Vanja nicht lange suchen wird. Ich warf sie ihnen zum Fenster hinaus. Das war alles.

Seit dem denkwürdigen Augenblick, als sie mir um den Hals gefallen sind, besuchen mich die beiden Schwestern jeden Tag. Ihre mit großem Nachdruck dargebotene Freundschaft wird meinen ›Zeugenbericht‹ vielleicht verkürzen, dient mir aber auch als Entschuldigung, um ohne Gewissensbisse zu faulenzen.

Einmal trafen sie mich in miserabler Laune an. In der Küche hat es einen ›Irrtum‹ gegeben. Unter dem Vorwand, die Suppe reiche nicht für die ganze Baracke, hatten die *Stubendienste* sie unter sich verteilt.

»Komm mit uns«, schlägt mir eine von ihnen vor (die Lehrerin). »Wir haben immer die doppelte Ration.«

»Wieso?«

»Ganz einfach, bist du noch nicht darauf gekommen? Du stellst dich vor einer anderen Baracke an. Nach und nach giltst du als eine von ihnen. Auf diese Weise sicherst du dir jeden Tag einen Nachschlag.«

»Und wenn ich erwischt werde?«

»Sei nicht blöd«, sagte die andere, die gewieftere, »man kennt uns, wir werden für dich bürgen.«

Es gelingt einmal und noch einmal, fünfmal … Allmählich vergesse ich meine ›illegale‹ Lage. Sonst hätte ich die unbekannte Blokowa nicht so unschuldig anschauen können, eine rechtschaffene Person, die mich zu verteidigen suchte, als ich heiteren Sinnes und mit gefülltem Napf beinahe Gisa in die Arme gelaufen wäre.

»Was suchst du hier?« fragt die Stute, schon im voraus von all dem erleuchtet, was sie mir androhen wird.

Nacheinander schaue ich sie und die Blokowa an, als verstünde ich nicht, ich lächele ratlos, bereit, ihr dies kleine Mißverständnis zu verzeihen. Die Blokowa sagt etwas auf slowakisch zu ihr, und auf ihrem Gesicht zeichnet sich unsichere Enttäuschung ab, als sie mich von neuem in Augenschein nimmt. Ich halte ihrem Blick vielleicht zu entschlossen stand, denn plötzlich entblößt ein böses Lächeln ihre strahlend weißen Zähne. Sie packt mich und schleift mich vor den Kessel. »Kennt jemand dieses Mädchen?« fragt sie und mustert die Reihe. Die beiden Schwestern an der Spitze. Meine flehenden Blicke stoßen an vier blinde Fenster. Sie halten ihre Augen geschlossen.

Ich erinnere mich, daß die erste Ohrfeige weh tat. Aber die zweite erwartete ich. Ich begann zu lächeln, und ohne Gisa aus den Augen zu lassen, haute ich ihr eine runter und noch eine ... Stille! Ich hörte die Schläge, deutlich, herrlich. Himmlische Ruhe hüllte mich ein. Als hätte ich seit meiner Geburt auf diese Geste, diese Empfindung gewartet. Es scheint, als ob das Lächeln nicht von meinen geschwollenen Lippen weichen wollte, obwohl ich dank der Fürsorge von einem halben Dutzend *Stubendiensten* schon reif für die Grube war. Als Aranka mit der Wache kam, lag ich mit entsetzlichen Bauchschmerzen im Staub, aber leider bei vollem Bewußtsein. Ich hörte die Frau aus ›Porzellan‹, die man aus ihrem Nachmittagsschlaf gerissen hatte, angewidert fragen:

»Was machen wir mit ihr?«

Der Deutsche stieß mich mehrmals mit der Stiefelspitze an. Ich lebte. Enttäuscht stößt er noch einmal gehässig zu. (Auch ihn hatte man wohl bei der Verdauung gestört.)

»Macht mit ihr, was ihr wollt.«

Und sie überließen mich meinem Schicksal.

Zwei Stunden kniete ich mitten auf dem *Appellplatz*, einen Backstein in jeder erhobenen Hand. Jedesmal, wenn mein Ellbogen einknickte, zog die Stute, die mich nicht aus den Augen ließ, meine Arme wieder hoch und beugte sich manchmal herunter, um mir ins Gesicht zu starren. Gegen Ende waren meine aufgesprungenen Lippen so geschwollen, daß ich kaum flüstern konnte: »Wasser!« Da beugte sie sich noch einmal zu mir herab: »Einen Scheißdreck«, sagte sie mit freundschaftlichem Ausdruck.

Eine lange Geschichte. Aber nicht die meine. Zwei Stunden lang war ich nur Arme. Dann wurde ich einen Augenblick wieder ich selbst, und alles andere versank.

Ich erinnere mich noch, daß man sich, als man mir den Stein aus den Händen nehmen wollte, lange mühen mußte, meine Finger waren daran festgewachsen. Meine Arme fielen steif herab, und es kostete mich eine Riesenanstrengung, meine Beine auszustrecken. Dabei hatte es in diesen zwei Stunden keine Sekunde gegeben, in der ich nicht gespürt hätte, daß ›ich es nicht mehr aushalte‹.

Endlich die Pritsche. Eine Bettnachbarin macht mir die ganze Nacht Umschläge. Sie heißt Ella. Sie gehört nicht zu unserem Transport.

*

Ein Furunkel unter der Achselhöhle. Eine Entzündung infolge der Unsauberkeit (dabei wasche ich mich, sooft die Umstände es erlauben). Im Revier hat die ungarische Ärztin es mir heute morgen aufgeschnitten. Ich brüllte wie am Spieß.

»Schämen Sie sich denn nicht?« sagt sie. »Sparen Sie Ihre Tränen auf!«

Sie kennt meine Eltern. Einmal hatte sie mit ihnen in Prag die Ferien verbracht.

»Ist Ihr Vater noch immer so nervös?«

Diese komische Frage bringt sie selber zum Lachen. Plötzlich heitert sich ihr Gesicht auf, das meine ebenfalls, denn ich kenne die Fortsetzung. Ich bin es gewohnt, daß die Leute immer mit leuchtendem Gesicht von ihr sprechen.

»Ihre Mutter, bezaubernd! Und so jung!«

»Sehr jung«, sagte ich errötend.

Mit leichten Schritten gehe ich durch die *Lagerstraße*, erfüllt von einem Glück, dessen Geschmack ich vergessen hatte. Für ein paar Minuten bin ich wieder die Göre eines bezaubernden Geschöpfs.

*

Ich gehe zum Verbinden. Unterwegs überrascht mich die *Blocksperre*. Ich war schon ganz nahe beim Revier und wollte nicht umkehren. Ein großer roter Krankenwagen wartete am Eingang. Unmöglich, daran vorbeizukommen. Ein Offizier mit dem Zeichen des medizinischen Personals hält mich an:

»Wohin?«

Ich zeige ihm den Verband. Vorsichtig löst er ihn ab und betrachtet die Geschwulst. Er hat zarte Hände.

»Hattest du das schon einmal?«

»Noch nie im Leben.«

»Woher kannst du Deutsch?«

»Meine Mutter stammt aus Bremen.«

»Aha«, sagt er und sieht mich mit seinen schwarzen Augen aufmerksam an. Dieses braungebrannte, schmale, exotische Gesicht habe ich irgendwo schon mal gesehen. Der ›Stammeshäuptling‹ ... Der Reigen der Nackten unter den Sternen, der Offizier, der mit dem Zeigefinger den Tanz dirigierte.

»Du kommst mit mir!«

Mein Herz beginnt heftig zu klopfen.

»Wohin?«

»In ein großes Krankenhaus. Das muß gründlich behandelt werden.«

»Aber ich fühle mich sehr gut!«

Ich lächele. Seit einer Weile ist mein Gesicht völlig getrennt von dem Aufruhr in meinen Därmen (ein Anfall von Dünnschiß, den ich ebenfalls bezwinge). Ich sehe die Ärztin in der Tür. Hatte sie die letzten Sätze gehört? Mit Hilfe vieler Fachausdrücke erklärt sie, daß meine Geschwulst nicht ansteckend sei, wie es auf den ersten Blick den Anschein habe. Sie verbürge sich dafür. Dann schiebt sie mich, ohne die Meinung ihres ›Kollegen‹ abzuwarten, der noch zu zögern scheint, in einen leeren Raum. Ich höre Schritte, Stöhnen, Türen quietschen. Ein Kranker will seine Decke mitnehmen, sie wird ihm weggenommen. »Mein Eßgeschirr«, schreit jemand.

»Schnell, schnell. Es wird Ihnen an nichts fehlen!« drängt die bekannte Stimme.

Der Motor springt an, und schon sind sie weg.

Die Ärztin kommt herein.

»Sie verdienten eine …« (aber sie kann ihren Satz nicht beenden und läßt sich auf eines der Betten fallen).

»Wohin werden sie gebracht?«

Vielleicht hat sie mich nicht gehört. Sie starrt mich müde an, wie früher die Polinnen im Magazin.

»Ich gebe Ihnen etwas Jod und Verbandszeug. Und ich will Sie hier nicht mehr sehen.«

*

Ella findet mich auf der Pritsche. Ich sage, daß ich nicht mehr zum Verbinden gehe, daß meiner Meinung nach merkwürdige Dinge vorgehen und daß man im Lager besser nicht krank ist.

»Hast du das nicht gewußt? Sie werden verbrannt. Beruhige dich, nicht lebendig. Zuerst kommen sie ins Gas.«

»Bist du sicher?«

»Und wenn es nur Kranke wären!«

Ich setze mich auf, zwinge sie, fortzufahren, indem ich sie regungslos anstarre. Auch wenn es mir im Grunde lieber wäre, sie würde den Mund halten wie die Ärztin. Zu spät.

»Bevor ihr aus Plaszow gekommen seid, waren wir Alten, die wir jetzt hier sind, im C-Lager. Hier im B waren tschechische Familien, Frauen, Männer und Kinder zusammen … Ihre Kleider und sogar ihre Haare durften sie behalten. Wir haben uns oft unterhalten. Sie bekamen Päckchen. Sie warfen uns Schokoladentafeln, Schachteln mit Käse über den Stacheldraht. Wir haben sie sehr beneidet. Eines Nachts sind wir durch Schreie wach geworden. Wir waren beunruhigt: die Slowakinnen stopften uns ja den Kopf mit allen möglichen Geschichten voll. Am Morgen war das tschechische Lager leer. Die Blokowa schluchzte, die Slowakinnen hatten geschwollene Augen. Später erfuhr ich, daß sie genau den Tag vorausgesagt hatten, an dem man die Tschechen evakuieren würde. Im allgemeinen pflegen sie mit den ›alten‹ Häftlingen alle sechs Monate aufzuräumen. Von den zwanzigtausend Menschen, die 42 hierhergebracht wurden, sind nur diese dreitausend übriggeblieben. In jener Nacht waren sie an der Reihe, denn da waren die sechs Monate um.«

»Wußten sie es?«

»Sie ahnten es. Sie hofften! Es kam auf die Nachrichten von der Front an.«

Sie schweigt. Nach einer Weile:

»Glaubst du an Gott?«

»Ich weiß nicht«, sage ich. »Und du?«

»Ich auch nicht.«

Wir seufzen.

»Irgend etwas muß es geben, das Schicksal oder so was Ähnliches«, sagt sie später.

»Und wenn es nichts gibt? Nichts als eine Menge Fragen!«

Sie antwortet nicht. Stumm bleiben wir nebeneinander liegen.

»Schläfst du?«

»Nein.«

»Hast du nie an den elektrischen Draht gedacht?«

»Nein, und du?«

»Ich habe Angst.«

»Denk nach. Hast du Angst vor den schlimmen Augenblicken oder davor, daß du dann nicht mehr existierst?«

»Davor, daß ich es nicht begreife«, sagt sie nach kurzer Überlegung.

*

Tätowierung. Sie haben mir kleine Zahlen auf die Unterseite des linken Arms geprägt. Ich schulde der Slowakin Dank, die in unserer Reihe mit Geschick und zweimal schneller arbeitete als ihr Kollege. O die Unglücklichen, die diesem Dilettanten in die Hände fallen! Ihr ganzes Leben lang bleibt ihnen ein großer violetter Stempel über dem Handgelenk. Ganz abgesehen davon, daß sie noch immer schlotternd in einer endlosen Reihe warten, während wir Glückspilze schon alle Plätze in der Latrine besetzt haben.

Die Latrine! Nicht zu vergleichen mit der von Plaszow. Mit Recht wird sie der ›Club‹ genannt, denn es ist ein internationales Zentrum, vielleicht das ungewöhnlichste der Welt. Hier begegnete ich zum ersten Mal Franzosen, zwei Chinesen (beide einarmig), Griechen, Holländern, Belgiern, Spaniern, Polen, Russen, Männern und Frauen, die sich auf der doppelten Reihe der ›Sitze‹ drängen, die sich der Länge nach durch die riesige Baracke zieht.

Gleich nach dem Appell stürmt alles hierher. Man stelle sich vor: fünf- oder zehntausend Menschen, die durch dieselbe Tür wollen!

Und wenn wir nur von hinten bedrängt würden! Aber was uns vorn erwartet, ist noch schlimmer: der Jaucheeimer. Der ›Latrinendrache‹ ist eine verteufelt energische Person. In Tonnen auf Rädern karrt sie die Exkremente zu Kanälen (?) oder Labors (?). Gewöhnlich steht sie mit gespreizten Beinen auf der Latrine, den Eimer randvoll, bereit, einen damit zu bespritzen. Ein Tropfen genügt, und man weicht, um sich stoßend, zurück und beginnt in allen Sprachen zu brüllen, sogar auf chinesisch ...

Daß ich dem doppelten Druck der Scheiße und der Menge jeden Tag entkommen bin, dafür gibt es keine Erklärung. Es grenzt ans Übernatürliche. Aber für den ›Drachen‹ ist es auch nicht lustig. Denn kaum kann sie aufatmen, da strömt die Menge auch schon durch den anderen Eingang herbei, so daß sie nicht mehr weiß, auf welche Seite sie die Scheiße spritzen soll. Manchmal dauert das Stunden und entbehrt nicht einer gewissen Komik. Anderer Vorteil: man wärmt sich auf. Und wenn man sich endlich einen Platz in der stinkenden Wärme erkämpft hat, hat sich draußen die Atmosphäre entspannt.

Ein Dialog, den ich heute morgen mit angehört habe;

eine Frau und ein Mann, beides Ungarn, hocken nebeneinander auf den Löchern:

Die Frau: Die Luft ist entsetzlich.

Der Mann: Beklagen wir uns nicht, die Kälte ist schlimmer.

Die Frau: Sie ist leichter zu ertragen als der Gestank.

Der Mann: Warum bleiben Sie dann nicht draußen?

Die Frau: Das ist meine Sache.

Der Mann (nach einer langen Pause, versöhnlich): Morgens Sibirien, mittags Afrika. Wo zum Teufel liegt dieser verdammte Ort? Ich habe noch nie von ihm gehört.

Die Frau: Ich auch nicht. Haben wir noch August?

Der Mann: Ja, vermutlich. Stellen Sie sich vor, es wäre Winter!

Die Frau seufzt.

Der Mann (nimmt einen neuen Anlauf): Was Sie auch sagen, die Kälte ist schlimmer. An den Gestank gewöhnt man sich irgendwie.

Die Frau (resigniert): Kommen Sie aus Siebenbürgen?

Der Mann: Ja, aus Ermihalyfalva. Gestatten Sie, daß ich mich vorstelle: Doktor Keresztesz, Rechtsanwalt.

Manchmal versuche ich Gesprächsfetzen aufzuschnappen, die um mich herumschwirren, Sprachen, die ich nie sprechen, aus Ländern, in die ich nie kommen werde – alle diese Entfernungen, die sich in dieser Latrine zusammendrängen, sich kreuzen, Paris, Moskau, Athen – Europa! In Lumpen zwar, ausgeplündert, verhöhnt, aber es ist da. Als reiste ich in rasender Geschwindigkeit in einem Gefährt, das nie stehenbleibt. Eine frustrierende, ermüdende Reise, und trotzdem reise ich in diesem komischen Scheißhaus.

*

P. S.: Fast hätte ich es vergessen: dem Gerücht zufolge ist eine Tätowierung soviel wie eine Lebensversicherung von ein bis zwei Monaten. Meine Nummer ist 17 587. Die Slowakin hat sie zuerst mit Tinte gezeichnet und dann mit der Nadel einer Injektionsspritze jede Zahl nachgestochen. Es war, als hätte man mir minutenlang unaufhörlich Spritzen gegeben. Schmerzhaft, aber erträglicher als die Angst. Zweimal habe ich den Platz gewechselt, und als ich an die Reihe kam, wurde mir schlecht. Ich, die ich Gisa geohrfeigt und mich beinahe in die Gaskammer gestürzt hätte, weiß wirklich nicht, was ich antworten soll, wenn ich einmal gefragt werde: »Bist du feige gewesen?«

*

Es hat gestern angefangen: man hat mir die Schuhe gestohlen. Als ich von der Pritsche stieg, waren sie nicht mehr da.

Rasend vor Wut stampfte ich auf wie Gisa. »*Zählappell*, ihr Schlampen!« röhrt sie. »Soll ich euch aus dem Bett holen?« Blindlings schlägt sie um sich. Mich nicht!

Sie kennt mein Bett. An den Tagen, an denen sie mich verfehlt, verstecke ich mich während des Appells, aber schließlich stöbert mich das Ekel immer auf!

Ich schlage meinen Kopf auf die Pritsche und verlange brüllend meine Schuhe.

»Sei vernünftig«, ermahnt mich Ella.

Sie scheint nicht zu bemerken, daß an manchen Tagen sogar die Vernunft, die Natur, das ganze Universum spinnt.

Es war erst der Anfang. Kaum habe ich die Baracke verlassen, als mein nackter Fuß bis zum Knöchel in einer Pfütze versinkt. Es gießt in Strömen, zum ersten Mal seit unserer Ankunft in Auschwitz. Der Appell dauert länger als sonst. Ausgeschlossen, an einem solchen Tag in den ›Club‹ zu gelangen. Mit Ella stelle ich mich unter die Dachrinne. Wir frottieren uns gegenseitig den Rücken. Vergebens. Ich habe hohes Fieber, aber es kommt nicht in Frage, den morgigen Appell zu versäumen oder Aranka um ein Aspirin zu bitten. Ich habe den Tag und die Nacht zwischen zwei Decken mit Schwitzen verbracht. Jetzt bin ich zwar noch wacklig auf den Beinen, aber ich stehe. Ella hat mir ein Paar seltsame ›Kähne‹ organisiert, holländische Holzschuhe (vielleicht stammen sie ja aus unserem früheren Magazin in Plaszow). So gut es geht, ziehe ich sie durch den Schlamm (es regnet noch immer). Jeden Augenblick muß ich stehenbleiben und sie ausleeren. Unnötig zu sagen, daß ich eine Quelle steter Heiterkeit bin, was alles in allem besser ist, als Schnupfen oder

Dünnschiß zu haben. Das Lachen! Ich sehe schon, was für ein Gesicht die Zivilisten machen werden, wenn ich ihnen sage: »Noch nie habe ich soviel gelacht wie im Lager.«

Vielleicht ist es Hysterie, wie auf Beerdigungen. Aber wahr ist auch, daß man keine Wahl hat, denn die Tränen trocknen zuerst. Wir sehen alle aus wie nichtswürdige Witwen, oder nein: eher wie Horden umhergetriebener, von irrem Gelächter gepackter Waisenkinder. Ständig tröstet man mich, sich schieflachend, und versichert mir, daß ich mich, sobald der Schlamm gefroren sei, dem Langlauf oder einem anderen Wintersport widmen könne.

*

Wie ich schon sagte, das war erst der Anfang. Die Kähne sind für etwas geeignet, woran niemand gedacht hat (der Phantasie sind Grenzen gesetzt!). Als ich heute morgen hinuntersteige, versinkt mein Fuß in einer weichen Masse. Ich erstarre, wie vom Blitz getroffen, betäubt. Eine elende Sau hat sich im Scheißhaus geirrt. Leider bin ich die einzige, die weiß, daß nicht ich die Sau bin. Einen Fuß in der Scheiße, den andern in der Luft, völlig benommen, stinke ich ganz unbeschreiblich.

»Puh«, tönt es von allen Seiten. »So ein großes Mädchen! Schämst du dich nicht?«

Aber niemand wagt sich in meine Nähe. Ich antworte

nicht. Was hätte ich sagen sollen? Ella entfernt sich. Ich hüpfe zum Waschbecken. Kein Wasser! Dieser letzte Schlag gibt mir den Rest. Es ist nicht das erste Mal, daß man mir den Rest gibt und daß ich, wenn ich das Schlimmste hinter mir habe, mich plötzlich jenseits des Schlimmsten wiederfinde, jenseits des Todes, im absoluten Nichts, wo mich endlich nichts mehr berührt! (Stinkend oder nicht, es geht mich nichts mehr an!)

*

»Woher kommen Sie?«

Das fragt mich eine Französin auf französisch in der Schlange vor den Wasserhähnen.

»Aus Transsylvanien.«

Sie wirkt überrascht und meint, in Frankreich halte man das für ein legendäres Land! Ein Phantasiereich aus dem Kino mit Prinzen und Prinzessinnen mit starkem Akzent, der im übrigen an meinen und den der Mädchen aus der ungarischen Baracke erinnere.

Ich sage, daß sei normal, da Transsylvanien bzw. Siebenbürgen im Augenblick ungarisch sei, jedenfalls sei es das noch vor drei Monaten gewesen, als man uns in den Waggon verladen habe.

Sie wirft mir einen skeptischen Blick zu: Soll das heißen, daß sich unser Land zu wandeln pflege?

Ich versichere ihr, daß das die reine Wahrheit sei, daß wir nicht aufhörten, uns zu ›wandeln‹. Daß mein Großvater in Österreich-Ungarn geboren wurde, mein

Vater in Ungarn, ich in Rumänien, ohne daß wir je die Stadt und die Straße gewechselt hätten.

»Und Sie, was sind Sie?« fragt sie.

»Wie soll ich das wissen? Ich träume in drei Sprachen, und in jeder mit einem Akzent. Auf meinen Paß steht ›Jüdin‹ auf ungarisch, obwohl ich kein Wort ›Jüdisch‹ kann. Vorher stand es auf rumänisch da, und ich habe keine Ahnung, in welcher Sprache es an dem Tag geschrieben sein wird, an dem ich in mein Land zurückkehre. Vielleicht auf norwegisch oder türkisch?

Sie sagt, sie sei »Pariserin«, Punktum. Aber da sie die Akzente liebe, habe sie vor, Italienisch zu lernen, nur um auch einen zu haben.

Jetzt ist sie bei den Waschhähnen an der Reihe. Sie zieht sich aus, besprengt sich, bittet mich, ihr den Rücken zu schrubben – mit einer sinnreichen Bürste (einem um einen Stock gewickelten Stück Decke) –, putzt sich lange die Zähne. Sie hat ebensowenig Haare auf dem Kopf wie wir anderen, doch es gelingt ihr, ihnen eine Art ›Garçonne-Schnitt‹ zu verpassen. Vor Staunen bleibt uns der Mund offen stehen. Aber es erwarten uns noch weitere Überraschungen – die Art, wie sie ihren Kittel trägt (denselben unförmigen Stoff, der um uns herumschlottert), den sie mit an Magie grenzendem Geschick um ihre Knochen drapiert. Sie genehmigt sich so etwas wie ein Gewand, das ihre ›Formen‹ betont (die sie nicht hat). Und mit wiegenden Hüften entfernt sich leichten Schrittes eine fast elegante Gestalt. Mit ihrer gebogenen Nase und ihrem vorspringenden Kinn ist sie nicht gerade hübsch. Trotzdem zieht sie betörend alle Blicke auf sich. Diejenige, die hier den *Waschraum* verläßt, ist eine Frau.

Sofi trifft mich in merkwürdiger Stimmung an, bestürzt und ein wenig gekränkt:

»Ist es nicht merkwürdig, daß wir alles über sie wissen, über ihre Könige, ihre Straßen und jeden zehntklassigen Schreiberling? Während wir für sie gar nicht existieren, ein ›legendäres Land‹ sind.«

»Das ist das Schicksal aller kleinen Völker«, sagt Sofi.

Ich dagegen finde, daß ein Schicksal als Jüdin einem Juden vollauf genügt … Aber nein, wenn ich Sofi glauben soll, besteht die Besonderheit des jüdischen Schicksals nicht darin, sich nicht selbst zu genügen, sondern daß es obendrein noch weitere Schicksale, weitere Plagen mit sich herumschleppen muß, ungarische, polnische oder russische usw.! Deshalb sind wir vom Herrn in der Höhe eigens ›auserwählt‹ worden! Vielen Dank, ich merke an, daß sich der Herr in der Höhe einen anderen ›Auserwählten‹ suchen und sich bei uns entschuldigen solle. Im übrigen sei ich nicht sicher, ob ich seine Entschuldigung annehmen würde. Sofi rät mir zur ›Nachsicht‹, denn man könne sich auf allen Ebenen täuschen. Sie fügt hinzu: »Du weißt, wie die Slowaken einen Juden nennen, der es derart satt hat, Jude zu sein, daß er sich durch einen Stromschlag tötet: einen ›Antisemiten‹.«

Die Französinnen haben beinah ihre Blokowa erschlagen, die ihnen mit der Gaskammer gedroht hatte. Sie liegt mit zermatschter Visage in ihrem Kabuff und kann nicht einmal ›Meldung machen‹. Sie hat nicht das Recht, Bescheid zu wissen! Wir sind hingegangen. Die Baracke kochte! Die Französinnen tobten:

»Was für eine krankhafte Phantasie! Vergaste Menschen, zu Tausenden, und das in Europa, im 20. Jahrhundert …!«

Wenn ich ihnen von meiner Begegnung mit einem gewissen ›Krankenwagen‹ in Europa, im 20. Jahrhundert erzählte … Ich habe keine Lust, zu Brei geschlagen zu werden! Obwohl ich sagen muß, daß mich ihr hartnäckiges Vertrauen in die Zivilisation, das Jahrhundert und das alles beeindruckt – fast ebensosehr wir ihr ›Garçonne-Schnitt‹, ihre Zahnbürsten, ihre pfiffige Weiblichkeit –, die Tatsache, daß sie die Margarine dazu benutzen, ihre Haut zu pflegen, so wie sie ihre Intelligenz dazu benutzen, ihre ›Moral‹ zu pflegen. Unschlagbar in der Kunst, ihren Geist zu stärken, ihre Zweifel zu verscheuchen, sich Märchen erzählen zu lassen, Hauptsache, sie sind ›positiv‹. Ihre Baracke ist ein wahres Zentrum gegen den Katzenjammer. Immer sind sie dabei, etwas zu ›organisieren‹: Treffen, Diskussionen, Konzerte, Lesungen usw. Ich gehe nur selten hin, denn die ›Zivilisation‹ sagt mir nichts, wenn die Luft nach Rauch, nach Gegrilltem stinkt, und angesichts ihres gigantischen Optimismus fühle ich mich verloren wie eine Fliege in einer Süßspeise.

Aber ihr ›Optimismus‹ beschränkt sich nicht auf diese Welt, sondern setzt sich über alle Grenzen hinweg, vor allem über die meines Verstandes. Mit Ella habe ich an einer dieser ›Erfahrungen‹ teilgenommen. Nie werden wir wissen, was wir davon halten sollen, vermutlich wegen unserer ›Grenzen‹. Wir waren etwa zwanzig, die Handflächen auf dem Tisch und die Finger leicht gespreizt, so daß sie die unserer Nachbarinnen berührten, damit der ›Kreis sich schließt‹ und der ›Strom fließt‹. »Fließt er?« fragte hin und wieder die Zeremonienmeisterin, die sich ›Medium‹ nannte – eine sonnengebräunte Person mit fiebrigen Augen, tiefer, kaum hörbarer Stimme, als fürchtete sie, den ›Strom‹ zu unterbrechen. Sie trug ein glänzendes Barett, eine Art Diadem oder Heiligenschein! Und erinnerte mich an die Kleopatra eines Stummfilms, den ich einmal gesehen habe. Sie schien mit dem Jenseits sehr vertraut und wandte sich an ihren ›Kontakt‹ mit etwas lauterer Stimme als an uns, aber ohne Feierlichkeit, mit dem natürlichen Ton von jemandem, der es gewohnt ist:

»Lieber Geist, willst du bitte so viele Male klopfen, wie es noch Tage bis zu unserer Befreiung sind?«

(Warum nicht nach Wochen fragen, dachte ich, damit wir Zeit haben, uns ein wenig in Geduld zu üben?) Vielleicht teilte der ›Kontakt‹ meine Meinung, denn er ließ auf sich warten. Das ›Medium‹ sprach von ›Störungen‹. Es komme vor, daß die Leitung ›überlastet‹ sei. Auf gut Glück rückten wir unsere Finger noch enger zusammen, um den Strom zu verstärken. War es der Strom oder die Müdigkeit? Ich fühlte, daß meine Finger eingeschlafen waren, mein Arm mir weh tat, und alle begannen, sich nervös zu bewegen, so daß die Bank knarrte.

Das Medium wirkte so angespannt wie jemand, der auf einen dringenden Telefonanruf wartet. Dennoch fand sie ›Gründe‹ für diese Verspätung. Als wäre das Jenseits eine ›Zentrale‹ irgendwo hinter dem Stacheldraht, in der eine vorübergehende Panne aufgetreten wäre.

»Denkt doch, wie viele Anrufe es bei dieser Kriegswende gibt!«

»Welcher Wende?«

Ich konnte weder die Person, die gesprochen hatte, noch den Akzent identifizieren. Nur, daß es nicht die eines Geistes war. Verärgert antwortete das Medium mit seiner tiefen Stimme, daß der Sieg nur noch eine Frage von Stunden sei und daß ›da drüben‹ die ›negativen Wellen‹ sehr schlecht aufgenommen würden. Außerdem störten sie nur ihren ›Kontakt‹.

»Komm«, flüsterte Ella mir zu, »sie ist verrückt, wir hauen ab.«

Genau in diesem Moment hörten wir die Schläge, einen nach dem andern, deutliche und laute Schläge. Vom Tisch? Auf dem Tisch? Unter dem Tisch? Tatsache ist, daß niemand gesehen hat, daß der Tisch sich bewegte oder jemand darunter versteckt war, und daß man das schwere Möbelstück nur zu mehreren hätte von der Stelle rücken können.

Blieb der ›Kontakt‹.

Alle drängten sich um das ›Medium‹, das den entrückten Ausdruck einer Schauspielerin annahm, die nach einer bemerkenswerten Darbietung Glückwünsche entgegennimmt.

Auf dem Weg zur Baracke sagten wir kein Wort.

»Weißt du«, sagte Ella später im Dunkeln, »vielleicht hat ja einer der ›evakuierten‹ Tschechen aus dem B-Lager geklopft. Das waren Humoristen.«

*

Das Lager stinkt nach Rauch. Ein italienischer Transport soll in unserer Baracke untergebracht werden.

In Wirklichkeit sind es Griechinnen aus Rhodos, doch was ändert das? Italienerinnen oder Griechinnen! Wesentlich ist: dreihundert Menschen mehr, die sich um die Decken und den Schlafplatz raufen. Wir können uns nur auf Kommando umdrehen: »rechts rum« oder »links rum«. »Auf den Rücken« ist nur noch ein Traum. Und das bei meinen Magenkrämpfen! Ausgeschlossen, ein wenig die Knie anzuziehen. Schon ein kleiner Versuch und auf allen Seiten wird geknurrt und gezetert.

Und doch ist die erzwungene Lähmung weniger unerträglich als das ewige Gehuste der ihrer griechischen Sonne entrissenen Frauen aus Rhodos. Sie verfallen zusehends!

Die Neuen erregen noch immer Aufsehen. Wir erhoffen uns Auskünfte über den Krieg. Die meisten scheinen nur zwei deutsche Worte zu kennen, *essen* und *schlafen*, und behaupten wie die ›Geister‹, daß der Krieg nur noch eine Frage von Tagen sei. Und die aus Rhodos sprechen außer ihrer eigenen Sprache nur Türkisch (oder von einem Krieg mit den Türken). Man fragt sich, ob sie von dem anderen, dem großen Krieg überhaupt etwas mitbekommen haben!

Beim Appell wirken sie wie für den Karneval vermummte Gespenster. Anscheinend stammen alle diese dekolletierten Kleider, diese Morgenröcke, diese Umhänge aus dem Gepäck, das die Unsrigen am Bahnhof von Auschwitz zurückgelassen haben – Pelze, Abendgarderoben ... »Als würdet ihr im Buckingham Palace erwartet.« Ständig machen sich die Alten lustig über sie. Mehr als ihr zerrütteter Zustand, den ihre extravaganten Klamotten noch hervorheben (man spürt den Hauch des Todes über den *Appellplatz* wehen), verwirrt uns ihre Arglosigkeit. Ihre runden, fiebrigen, entgeisterten Kinderaugen: »Was ist das denn alles? Warum?«

Als wir ihren Gespensterzug auf die Baracke zusteuern sahen, wären wir fast zurückgewichen. Eine von ihnen mit dem Gesicht einer gemarterten Madonna fragt sofort, ob jemand von uns Französisch spricht.

Ich melde mich.

Sie sieht mich mit geweiteten Augen an: sie glaubt, Opfer eines Justizirrtums zu sein, verlangt auf der Stelle einen Richter, fordert die Wiederaufnahme des Prozesses.

Was für ein Richter? Was für ein Prozeß? Ich versuche, ihnen zu erklären, daß wir alle im selben Boot säßen, nicht verurteilt, sondern einfach ›überzählig‹ auf der Erde. Vergebliche Liebesmüh! Ausgeschlossen, sie ihrem Fieberwahn zu entreißen.

Sie waren auf ein Schiff verfrachtet worden, verbrachten drei Wochen im Stauraum ohne jede Hygiene und fast ohne Nahrung. Glücklicherweise seien ihre Kinder und ihre Eltern irgendwo in Sicherheit. Sie wollen zu ihnen, und zwar dringend! Ich solle das alles dem ›Richter‹ darlegen, auch daß sie noch nie etwas mit einem Gericht zu tun gehabt hätten, nicht einmal als Zeugen, daß sie sich auf den Rat des Rabbis in die ›jüdischen Listen‹ eingetragen hätten, weil die Juden in ihrem Land Griechen seien wie alle anderen, außer auf dem Friedhof.

»Und sag dem Richter, daß es nicht normal, sondern unwürdig ist, jungen Mädchen den Kopf kahlzuscheren, daß sie bereit sind zu verzeihen, aber erst, wenn Recht gesprochen worden ist.«

Ich habe nur noch einen Gedanken: das Weite suchen, aber nein, zuerst muß ich noch Beas Nummer über mich ergehen lassen, des Clowns der Gruppe. Schwer zu sagen, ob sie weint oder lacht, denn ihre beiden Profile liegen im Streit. Sie blinzelt mit dem einen Auge und flennt mit dem andern, verstärkt den ›Effekt‹, indem sie sich in den Hüften wiegt in einem exotischen Kimono, dessen Ärmel sie zurückschiebt, um uns die Spuren der Peitsche auf ihrem schlaffen Arm zu zeigen.

»Arme Bea, welch schöne Frau sie war ... welch eine Frau!«

Das alles von Gesten begleitet, die so ›komisch‹ sind, daß sie ihre Gefährtinnen aufheitern. Mich nicht! Alle scheinen meine Rolle als Vermittler und Dolmetscher vor dem ›Richter‹ ernst zu nehmen. Und so stehe ich mitten in einer von einem anderen Planeten oder aus einer anderen Zeit gekommenen Menge, als ihre ›Stimme‹, ihre Vorsehung, ihre einzige Hoffnung auf Erden. Es ist zum Sterben!

»Es gibt keinen Richter, verdammt noch mal«, wiederhole ich entnervt, aber die ›Madonna‹, die behauptet, Französisch zu können (sie hatte einmal während einer Tournee in Lyon getanzt), versteht in Wirklichkeit nur, was sie verstehen will. Und sie will, daß ich ihre Schwester bin und daß ihre Mama meine Mama ist.

Ich sage, ich hätte meine eigene Mama, meine eigene Familie. Sie antwortet:

»Danke, du bist sehr gut. Ich werde für dich tanzen.«

Ich weiß, daß es gefährliche Irre sind. Daß ich von der Güte ebensoweit entfernt bin wie sie von ihrer Insel! Obwohl ich auf diesem Gebiet keine Erfahrung habe, könnte ich mich täuschen. Tatsache ist, daß ich nie die geringste Gelegenheit zur Güte hatte – es findet sich immer jemand, der gut zu mir ist, bevor ich überhaupt daran denke. Anscheinend habe ich eine besondere Gabe, alle verfügbare Güte auf mich zu ziehen, mich in unvorstellbare Schwierigkeiten zu bringen, zum Beispiel Gisa zu ohrfeigen, meine Schuhe zu verlieren oder in die Kacke zu treten und so weiter ... etwa so, als würde ich endlos ertrinken. Und mit einemmal stehe ich vor dreihundert nahezu ertrunkenen Außerirdischen in höchster Not, mit einem Bedürfnis nach Güte, das einen Heiligen erschauern ließe. Auch mir schaudert einerseits, doch andererseits verlockt es mich. Ich habe einen Hang zum Abenteuer, und wer weiß, vielleicht ist jetzt die Gelegenheit dazu, jetzt oder nie? Ella, die letzte, die mich mit ihrer Güte überschüttet, kriegt einen Anfall, als ich ihr verkünde, ich würde eine Weile mit den Frauen aus Rhodos verbringen. »Die sind doch alle tuberkulös.« Ich sage, ich würde mich umdrehen, wenn sie husten, aber sie muß ein großes Bedürfnis danach haben, mir ihre Güte zu schenken, denn sie wird wütend.

*

Drei Tage und drei Nächte mit meinen ›Schützlingen‹. Sie beten mich an. Wie ich sie verstehe! Ich bringe mein Leben damit zu, mich aufzuopfern, mich mit Leib und Seele hinzugeben. Und je mehr ich gebe, desto mehr habe ich zu geben! Und je mehr ich vor Güte dahinschmelze, desto mehr schwillt mein Herz vor Freude. Manchmal habe ich Angst, daß es meine Brust verläßt, zum Himmel fliegt, seinen Platz zur Rechten des Herrn einnimmt. Ist es denn auszuschließen, daß ich neben mir her gelebt habe – in Unkenntnis meines tiefen Wesens –, daß sich in meinen Katakomben eine unbekannte, wegen Lappalien vernachlässigte Heilige verkrochen hat? Und was ist keine ›Lappalie‹ neben der

Heiligkeit? Und welches Vergnügen könnte der unsagbaren Süße der Entsagung gleichkommen? Schade, daß sie so dünn gesät sind, die Schlauberger, die zugeben, daß die Selbstaufopferung die köstlichste und auch die lohnendste aller Berufungen ist! Ich jedenfalls sage: die Güte ist das Beste, was mir seit meiner Geburt widerfahren ist. Wenn ich mich nur früher in ihr geübt hätte! Wenn sie nur dauern könnte …

*

Nein, leider gibt es wie überall auch hier Höhen und Tiefen. Viel zu oft möchte ich meine ›Schützlinge‹ am liebsten ohrfeigen (wie beispielsweise jetzt!).

Frage mich, ob auch die Nagetiere ihre Heiligen haben – ich bin es jedenfalls nicht! Denn ich bin über die Mäuse im Bilde, die an meinem Brot knabbern. Es sind Lukrezia, die Tänzerin, und ihre kleine Schwester Lola. Ich habe sie auf der Pritsche erwischt. Als sie mich bemerkten, begannen sie plötzlich im Strohsack herumzuwühlen. Bestimmt haben sie mein ekelhaft angebissenes Brot darin versteckt. Dann haben sie sich aus dem Staub gemacht, aber ich habe alles gesehen, ich habe ihr fieberhaftes Flüstern gehört, Lolas (epileptisches) Keuchen, als ihre Schwester sie hinter sich herzerrte. Mein Brot war noch feucht von ihrem Speichel. Wenn sie wenigstens ein Stück davon abgebrochen hätten, statt es zu besabbern! Und zur Krönung des Ganzen dann ihr Zirkus! Gestern abend, als ich meine verstümmelte Ration vorfand, hat mir Lukrezia die ihre gezeigt, die genauso angeknabbert war. Warum bin ich ihnen nicht nachgerannt? Ich muß mich beruhigen ... Ich trödele ... Von meiner Unentschlossenheit angewidert, springe ich endlich von meinem Strohsack. Aber mir dreht sich der Magen um, mir schwindelt allein bei dem Gedanken an Lukrezias olivgrünes Gesicht, an ihre vor geheuchelter Empörung fast aus den Höhlen tretenden Augen und an Lolas Röcheln, die einen künstlichen Anfall kriegt!

Aber noch ist es nicht zu spät, es liegt nur an mir, mir das alles zu ersparen! Was mich ein wenig über meine Feigheit hinwegtröstet, ist die jämmerliche Figur, die ich abgäbe, wenn ich sie überwinden würde.

Lukrezia tanzt zwischen zwei Baracken im Staub. Die Frauen aus Rhodos schlagen den Takt mit ihren Sandalen, trommeln mit ihren Händen.

Ich kann kaum glauben, daß dieses ätherische Geschöpf, das mit unsäglicher Anmut in der Luft schwebt und den Gesetzen der Schwerkraft trotzt, eine vulgäre, schmutzige, hysterische Brotdiebin ist; daß die muntere, fast schöne Bea eine Schwachsinnige ist und Gisa, die lächelt wie ein Engel auf einem Triptychon, immer noch die bekannte Sadistin.

Morgen wird die Sadistin vielleicht die Schwachsinnige zu Tode prügeln. Morgen werden die Frauen aus Rhodos von neuem über die Kälte stöhnen, sie werden sich beim Appell wieder aneinanderklammern, und wieder wird die Peitsche sie auseinandertreiben. Lukrezia wird ihre schäbigen Manöver mit meinem Brot wiederholen, und mich wird die gleiche Wut packen.

Heute aber haben wir einen Moment der Schönheit erlebt. Ich beeile mich, es gleich aufzuschreiben, denn der Tag ist noch nicht zu Ende. Und bei den ›Hunden‹ weiß man ja nie, wie Sonja sagen würde. Ich weiß nicht einmal, wie ich an sie denken soll, auch nicht, in welcher Zeit. Kann ich noch das ›Präsens‹ benutzen?

*

An meinem Arbeitsplatz (unter der Dachrinne) habe ich einen älteren Polen getroffen. Ich wagte nicht, mein Heft herauszuholen. Um die Zeit totzuschlagen, fing ich an, ihn auszufragen.

»Seit wann sind Sie hier?«

»Seit drei Jahren, ich mach's nicht mehr lang.«

»Fühlen Sie sich nicht gesund?«

»Ich bin einer von den Alten, ich bin fällig.«

Es sieht so aus, als lauerte er auf die Wirkung seiner zweideutigen Worte auf meinem Gesicht.

»Haben Sie denn noch nie vom H-Lager gehört?«

»Vage«, sage ich und bereue es sofort.

Er hebt den Zeigefinger zum Himmel.

»Das *Himmel-Lager*. Mich erwartet das *Himmelfahrtskommando*.«

Würde er mir wenigstens sein Grinsen ersparen!

»Aha!« sage ich.

Ich meine Gisa zu sehen, den Blick, den sie mit Aranka

wechselt. »Sie sind im H-Lager. Ihr wißt gar nicht, was für ein Glück ihr habt, daß ihr hier seid.«

»Was haben Sie?« fragt der Pole und bläst mir seinen unsäglichen Atem ins Gesicht.

»Nichts«, sage ich, »auf Wiedersehen, danke.«

*

In dem Maße, wie die Tage vergehen, werden meine Erinnerungen an früher immer eigenartiger, besonders nachts. Ein Rücken aus Rhodos und zwei Schienbeine liegen auf mir, und plötzlich erbebt das ganze Gebäude, weil ich mich vor Lachen schüttele. Ich erinnere mich nämlich an den Schlafsaal bei den Ursulinen, an die dreiflügligen Fenster, die weißen Betten in gehörigem Abstand voneinander. Wir, mein Vater und ich, standen der Mutter Oberin gegenüber. Ihr mußte die verwirrte Miene meines Vaters aufgefallen sein, denn als sie uns ansah, schien ihre Brille spöttisch zu blinken.

»Ehrwürdige Mutter, ich hoffe, Sie verstehen mich. Ihr Institut ist in jeder Hinsicht ausgezeichnet, aber dieser Schlafsaal ... Wir haben immer darauf geachtet, daß unsere Tochter ein eigenes Zimmer hat. Sie ist ein zartes Kind und erkältet sich leicht ...«

So bin ich dem Internat entronnen. Armer Papa, wenn du jetzt dein ›zartes‹ Kind sähest, das sich so leicht erkältet ...

*

Es wird nicht darüber gesprochen. Aber während der *Blocksperre* kann niemand an seinem Platz bleiben. Mit unserer Angst irren wir durch die überfüllte Baracke.

Heute morgen habe ich durch die Ritzen der verriegelten Tür gespäht. Ich lauerte auf den ›Krankenwagen‹. Er war schon an uns vorbeigefahren, als ich eine ›Nackte‹ sah, die auf der *Lagerstraße* rannte. War sie vielleicht aus dem Fenster des Fahrzeugs entkommen? Sie erinnerte mich an Lola. Lola, die ich zusammen mit Lukrezia ins Revier begleitet hatte.

Lukrezia hat gestern mit ihr gesprochen. Sie sagt, ihrer Schwester gehe es besser, seit sie behandelt werde; sie habe ein Bett für sich allein und man gebe ihr Spritzen.

Der Wagen bleibt stehen. Man hat die Fliehende wohl eingefangen. Ich habe nichts gesehen, nur einen Schrei gehört und fast gleich darauf Lukrezias veränderte Stimme hinter mir. Es würde mich wundern, wenn sie ihre Schwester wiedererkannt hätte. Auch ich bin mir nicht sicher.

»Was meinst du?« fragte sie mich und bohrte ihre ängstlichen Augen in die meinen. »Wenn ich auf den Tanz verzichte, wenn ich vor Gott dieses Gelübde ablege, wird er dann meine Lola gesund machen?«

»Ich weiß nicht«, sagte ich, »vielleicht rührst du ihn ja gerade durch deinen Tanz.«

Sie hockte sich auf den Boden, schloß die Augen und lächelte:

»In Rom habe ich vor dem Duce getanzt, da war ich erst dreizehn.«

*

Lukrezia: ein Erdbeben. Seit dem frühen Morgen tobt sie. Ihr fadendünner Körper stößt den Schmerz mit atemberaubender Kraft aus sich heraus. Es gelingt ihm nicht, ihn bei sich zu behalten, möchte man meinen. Wenn sie nur einen Augenblick innehalten könnte! Aber sie wagt es nicht. Sobald sie sich schwach werden fühlt, schüttelt sie sich und beginnt um so heftiger von neuem, als wollte sie das Versäumte nachholen.

Möglicherweise war der Schmerz im Schöpfungsplan nicht vorgesehen. Sonst hätten wir doch irgendwelche Talente oder Instinkte geerbt, besser mit ihm zurechtzukommen! Wie mit der Arbeit! Es ist ungerecht: nur eine nachlässige oder unredliche Natur konnte für so schwache Kräfte so schreckliche Prüfungen erschaffen.

P. S.: Das alles habe ich unter der Dachrinne geschrieben. Dann kam eine Botin aus der Baracke und teilte mir mit, daß Lukrezia weggegangen sei, um Lola zu suchen. Unmöglich, sie zurückzuhalten. Sie spricht SS-Leute an, erbietet sich, für sie zu tanzen und alles zu tun, wenn man sie zu ihrer Schwester bringe. Einer von ihnen hat ihr einen Tritt in den Bauch versetzt, zusammengekrümmt hat sie sich zur Baracke geschleppt. Jetzt liegt sie mit offenen Augen da und spielt die Taubstumme.

Schließlich empfängt sie mich. Ich darf an einem Unglück teilhaben, das meine Möglichkeiten bestimmt übersteigt. Obwohl ich nicht mehr weiß, was von meinen Möglichkeiten zu halten ist – nur, daß ich mehr davon habe als vorgesehen! Als schlummerte unter meiner Haut eine ›Familienmutter‹. Eines jener geduldigen und dienstbaren Wesen, die mit schweren Taschen und besorgter Miene auf dem Markt einkaufen. Für meine schreckliche ›Familie‹ herumlaufen. Die Angst der anderen (von dreihundert anderen) zu tragen, erspart mir die eigene Angst. Noch nie habe ich mich so leicht gefühlt.

*

Wieder ›Familiensorgen‹. Meine ›Kinder‹ haben mehrere Decken zerschnitten. Gut eingemummt erscheinen sie zum Appell. »Es ist kalt«, erklären sie der fassungslosen Aranka.

Das Urteil: vier Tage hintereinander beim Appell knien und zwei Tage Nahrungsentzug.

Das Gejammer beim Appell erinnert an eine Synagoge an Jom Kippur. Gisa blüht auf. Ihre Peitsche ist nicht mehr arbeitslos. Ununterbrochen wechseln Stöhnen und Schläge einander ab. Diese Unglücklichen haben noch nicht gelernt, die Schäden zu begrenzen.

Am Abend haben sie keine Stimme mehr. Sie recken

ihre Hälse nach mir! Sehen mich mit Augen von kranken Tieren an. Ich gehe zu Aranka.

»Ich sehe«, sagt sie, »du hast zuviel zu essen, eine Abmagerungskur würde dir guttun.«

Regungslos hatte sie mir zugehört, und diese Worte scheinen durch ihre Lippen zu sickern, die ich noch nie habe zucken sehen, ebensowenig wie ihr Porzellangesicht. Ich habe den Eindruck, als hätte ich mit einer Bauchrednerin gesprochen.

Ich wage nicht, mich an die Wache zu wenden. Ich fürchte, auf einen der nächtlichen Besucher der Blokowa zu stoßen. Bleibt die Sphinx, Käthe, die Lagerkommandantin. Bei den seltenen Malen, die sie zum Appell auftaucht, scheint ihre Amazonengestalt alles andere in den Schatten zu stellen: und diese Walküre muß ich ansprechen. Ich lasse mir Zeit dafür. Sie pflegt ihre Energie nicht zu verschwenden, sie ist eine Müßiggängerin. Was meine Aufgabe erleichtert. Sie bleibt vor den Kesseln auf dem Weg zur Küche stehen, kostet die Suppe, ohrfeigt automatisch die beiden Mädchen, die ihr grade unter die Finger kommen. Sie hat einen Pik auf die Frierenden, die sich aneinanderdrängen, und trennt im Vorbeigehen ein paar von ihnen, murmelt in ihrem extravaganten Dialekt so etwas wie *»junge Leute«*. Die Jugend hat nicht zu bibbern. Ein Prinzip, das ihr wichtig zu sein scheint ... Unverständlich: Warum legt diese Juno, die (nebenbei gesagt) einen dicken Pullover trägt, solchen Wert darauf, uns abzuhärten, bevor sie uns ins Gas schickt? Doch die Art, wie sie die Suppe kostet, macht mir etwas Mut. Ich stelle mich vor sie hin und stammele:

»Entschuldigung« … oder »*Bitte*«, ich weiß es nicht mehr.

»Huaaa?« erkundigt sie sich stirnrunzelnd, obwohl sie nicht erstaunt zu sein scheint. In wenigen Worten schildere ich ihr die Lage der Frauen aus Rhodos und die jüngsten Vorkommnisse.

Sie blinzelt mit den Augen, und ihre sichtbare Anstrengung, mir zu folgen, läßt mich vermuten, daß sie eine Schwäbin aus unserer Heimat ist. Sie spricht nur deren örtlichen Dialekt wie einige unserer Dienstmädchen, denen wir Deutsch beibringen mußten.

Sie erinnert mich an jemanden. Schließlich weiß ich, daß diejenige, an die sie mich erinnert, sie selbst ist. Früher hieß sie Kati und war eine Zeitlang Kindermädchen bei uns. Ihre Haut war weniger rauh, aber ihre fast weißen Wimpern hatten sich nicht verändert, ebensowenig ihr schöner vulgärer Mund mit dem starken Zahnfleisch.

Sie hört mir bis zum Ende zu, ohne daß der konzentrierte Ausdruck von ihrem Gesicht weicht. Dann dreht sie sich wortlos auf dem Absatz um. Bleibt die erschreckende Frage: Hat sie mich erkannt? Das ist durchaus möglich, denn ihr Weggang war ziemlich stürmisch. Eines Tages hat sie mich in Abwesenheit meiner Eltern im Keller eingesperrt (ich erinnere mich nicht mehr, warum), ich brüllte, die Nachbarn waren gekommen, um mich zu befreien. ›Kati‹ wurde prompt entlassen, was sie nicht übermäßig zu verdrießen schien. Ich erinnere mich an ihre letzten Worte, die in der Familie oft zitiert wurden:

»Von dieser kleinen Pest habe ich die Nase voll. Ich überlasse sie Ihnen und wünsche Ihnen viel Vergnügen.«

Bestimmt war ich kein Kindermädchentraum.

Vor Aufregung muß ich mich eine Weile im ›Club‹ herumdrücken. In der Baracke finde ich meine ›Kinder‹ ganz verklärt vor: Käthe hat Gisa vor ihren Augen verprügelt. Heute abend gibt es eine doppelte Ration Suppe. Heureka!

*

Ist die Vergangenheit nicht wie eine versunkene Stadt? Es braucht nur ein Stein aufzutauchen, und schon folgt alles andere! Vorgestern Kati-Käthe, heute Edith. Seit einer Ewigkeit bin ich, mit Ausnahme von Sofi, auf kein bekanntes Gesicht gestoßen. Und mit einem Mal: zwei innerhalb nur einer Woche! Ohne Unterstützung droht das Gedächtnis zu zerbröseln. In diesem Augenblick scheint es mir ein Zeichen zu geben: »Erinnere dich!«

Die liebe alte Edith! Köchin! Ihre beneidenswerte Stellung verdankt sie dem, was die Qual ihres Lebens gewesen war: ihrer Beleibtheit. Und nun wurde ich plötzlich auf der *Lagerstraße* überfallen, buchstäblich hochgehoben und fast erstickt von einer Art Federbett, einer warmen Masse, die ich erst zu identifizieren vermochte, als es mir gelang, mich keuchend aus ihrer Umarmung zu lösen. Erleuchtet! Entflammt! Ohne die Fülle an Fragen, die auf mich einstürzen, hätte ich meinen können, ich träume. Ja, sie ist es! Ungeduldig, neugierig, ungestüm, sie hat zu viele Dinge ›zuviel‹ und kennt kein Maß. Angesichts dieses Tumults ist man immer auf der Hut wie bei einer Lawine.

Schon im Alter von zehn Jahren gruben sich infolge ihrer stürmischen Überlegungen Falten in ihre Stirn. So klärte sie mich, als ich sieben war, gewaltsam über die skandalösen Praktiken auf, denen sich die Erwachsenen hingeben, sobald man sie aus den Augen verliert.

Es geschah im Obstgarten. Ich erinnere mich, daß ich heftig protestierte. Aber sie fand immer eine Gelegenheit, wieder davon anzufangen, mir mit gräßlichen Einzelheiten diese ›schändlichen‹ Informationen zu geben, die sie gerade den Lippen der Putzfrau abgelauscht hatte.

Fast hätte ich nachgegeben und eingeräumt, daß es derart entsetzliche Dinge geben könne, nur in einem Punkt blieb ich stur:

»Papa und Mama? Du wagst zu sagen ...«

Sie wagte es. Mehrere Tage schmollte ich und beobachtete aus dem Augenwinkel die beiden Heuchler, die sich heimlich abscheulichen Übungen hingaben (E. zufolge unentbehrlich für meine Geburt).

»Sag«, fragte ich meinen Vater, »stimmt es, daß du etwas damit zu tun hast, daß ich auf der Welt bin?«

Er wurde blaß und wandte sich in inquisitorischem Ton an meine Mutter:

»Mit wem spielt dieses Kind? Woher hat es all das dumme Zeug?«

Erst Jahre später sah ich Edith wieder. Opfer einer Mastkur nach einer Lungenerkrankung.

»Sag ehrlich«, begann sie schon in der Tür, »habe ich sehr zugenommen?«

Ihre schönen grauen Augen baten um Gnade.

Zwischen zwei Fragen weicht sie plötzlich zurück und streicht mit den Händen über ihr Flanellkleid (ebenjenes Kleid, das ich jetzt trage):

»Ich habe abgenommen, nicht wahr?« fragt sie mit der alten Besorgnis, und ohne meine Antwort abzuwarten, lacht sie laut auf: »Was bin ich doch für eine Närrin!«

Ich erinnere mich nicht, was wir uns gesagt haben. Ich weiß nur, daß sich ein ehrfurchtsvoller Kreis um uns gebildet hatte: ein winziger Strahl ihrer Aura als Köchin fiel auf mich. Sie drückt mir die Hand und wiederholt ständig:

»Was kann ich für dich tun?«

Darauf bin ich nicht vorbereitet und weiß nicht, was ich sagen soll.

»Hast du keine Schuhe?«

»Doch, aber sie sind aus Holz, da gehe ich lieber barfuß.«

»Dafür werden wir schon sorgen. Keine Bange!«

Seit Plaszow habe ich keinen Spiegel mehr gesehen. Aber ihre Aufregung, einige ihrer Blicke sind so gut wie ein Spiegel. Warum auch sollte ich mich von anderen ›Landstreicherinnen‹ im letzten Stadium unterscheiden, die um uns herumstehen? Vermutlich sehe ich noch schlimmer, einfach katastrophal aus, wenn eine taktlose Person ihres Schlages kein Wort darüber verlauten läßt! Sie zieht einfach ihr Flanellkleid aus (sie trägt ein Dirndl darunter). Ich streife es mitten auf der *Lagerstraße* über, vor aller Augen, während sie wegrennt und nach ein paar Minuten mit einer dampfenden Schüssel zurückkommt: Fleisch, Kartoffeln und andere aus der Tiefe des Kessels geschöpfte Leckereien. Mein Bewußtsein verflüchtigt sich. Die Landstreicherinnen, Edith, alles löst sich auf in namenlosen Düften.

Treffen im Morgengrauen vor den Mülleimern. (Sie ermahnt mich, niemals in die Nähe der Küchen zu kommen, da sie unter verstärkter Bewachung stehen.) Ich schmiege mich in mein Flanellkleid. Wie soll ich das Glück meiner Haut schildern, das von dem weichen Stoff gestreichelt wird?

*

Treibjagd um die Küchen herum.

Ein Mädchen ist erschossen worden, von zwei Kugeln aus dem Wachturm getroffen. Sich satt zu essen ist ein gefährlicher Sport. Bah!

Das wird mich nicht davon abhalten, mich wie verabredet gleich nach dem Appell vor den Mülleimern einzufinden.

Hinter unserer Baracke stapeln sich Bretter. Dorthin gehe ich mit meinem Napf. Ich schlüpfe zwischen zwei Reihen in mein Loch. Ich weiß nicht, was ich mehr genieße, das Essen oder die Stille. Ich bin nicht mehr ausgehungert. Ich beginne erst dann mit der Zeremonie, wenn ich mich niedergelassen habe. Wird mich die Erregung eines Tages verlassen? Werde ich jemals eine Kartoffel gleichgültig betrachten können?

*

Ich weiß nicht, wann ich eingedöst bin. Ich erinnere mich auch nicht daran, daß ich aufgewacht bin. Vielleicht träumte ich ja mit offenen Augen ... von Jurek – er ist (oder war) eine Bestie, aber die einzige, die ihre Hand auf mich gelegt hat, abgesehen vom Arzt. Und wenn ich nun zufällig an Bestien Gefallen fände? – Und er daran, mich für eine ›Zicke‹ zu halten, für eine Unschuld vom Lande, die riskiert, diese Welt in unwiderruflicher, grotesker Reinheit zu verlassen!

Eine Närrin wie ich müßte wenigstens zwei Leben haben, um sich im zweiten alles zu gönnen, wovon sie im ersten träumt. Oder sind die ›Träumer‹ eine hoffnungslose Spezies? Schlimmer als die Alkoholiker.

Seit ich nicht mehr ständig ans Essen denken muß, irre ich in imaginären Kleidern mit imaginären Kerlen durch imaginäre Straßen.

Imaginäre Umarmungen. Hoffentlich verderben sie nicht die wirklichen, die ich eines Tages erleben könnte!

Eine Welt verlassen, in der ich noch kaum begonnen habe zu sein! Nein, das ist zu dumm! Alle diese Leben, alle diese Träume in der Schwebe! Ich sehe sie durch die Zeiten driften, formlos, unbefriedigt.

*

Die neuen Transporte kommen in bezaubernden Sandalen an. Ich möchte ein Paar davon haben! Und endlich bin ich in der Lage, darum zu feilschen. Edith ist bereit, jeden Preis zu zahlen.

Ich kreuze mit meinen Sandalen auf. Sie mault. Sie will nicht mehr blechen!

»Bist du bescheuert oder was?«

Das ist alles, was sie sagt, als ich mich mit einer herrlichen grasgrünen Krokoimitation mit hohen Keilabsätzen präsentiere.

»Gefallen sie dir nicht?«

»Mit diesem Flanellkleid? Meinst du, du wärst auf der Kirmes?«

»Wenigstens ein ordentliches Stück sollte man haben, alles andere kann man sich dazu denken.«

Sie beginnt eine lange Predigt:

»Es ist Sommer, aber danach, im Winter ... mit diesen hohen Absätzen! Denk doch nach!«

»Es sind Keilabsätze, das Beste, was es gegen den Regen gibt. Außerdem gefallen sie mir!«

Wir gehen im Ärger auseinander. Am Nachmittag setzt sie mir von neuem zu. Sie bringt ein Paar funkelnagelneue feste Schuhe mit, sie sind nur ein klein wenig zu groß. Wenn ich an meine Kähne denke! Trotzdem bin ich nicht bereit, die herrliche Krokoimitation zu vergessen. (»Ich auch nicht«, sagt Edith.)

*

Wir hängen an einem Faden ... Aber an was für einem Faden, an was für einem verdammten Faden!

Aus Angst, daß er reißt, wage ich nicht einmal in Gedanken, daran zu rühren.

Heute bin ich im ›Club‹ einem Ungarn begegnet. Er weiß, was alle wissen: »Die Russen rücken näher.« Dasselbe Märchen wie in Plaszow. Das Wichtigste sei, von Auschwitz wegzukommen, sich in einen Transport zu schleichen, der in ein Arbeitslager fährt. Ich brauchte doch nur einen Blick hinter den Stacheldraht zu werfen. Im C-Lager werde täglich selektiert.

Hinter dem Stacheldraht laufen ein paar hundert Nackte im Kreis herum, umzingelt von SS-Leuten und Hunden. (Dasselbe Schauspiel wie bei unserem ersten Aufenthalt in Auschwitz.)

Im C-Lager habe ich ein paar Bekannte.

»Meine Mutter ist selektiert worden. Ich wollte zu ihr, aber die SS-Leute haben mich zurückgestoßen. Wo hat man sie alle hingebracht?«

»Keine Ahnung«, sage ich, »aber es ist gut, daß du dageblieben bist.«

»Beeilen Sie sich, gehen Sie weg von Auschwitz«, beharrt der Ungar. In den Arbeitslagern gibt es keine Selektionen.«

»Und was ist das hier für ein Lager?«

»Ein Selektionslager, ein Todeslager. Melden Sie sich bei der ersten Gelegenheit zur Arbeit.«

»Ich habe eine Freundin in der Küche.«

Das Gesicht des Ungarn hellt sich auf.

»Großartig! Ich habe eine Kusine, die dort arbeitet. Therese Sos. Würden Sie Ihre Freundin bitten, sie zu benachrichtigen? Am besten wäre es, Sie bringen ihr mein Eßgeschirr, wenn es Ihnen nichts ausmacht.«

»Warum gehen Sie nicht selber hin?«

»Ich traue mich nicht«, bekennt er mit entwaffnender Offenheit.

Zwar wimmelt es weder im ›Club‹ noch auf der *Lagerstraße* von Helden, aber den Mumm zu seiner Feigheit haben, nicht übel! Ich nehme sein Geschirr, er nimmt meine Hände, dankt mir verwirrt:

»Ein Mann fällt viel mehr auf.«

Als ich mit den beiden Näpfen zurückkomme, knackt etwas hinter mir, streift beinah meine Hüfte. Ich hatte keine Zeit, zu erschrecken: man hat von einem Wachtturm auf mich geschossen.

Wieder einmal ist mir das Leben geschenkt worden. Auf die Dauer werde ich mich vielleicht daran gewöhnen.

Der Ungar nimmt mir seinen Napf ab, mehr tot als lebendig.

»Sehen Sie!« murmelt er kreidebleich, ohne seine Erleichterung zu verbergen. (Wo wäre ich, o Herr, hättest du mein Geschirr nicht genommen!)

Im nächsten Moment hängt er schon bis zu den Augen in der Suppe.

Die ›männliche‹ Tapferkeit und die ›weibliche‹ Schwäche, Firlefanz!

*

Der »Krätze«-Block ist liquidiert worden.

Es ist der Block 24, der bevölkertste von allen. Seit Wochen schaffen sie dort alle hin, die irgendeinen Fleck oder eine Wunde am Körper haben. Besondere Aufmerksamkeit gilt dem Bauch (und ich meinte immer, die Krätze setze sich zwischen den Fingern fest!).

Die *Blockälteste* der Krätzigen, die Polin Halima, ist eine fast legendäre Gestalt. Auch sie hat ihre Beziehungen im ›Jenseits‹, vielleicht rührt daher ihre gute Laune – und die der Krätzigen. Anscheinend waren die meisten falsche Krätzige, nur Simulantinnen. Sie meldeten sich wegen aller möglichen Pickel oder Kratzer im Revier. Die Ärztin tat, was sie konnte. Ich wollte wegen meiner ›Kinder‹ mit ihr darüber sprechen.

Aber bevor es dazu kam, wurden sie während des Appells einfach abgesondert. (Ich selbst stehe in meiner Fünferreihe bei den Ungarinnen.) Als ich den hinter Aranka hertrottenden Zug erblickte, wirkten sie weniger ›gespenstisch‹ als sonst, bewegten sich mit fast munterem Schritt (einige warfen mir Kußhändchen zu), denn sie sollten mit den ›Mamas und Babys‹ zusammenkommen und würden zur Weinlese auf der Insel sein – wie ich es ihnen hundertmal ›geschworen‹ habe ... Ich habe dreihundert Kinder verloren – ohne eine Träne, und brauche nicht mehr zu schwören. In dieser Nacht wurde der Block 24 geräumt, die vielen Simulantinnen und die wenigen Krätzigen, wenn es denn welche gab.

Die ›legendäre‹ Halima kauert vor der Tür ihrer Baracke und weint. Es wird desinfiziert.

Jetzt ist der Block 19 an der Reihe, heißt es. Und dann der unsere? Aranka wird nicht weinen.

*

Die Baracke der Deutschen ist bombardiert worden!

Keine andere wurde getroffen.

Lagersperre. Wir umarmen uns auf den Pritschen. Der gleiche fröhliche Lärm dringt aus den benachbarten Baracken. Wahrscheinlich hören uns die Fritzen, aber sie haben keine Zeit, sich mit uns zu befassen. Sie haben mit ihren Trümmern zu tun. Die für heute vorgesehene Desinfektion wird verschoben.

*

Kein Viehwaggon mehr. Wir reisen auf Bänken. Vielleicht haben sie endlich den Krieg gewonnen, denn es wurden Decken und Tee verteilt. Die Fenster sind weder vergittert noch vernagelt. Ich stelle mich auf die

Fußspitzen: vor mir zieht eine Märchenwelt vorüber. Nur meine Füße tun weh. Sie mußten sich meine Schuhe mit meinen Notizen teilen (ein Marsch von zehn Kilometern bis zum Bahnhof, jeder Schritt eine Qual). Endlich befreit, aber in kläglichem Zustand, sind meine Zehen wund, und mein ›Werk‹ zerdrückt, als käme es direkt aus dem Müll (oder noch schlimmer). Ich habe große Lust, es unter einen dieser uralten Bäume zu schleudern.

Statt dessen schreibe ich den ›Bericht‹ unserer Reise auf den Rand der auf der Latrine gefundenen Zeitung: der *Schlesischen Volkszeitung*. Alles begann vor der gleichen Tür mit dem gleichen Schild *Waschraum*, nur mit einem Unterschied: wir sind keine Neulinge mehr. Etwa zwanzig SS-Leuten, ebenso vielen Kapos und Peitschen gelingt es nicht, uns zusammenzucken zu lassen. Wir mißtrauen dem Schild – verdächtige Duschen – wir wissen eben zuviel!

Wurzeln schlagen! Das ist also keine bloße Redensart! Ich spüre die Schläge nicht. Entgegen der Tradition der Verdammten jeglicher Art spult sich in den letzten mir verbleibenden Minuten nicht der Film meines Lebens ab (wie auf der Leinwand bei dem Typen aus Sing-Sing, der zum elektrischen Stuhl geht, während im Flashback ein fröhliches Baby seine Mama anlächelt). Kein Baby, keine Mama, kein Flashback! Der Star sind meine Gedärme. Dünnschiß. Sollte das die letzte Empfindung sein? Ich erinnere mich an keinen Schrei. Der erste Laut erreicht mich unter der Dusche, eine Art Brummen –

vielleicht wegen des spritzenden Wassers –, es schien von weither zu kommen, von jenseits der Mauern.

Nach der heißen Dusche draußen nun eine andere, eiskalte. Stehend warten wir auf den Morgen, bis auf die Knochen durchnäßt, zitternd. Euphorisch.

Mit einer gewissen Pracht geht endlich die Sonne auf. Und vor dem hell beschienenen Badegebäude machen wir die Entdeckung: die ganze Nacht hatten wir vor dem Krematorium gestanden. Einem nichtssagenden niedrigen Bauwerk aus roten Backsteinen. »Wozu dient das?« fragt jemand einen der Kapos. Seine Antwort ist eine ›vielsagende‹ Grimasse, sonst hätte man es für den Eingang eines *Bunkers* oder eines Kellers halten können. Kein Geruch, kein Rauch. Keine ›Atmosphäre‹. Auch wenn man weiß, wozu diese Backsteine aufgeschichtet wurden, sind es doch nur Backsteine.

Die Bedeutungslosigkeit der Dinge und Orte, die ein Massaker zurückläßt. Niemand bricht zusammen. (Sollten wir an Gedächtnisschwund leiden?)

Kilometerweit Stacheldraht, zum Verzweifeln eintönig: immer die gleichen häßlichen Baracken, in der gleichen Anordnung, die gleiche zerlumpte Menschenmenge.

Und wie groß ist meine Überraschung, als ich hier, in der Nähe des Krematoriums und der Desinfektionsbaracke, Familienhäuser erblicke, kleine Gemüsegärten, auf der Leine trocknende Wäsche, und vor den Häusern auf Bänken sitzende Frauen mit ihren Kindern! Ein

Junge spielt auf einem Akkordeon, ein anderer schiebt ein Fahrrad. Sind das Zivilisten, die Angestellten des Krematoriums? In ihrer Freizeit halten sie Hühner und pflegen ihre Gemüsegärten. Weiter entfernt, hinter den Gebäuden, Obstbäume, schnurgerade Rasenflächen. Diese Leute scheinen hier zu Hause zu sein. Wollen sie hier alt werden? Wohlwollend scheint die Sonne auf diese friedliche Siedlung. Und das Baby, das dort versunken an der Brust trinkt, wurde hier geboren und wird hier in den Kindergarten gehen. Vielleicht stillt eine Unbekannte ihr Kleines auf der Asche eines meiner Lieben. Was weder das Vergnügen mindert, das mir die Sonne verschafft, noch den verwirrenden Gedanken, mich vor dem Schmerz gedrückt, von Anfang an laviert, gemogelt zu haben, indem ich feige den Schmerz hinausschob, mich nach und nach daran gewöhnte, ohne ihn an mich herankommen, mich von ihm packen zu lassen. Jetzt ist es zu spät, ich habe meine Trauer verplempert, mich für immer verstümmelt! Natürlich sage ich mir – eine klägliche Entschuldigung –, daß es nicht mir allein so geht. Denn wenn es einen unserem Unglück angemessenen Schmerz gäbe, hätte keine von uns mehr ihren Grips beisammen. Nein, angesichts dieses Backsteinhaufens hat niemand das Bewußtsein verloren! Scheiße, bin ich etwa dabei, mir meinen Verstand vorzuwerfen? Ist es meine Schuld, wenn es so schwer ist, ihn zu verlieren, viel schwerer, als das Leben zu verlieren?

Wir sind marschbereit, doch kaum haben wir uns in Bewegung gesetzt, müssen wir einer Kolonne Platz machen, die eine gute Viertelstunde an uns vorbeizieht, flankiert von SS-Leuten mit dem Gewehr im Anschlag. In ihrem Gefolge ein ganzes Regiment Schäferhunde. Stiefel, gestreifte Uniformen. Unter den weißen Kopftüchern vor Müdigkeit bleifarbene, fast austauschbare Gesichter. Zum ersten Mal nimmt sie vor meinem Augen in all ihrer schaurigen Realität Gestalt an: die ›Zwangsarbeit‹. Bisher waren wir nur eine Horde zerlumpter Streunerinnen.

»Anna ...!« Der Schrei platzt heraus, ohne das Getrappel der Stiefel zu stören, doch bei uns entsteht Unruhe: derjenigen, die geschrieen hat, ist schlecht geworden, sie hat in den Reihen ihre Schwester erkannt. Aber das Defilee der Stiefel, der Schuhe und der Hunde zieht weiter. Sich vorzustellen, daß eine Anna sich umdreht, winkt ... eine Welle gegen das Meer ...!

»Sie bleibt nicht mal stehen!« brüllt die Schwester. (Noch immer steckt uns die Disziplin nicht in den Knochen!)

Wir brechen auf. Nach vielen Kilometern Baracken und dem Dorf mit den Lagerangestellten befinden wir uns plötzlich mitten in einem Märchen. Sollte das immer noch das Lager sein? Obwohl die Häuser von natürlicher Größe sind, erinnern sie an Lebkuchenhäuser auf Jahrmärkten. Bäume mit glänzenden Blättern, roten Äpfeln, noch nie habe ich so dicke gesehen. Ist es ein Operettendekor? Und als hätte das gerade noch gefehlt, taucht mit einemmal der phantastische Umzug auf! *Die Vöglein im Walde.* Vier Musikantinnen nähern sich auf einem Pfad, jede mit einem anderen Instrument in der Hand. Sie gehen paarweise, und erst als sie in meiner Höhe sind, stelle ich fest: jedes Paar ist in Wirklichkeit eine doppelte Person. Zwillinge! Schlank, blendend, der einzige Farbfleck auf ihrem weißen Gewand – ein gelber Stern. Sie singen aus voller Kehle *Die Vöglein im Walde.* Ihnen voran eine untersetzte, knochige ältere Frau mit einem Akkordeon. Schwungvoll dirigiert sie das kleine Orchester. Auf ihrer Brust das gleiche dunkelgrüne Dreieck, das Otto trug (das Abzeichen der Mörder).

*

Ich habe geträumt, wir wären nicht mehr in Auschwitz! Ich zögere eine ganze Weile, bevor ich die Augen öffne. Der Waggon hält am Fuß eines Gebirges in einem kleinen Bahnhof. Wiesau.

*

Bevor ich es vergesse: ich habe erfahren, was mit den Zwillingen passiert. Sie werden schon im Waggon selektiert. Sie dürfen ihre Kleider behalten und bekommen drei Mahlzeiten am Tag – ein herrliches Leben! Dafür wird ihnen zu Versuchszwecken häufig Blut abgenommen. Die Frage, die ›die Rasse‹ beschäftigt: wie ließe sie sich schon im Mutterleib verdoppeln?

*

Mais – soweit das Auge reicht.

Das rührt uns in unserer Fünferreihe zu Tränen! (Also haben wir noch welche!) Es erinnert mich auch an einen Satz von Sofi: »Ich habe keinen Sinn für die Natur.« Auch mir müssen wohl Sinne fehlen, denn ich habe keine Zeit gefunden, mich von ihr zu verabschieden. Und jetzt marschiere ich auf einer breiten, zu beiden Seiten mit Feldern gesäumten Landstraße. Keine SS unter unseren Wachen. Alte Herren, Opas in Uniform. Sie beantworten unsere drängenden, ängstlichen Fragen. So müssen wir die Frauen aus Rhodos bei ihrer Ankunft angestarrt haben. Obwohl es nicht deren ›Karneval‹ ist, da man uns mit den üblichen Sackkleidern ausstaffiert hat. Puh! Vermutlich bieten wir einen wenig vertrauenerweckenden Anblick – obwohl sie in ihrem Alter schon einiges gesehen haben müssen.

Wir haben einen richtigen Wald und eine richtige Straße mit richtigen Häusern hinter uns gelassen. Und doch bin ich kaum überrascht, als ich hinter jedem grünen Fenster dieser weißen Häuschen mit dem roten Dach die gleichen blond bezopften, blauäugigen Gesichter erscheinen sehe. Unser ungewöhnlicher Zug muß sie hervorgelockt haben. Und trotzdem habe ich den Eindruck, als wären sie schon immer dort gewesen und würden bis ans Ende der Zeiten dort bleiben, blond und blauäugig, als gehörten sie zur Landschaft.

Das Lager (wenn ich es überhaupt so nennen kann) erwartet uns inmitten eines Waldes und scheint wie aus einem Bilderbuch geschnitten zu sein. Nur wir passen nicht in dieses zauberhafte Bild: unsere kahlen Köpfe, die sich stumpfsinnig nach allen Seiten drehen.

Was mag die drei Personen, die uns am Eingang erwarten, so verwirrt haben? Ein Herr mit silbergrauen Schläfen, lebhaften kleinen Augen über einer großen Nase, prallen frischen Wangen, jovial, sanguinisch. Seine Uniform, die keine Zeit gehabt hat, sich seiner Leibesfülle anzuschmiegen, scheint ebenso neu zu sein wie seine Orden und sein noch nach Putzmitteln riechendes Lager. Doch mit keinem Wort bekundet er seine Verblüffung! Nachdem er seinen Blick über die Reihen hat schweifen lassen, wendet er sich an eine blonde Person, deren üppige Schönheit ebenfalls nur knapp in ihre Uniform zu passen scheint. Sie unterhalten sich leise, als eine zweite Deutsche sich einmischt. Im Schatten der strotzenden Blonden habe ich diese Miniuniform kaum bemerkt. Dennoch scheint sie sich mit ihrer piepsigen Vogelstimme durchzusetzen. Schließlich bleibt der Dicke (vermutlich ist er unser Kommandant) vor unseren Reihen stehen, öffnet den Mund, überlegt es sich anders, als wäre er sich nicht sicher, ob wir artikulierte Laute verstehen. Die Kleine, die ihn nicht aus den Augen läßt, bedenkt ihn mit einem aufmunternden Lächeln, als wollte sie sagen: ›Nur zu, es sind menschliche Wesen.‹ Doch nach diesem peinlichen Beginn zieht sich der Dicke gar nicht schlecht aus der Affäre. Er müsse gestehen, daß unser Aussehen ihn anfangs verwirrt habe. Er wisse natürlich, daß wir uns in den Konzentrationslagern keiner tadellosen Bedingungen erfreuten ... (die Welle der Heiterkeit, die durch unsere Reihen läuft, hält ihn nur kurz auf). Daß man aber ›Damen‹ kahlschere, damit habe er nicht gerechnet. Es gebe nur eine einzige Erklärung: Ungeziefer, schließt er errötend (diesmal lacht niemand, wir befinden uns nicht mehr auf dem Territorium des *Reichs*, es sei denn, der Typ ist nicht ganz dicht).

Wir sollen in einer Porzellanfabrik arbeiten. Um unsere Verpflegung – darauf mache er uns gleich aufmerksam – werde sich unser Arbeitgeber kümmern: in den ersten Tagen werde sie daher etwas bescheidener sein, bis die Fabrik die Arbeit aufnehme. Er bitte uns um Geduld, Sauberkeit und um etwas, was ihm besonders am Herzen liege: daß wir unsere Köpfe mit den Handtüchern umwickeln, die er sogleich verteilen werde. Der Anblick unserer Kahlheit sei ihm unerträglich! Es folgen Betrachtungen über die Frau und welche Hochachtung er diesem Geschlecht, ungeachtet seines Alters, entgegenbringe. (Nein, wir befinden uns im *Reich*, jedoch einem nicht wiederzuerkennenden, höflichen, leutseligen *Reich* mit einem Hauch Romantik.) Dort werde im Frieden des Herrn und in gegenseitigem Respekt Porzellan hergestellt. Die Kleine mit der scharfen Zunge scheint die Abschweifungen ihres Vorgesetzten mit wachsender Ungeduld über sich ergehen zu lassen. Zu unserem Erstaunen unterbricht sie ihn schroff. (Die Disziplin scheint nicht ihre Stärke zu sein.) Sie beginnt energisch zu piepsen. Sie erklärt uns, wir müßten uns jeden Tag waschen, im Waschraum erwarte uns warmes Wasser. Feierabend. Wir können über uns verfügen.

Vier oder fünf Räume in jeder Baracke. Zwanzig Pritschen in jedem Raum und eine Person für jede Pritsche. Eine! Mit einer Decke! Einem Kopfkissen! Einem Löffel und einem richtigen Porzellanteller. Und die Suppe, eine richtige Bouillon, ist die köstlichste, auch die klarste, die ich jemals in einem Lager gekostet habe.

Ich habe keine Zeit, mir die Pritsche auszusuchen, auf der ich mich, über all diese begeisternden Aussichten beglückt, ausstrecken und endlich zur Ruhe kommen könnte, als man uns schon wieder ruft.

Das Wichtigste sei vergessen worden: die *Blockälteste* zu wählen, das ›Personal‹. Lebewohl, Ruhe, Freude, Hoffnung und Entspannung. Der eisige Schatten von Aranka, Gisa und anderen Dreckschleudern beginnt über diesem friedlichen Ort zu schweben. Nur daß diese uns mit ihrer Peitsche schon an Ort und Stelle erwarteten. Und deshalb ist zwischen uns nie von Gleichheit die Rede gewesen. Aber unter dem Befehl von einer zu stehen, die aus demselben Waggon gestiegen ist, ebenso kahlgeschoren und ausgehungert ist wie wir! Nein! Ich protestiere im Namen aller Elenden, aller Kahlgeschorenen. Reine Zeitverschwendung. Der Ansturm hat bereits begonnen, alles stößt und drängt sich wie verrückt, nach dem Grundsatz, wenn es unbedingt einen Chef geben muß, dann will ich es sein!

Der *Lagerführer* wehrt sich gegen diese wilde Flut der Ambitionen, die er doch selbst ausgelöst hat, weil er von der Logik dieser ›Damen‹ keine Ahnung hat. Zu dritt sind sie kaum imstande, dem Ansturm zu begegnen. »*Ich ... ich spreche Deutsch*!« brüllt es aus fünfhundert Kehlen. Plötzlich erkenne ich in diesem Chor meine eigene keuchende Stimme, und verstumme bestürzt. (Ich bin wirklich zu elend dran, um mir selbst meine Sympathie zu versagen.) Auf der Schwelle sitzend, warte ich auf das Ende des Matchs, und dort findet mich Ella. Es ist schwierig, eine Siegerin vorherzusehen, denn die ›Bewerberinnen‹ scheinen allesamt gleich vom Schlag gerührt zu werden, so wie sie röcheln, schweißgebadet und halb nackt.

Der Kommandant fängt gerade noch rechtzeitig eine Person auf, die in Ohnmacht zu fallen droht, und erklärt sie zur *Lagerältesten*, vermutlich um allem ein Ende zu machen! Man könnte meinen, sie sei eine Überlebende der Gaskammer. Doch sobald sie ›gesiegt‹ hat, wohnen wir einer wundersamen Metamorphose bei. Mit ihrem strahlenden, vor Wohlwollen triefenden Totenkopf bedenkt sie die Menge mit einer majestätischen Handbewegung (dem Tod persönlich wäre der Appetit vergangen). Die zweite ist Sarika, die ›Kesselschleckerin‹. (Gisa hatte sie einmal an der Zunge aus dem Kessel gezogen, dessen Boden sie gerade ableckte.) Dieser Dörflerin, die ein wenig überdreht ist, weil sie zu lange ihre Jungfräulichkeit behalten hat, kommen vor Freude die Tränen. Schließlich Tobi, eine robuste Bäuerin aus Marmaros, die zwei kleine Schwestern in ihrer Obhut hat und über die unerbittliche Vitalität der Falks verfügt.

Man hätte den *Lagerführer* sehen sollen, wie er sie beglückwünscht! Und wie die Kesselschleckerin und der ›Totenkopf‹ die Gratulation mit einer Art natürlichen Würde entgegennehmen, als käme sie ihnen aufgrund göttlicher Gnade zu. Die weniger Glücklichen, die an ihrer Seite geboxt haben, umkreisen schon seit einer Weile die Erwählten. Ihr unterwürfiges, gequältes Lächeln ... (zum Sterben).

Kaum ist eine Stunde vergangen, als sich bereits neue ›Dynastien‹, neue ›Höfe‹ bilden, neue Intrigen und Rivalitäten.

Ich darf nicht mit Ella in derselben Stube sein. Die Majestäten fürchten Verschwörungen.

*

Das also ist das Paradies! Keine Arbeit! Kein Essen! Meine Zähne sind nur noch Verzierung. Die richtige Lagersuppe ist hier unbekannt. Es gibt nur leichte Suppen mit Bohnen, Sauerampfer, Rüben. Wenn man sie wenigstens nicht durch den Wolf gedreht hätte! Und das Brot! Lachhaft! Wenn es bloß nicht so frisch wäre! Es schmilzt im Mund wie Honig!

Ich halte Mittagsruhe auf dem Rasen neben dem Zaun. Die Stille dieses so milden, so romantischen Frühherbsts! In der Ferne die Berge, die ich ohne weiteres gegen ein hartes Ei tauschen würde. Vor mir ein Pfad. Unter dem Zaun erkenne ich alte Schuhe, einen alten Besen, der das tote Laub zusammenfegt.

Die irrsinnige Lust, hinüberzurufen:

»Hallo, was habt ihr zum Frühstück gegessen?«

Der Zaun ist dicht. Im Liegen sehe ich nur Sandalen, Fahrradspeichen, und nun einen Korb! Der Duft von Pfirsichen, frischem Brot, eine Hand, die sie mir reicht...

Mit solchen Halluzinationen ziehen sich die Tage dahin. Langsam gewöhne ich mich daran, daß niemand uns bewacht.

...Der Stacheldraht, die endlosen Appelle, die *Blocksperre*, das keuchende Abzählen. Und jetzt auf einmal liege ich neben einem Zaun, über den ich nur deshalb nicht klettere, weil ich bezweifle, daß ich in diesem pittoresken Dorf auf jemanden stoße, der bereit ist, sein Mittagessen mit mir zu teilen.

Wie viele Facetten hat dieser Alptraum? Und wenn nun die Geschichte ein Irrer wäre, dessen ›Wahn‹ wir Juden wären? Ein Gedanke, der mich nicht daran hindert, festzustellen, daß bereits der zweite Kessel Suppe in der Stube der *Blockältesten* verschwindet. Manchmal, wenn eine der ›Hofdamen‹ die Tür öffnet, kitzeln vertraute Düfte meine Nase, und die Empörung verdoppelt meinen Hunger.

*

Heute hat diese verrückte Sarika samt ihrem Gefolge vor der Tür unserer Stube angehalten:

»Was ist, steht man vor der *Blockältesten* nicht auf?«

Wir sind aufgestanden.

Der Appell wird uns nicht erspart, obwohl man uns nur der Form halber zählt. Nur der Wortschwall unseres Kommandanten rechtfertigt die Zeremonie. Eine halbe Stunde stehen, bloß damit dieser verhinderte Cicerone das Vergnügen hat, sich reden zu hören! Er nennt die beiden ›regierenden‹ Megären »meine Damen«, dasselbe gilt für Tobi aus Marmaros, dieses geadelte Waschweib. Uns, die übrigen, nennt er seine »Kinder«. Er bittet uns so inständig um »Geduld«, als hätten wir die Möglichkeit, sie ihm zu verweigern. Ich frage mich, wie diese Maskerade enden wird. Wenn er die Margarine doch ebenso reichlich verschenkte wie sein Herz!

Und die Porzellanfabrik? »Die Unterhandlungen sind im Gang.« Welche? Porzellan! Sie haben wohl nichts Besseres zu tun, jetzt, wo ihr *Kampf* und ihr *Reich* praktisch im Dreck stecken. Von mir aus sollen sie herstellen, was sie wollen! (Möglich, daß ich in einer Woche einen vollen Kessel habe und Papa mit seinem Blechnapf Schlange steht.)

*

Edith Berkovitz. Dieser Name steht als erster auf unserer Stubenliste. Es ist der Name der Verantwortlichen. Mit Ausnahme von Szenttamas und uns wird niemand wissen, daß sie ein Mädchen von großer Rechtschaffenheit ist. Bei den Austeilungen ist sie gerecht, ohne ihre Mutter und ihre Schwester zu bevorzugen.

Deshalb möchte ich, daß ihr Name nicht in Vergessenheit gerät.

*

In einem Todeslager kann man nur eines tun: seine Haut retten. Doch sobald das geschehen ist, gibt es mögliche ›Arrangements‹. Es gibt die Pfiffigen und die anderen. Ich gehöre eher zu den anderen.

Die *Blockälteste,* die Kesselschleckerin, traf mich auf dem Bauch liegend an. Ich schrieb. Sie ist stehengeblieben und ihr Gefolge mit ihr.

»Was machst du da?«

»Das sehen Sie doch!«

Auf ihrem glühenden Gesicht streiten sich Empörung und Unentschlossenheit. Sie hat noch nicht die Lässigkeit ihres Ranges, ihre Autorität elektrisiert und erschreckt sie. Wie sollten wir nicht hinter ihrem Rücken lachen und diese Kesselgeschichte vergessen?

Sie weiß auch, daß sie sofort etwas tun müßte, um ein Exempel zu statuieren, aber was? Zum Glück ist Tobi aus Marmaros eine weniger komplizierte Natur. Sie reißt mir meine Notizen aus der Hand und haut mir mit aller Kraft eine runter. Gisa selbst hätte es nicht besser gemacht. Mich ärgert nur, daß ich im schicksalhaften Moment meine Lippen nicht daran hindern konnte zu zittern. Bevor ich meinen Sarkasmus wiederfand waren die Kesselschleckerin und das Waschweib schon weit weg. Immerhin ein kleiner Trost: ich habe nicht mit der

Wimper gezuckt. Nach knapp einer Stunde kam Sarika, die alte Jungfer, mit meinen Notizen zurück. Sobald sie ihren Rang nicht mehr verteidigen muß, fällt sie in ihre ursprüngliche Treuherzigkeit zurück. Sie sagt, sie könne schreiben und habe sogar eine schöne Handschrift. Trotzdem habe sie nie daran gedacht, Schriftstellerin zu werden, seltsam, nicht wahr?

»Wenn du so nett wärst, etwas über mich zu schreiben, aber ohne zu verraten, daß ich dich darum gebeten habe ...«

»Jetzt gleich?«

Sie lächelt verlegen:

»Wenn es geht ...«

Ich erledige es sofort, in Versen.

»Sanft bist du, Sarika, wie im Frühling die Blüte,
Bescheidenes Veilchen voll duftender Güte ...«

Ich zögere, es ihr zu geben, bestimmt hat die Treuherzigkeit Grenzen.

Aber das alte Mädchen strahlt unter Tränen, hört gar nicht mehr auf, mir zu danken.

»Wenn meine arme Mama dich hören könnte ...!«

Es scheint, als spräche sie jeden an, der ihr über den Weg läuft.

»Habt ihr schon die Verse gehört, die unsere Schriftstellerin über mich gemacht hat?«

Mein Honorar: zwei Rationen Suppe! (Mittlerer Gehalt an Kartoffeln.)

Es war erst ein kleiner Anfang.

Seitdem macht die ganze Baracke Jagd auf Reime.

Ihre ›Werke‹ werden Tobi und Totenkopf gewidmet. Jemand hat letztere ›Königin der Nacht‹ genannt. Eine andere hat eine Ode auf den *Lagerführer* gedichtet und für immer sein großes Herz gewonnen. Alle Strophen enden mit dem Refrain:

»Der *Lagerführer,* o ja!
Er ist unser aller Papa!«

*

Papas Versprechungen sind doch nicht ganz zum Verzweifeln: eine Ladung Kleider ist angekommen. Alles ist darunter, von Unterröcken bis zu Mänteln. Innerhalb einer Stunde sind wir nicht wiederzuerkennen! Die kleine energische Aufseherin hat sich unserer Metamorphose angenommen, mit unerbittlichem Tempo und ohne Rücksicht auf unsere ›weibliche‹ Sensibilität. So daß Beschwerden und ätzende Bemerkungen laut werden: »Sie will zu einem Rendezvous! Deswegen darf ich den ganzen Winter in dieser Golfhose schlottern.«

Nur jemand, der es furchtbar eilig hat oder schlichtweg gemein ist, kann folgende Kombination zuwege bringen: ein jägergrünes Cocktailkleid, dessen Dekolleté einen abgründigen Blick auf meine Schlüsselbeine gestattet, und dazu einen apfelgrünen Mantel. Beides funkelnagelneu. Was nicht gerade geeignet ist, meine Augenringe und meinen grauen Teint aufzuhellen. Ella meint, ich sähe aus wie ein Rennpferd im Nebel.

Uns kleiden! Noch gestern gehörte das ins Reich der Phantasie! Und jetzt, wo wir die unverhofften Pullover, Kleider, Mäntel tragen, hören wir nicht auf zu meckern, über die Farbe oder den Schnitt zu lästern, die Aufseherin und Papa zu verfluchen. Natürlich sind sie nicht nach Maß geschneidert, es gibt Dinge auszusetzen, nur über eines verliert keiner ein Wort (sogar es hier zu notieren, bedrückt mich), nämlich daß wir nicht gerade in Höchstform sind und nicht einmal mehr einen guten Grund dafür nennen können: daß wir allesamt wie Landstreicherinnen aussehen.

Trotzdem gibt es eine Glückliche unter uns: Serena. Sie hatte an jemandem ihren ›zivilen‹ Mantel wiedererkannt, der bei ihrer Ankunft zusammen mit ihren übrigen Sachen abgelegt worden war. Sie braucht die neue Besitzerin nicht lange zu drängen, ihn umzutauschen. Er hat kein Futter, ist abgetragen, wirklich der Mantel einer Bettlerin! Aber er ist der ihre!

Tage der Aufregung: wegen eines unerwarteten Ereignisses hätten wir beinah das ›Mittagessen‹ verpaßt: in einer Tasche wurde ein Vergrößerungsspiegel gefunden. Alle wollten sich aus der Nähe, ›vergrößert‹ sehen. Auch Totenkopf wartet in ihrem Mantel mit Pelzkragen auf die Begegnung mit ihren Augenhöhlen.

Und auch ich warte wie die anderen. Aber plötzlich bekomme ich einen Hustenanfall und muß stehenbleiben. Die anderen nutzen es aus und drängen sich vor. Ich gebe auf, und während ich zurückweiche, gelingt es mir nicht, mich von dieser buntscheckigen, brodelnden

Menge abzuwenden. All diese Frauen sehen jetzt nicht mehr aus wie Landstreicherinnen, aber auch nicht wie Leute von der Straße. Als hätte ein von einem anderen Planeten gelandeter Stamm sich nach unserer irdischen Mode verkleidet. Sie rennen hin und her, betrachten sich, befragen einander, und überall stimmt etwas nicht.

Die beiden Näherinnen des Lagers werden bestürmt. Die Armen sind völlig abgehetzt und haben keine Stimme mehr, um auf die unversiegbaren Fragen zu antworten. Erst als sich eine der ›Autoritäten‹ blicken läßt, erscheint der Anflug eines Lächelns auf ihrem erschöpften Gesicht. Umsonst! Die *Blockältesten* und sogar die weniger Privilegierten dürfen sich ihr Kleid selber aussuchen: Größe, Farbe usw. Die Näherinnen haben also keine großen Geschäfte zu erhoffen und wenden sich ermattet den vielen kleinen zu, die auf sie warten.

Mein ›Grünzeug‹ stellt kein Problem dar. Der Mantel ist nicht übel, und das Cocktailkleid erheitert alle, die ich treffe. Vielleicht hätte es auch mich erheitert, hätte ich nicht eine betrübliche Entdeckung gemacht, als ich mir in einer Fensterscheibe begegnete: kann es sein, daß in meinem Alter der Hals länger wird? Dagegen scheint mein Kopf geschrumpft zu sein. Wie konnte mir das entgehen? Ich gebe mir den Rat, Fensterscheiben zu meiden.

*

Über Sarika kommt etwas Licht in Papas Vergangenheit. Er war früher Fischhändler und hatte seinen Laden in der Stadt. Ich kann ihn mir sehr gut vorstellen hinter seiner Theke, mit seiner Körperfülle, seinen listigen Augen, seinen dicken weißen Händen, die die glitschige Ware halten. Auch er selbst ist jemand ›Glitschiges‹. Manchmal gleitet sein Blick betrübt über uns, wie der eines Krämers über eine verfälschte Ware. Schon vor dem Krieg war er pleite gegangen. Er war nicht mehr in dem Alter, sich an der Front auszuzeichnen. Er hat immer nur bescheidene Ämter bekommen. Dieses kleine Lager ist sein erster Glücksfall. Wäre da nicht die allgemeine Lage gewesen. Er hat drei unverheiratete Töchter (Sarika, selber unverheiratet, spricht lebhaft darüber). Sogar hübsche Frauen müssen mit Krüppeln oder Erinnerungen vorlieb nehmen. Die wehrtauglichen Männer ›ziehen sich bis zum letzten Atemzug geschmeidig zurück‹. Sie haben bereits Rußland aufgegeben und verteidigen tapfer unsere Karpaten. Es bleiben nur noch Wracks und Halbwüchsige als Hoffnung auf Glück!

Sogar die blonde Aufseherin vergeudet ihre üppigen Reize mit Pseudo-Männern: einem mickrigen Bübchen, man fragt sich, ob er sich überhaupt schon rasiert! Diese schöne Geschöpf errötet, sobald sich diese halbe Portion hinter dem Zaun blicken läßt.

Unsere Edith, die sie manikürt und frisiert, hat die beiden einmal, als sie vergeblich an die Tür geklopft hatte, in einer befremdlichen Positur überrascht: das Bübchen saß auf dem Schoß der Blonden. *O tempora!*

Schon wieder diese Finninnen! Es sind zweiunddreißig, und sie haben die Stube neben uns eingenommen. Aber Vorsicht, sie kommen nicht aus dem hohen Norden und haben nichts mit den Nachfahren der Wikinger, den Fjorden und alldem zu tun. Man nennt sie Finninnen wegen des deutschen ›*von*‹, das sie ›fin‹ aussprechen. Sie sind ›fin‹ Marmaros (Bäuerinnen, wie die Bildhauerin eine war). Sie verschlucken die Konsonanten, ziehen die Silben endlos in die Länge (maaa, nuuu). Die Behandlung, die sie unserer Sprache angedeihen lassen, erinnert ein wenig an die Hunninnen. Aber hier hört die Ähnlichkeit auch schon auf. Die Hunninnen hatten ein empfindliches Ehrgefühl, während es nichts gibt, worum die Finninnen sich weniger scheren als um Ehre.

Eines Tages sind sie über den Zaun geklettert und haben einen mit Zuckerrüben beladenen Wagen geplündert. Papa, der vom Fenster seines Büros aus alles gesehen hatte, rief sofort zum Appell und ließ uns wissen, daß wir die bitterste Enttäuschung seines Lebens seien und daß er uns morgen früh, nein, noch in dieser Nacht nach Auschwitz zurückschicken werde. Den Gerüchten nach ist Auschwitz befreit – ganz zu schweigen davon, daß die Margarine und das Gemüse, womit er bei uns schachert, horrende Preise erzielen! Dennoch sind wir recht kleinlaut. Die Finnin Tobi wirft ihren Landsleuten mörderische Blicke zu. Sie scheint nahe daran zu sein, sich auf sie zu stürzen, sie wie ein Hund zu beißen. Papa blufft vermutlich. Sind wir nicht ›sein Geschäft‹, ›sein Glücksfall‹? Die Kesselschleckerin jedoch schwört, daß sie uns gerettet habe, indem sie mitten im Appell auf die Knie gefallen sei. Sie flehte Papa an, nur sie allein in den Tod zu schicken. Dort oben werde sie eine Möglichkeit finden, Gottes Aufmerksamkeit auf unser Lager zu lenken (überfüllt, wie es ist, hat er es wohl aus den Augen verloren). Ich habe in Papas Augen … zwei Tränen in Form von Fischen gesehen.

Die Finninnen wurden zu einem Tag Fasten verurteilt. Das war vorgestern. Ergebnis: heute abend haben sie die Kellertür aufgebrochen. Obwohl mit Kartoffeln beladen erwischt und entlarvt, verlieren sie dennoch nicht den Kopf: angeblich stand die Tür offen. Die Hand möge ihnen verdorren, nie mehr wollten sie ihr Haus wiedersehen, wenn auch nur eine sie angefaßt hätte. Und die paar Kartoffeln hätten sie auf der Treppe aufgelesen, bestimmt hätten die Köchinnen sie unterwegs fallen lassen.

Und da ich schon mal dabei bin, hier eine kleine Kostprobe meiner eigenen Händel mit den Finninnen. Eines Morgens hatte ich Dienst und half Edith beim Saubermachen. Ich war gerade bei den Betten, als ganz sachte die Tür aufging und in dem Spalt zuerst ein kariertes Kopftuch auftauchte, dann blaue, stöbernde Augen, eine Stupsnase und schließlich die ganze Frimi, die finnische Anführerin, ›der Kopf‹ der Bande. Sie schaut sich argwöhnisch um (ich hatte mich zwischen zwei Betten gekauert und halte den Atem an). Als sie sich davon überzeugt hat, daß die Luft rein ist, läuft sie zum Wandbrett und nimmt eine Tasse herunter. Jetzt stehe ich ihr gegenüber, ertappe sie also in flagranti. Aber für einen ›Kopf‹ gilt das nicht. Zu meiner großen Verblüffung fängt sie als erste an loszuschreien: Du hast die Frechheit zu behaupten, daß ihr diese Tasse nicht selber bei uns geklaut habt? »Diebesbande, pfui!« Bevor ich zu mir komme, rennt sie zur *Blockältesten*. Die Tasse sei bei ihnen verschwunden! Zweiunddreißig Finninnen schwören bei ihrem Seelenheil, möge ihre Rechte verdorren und so weiter ... Sie kriegen die Tasse. Ihre Rechte verdorrt nicht, dient ihnen im Gegenteil dazu, sich in ihren dunklen Geschäften zu vervollkommnen.

Der Fastentag wurde durch einen weiteren verlängert. Zudem haben sie Stubenarrest.

Seit dem frühen Morgen brüllen sie pausenlos. Es trennt uns nur eine dünne Wand.

»Warum brüllen sie?« frage ich Edith.

»Sie beten.«

»Warum denn brüllend?«

»Für alle Fälle, falls der liebe Gott anderweitig beschäftigt oder von Geburt an taub sein sollte!« Dann, mit einer verächtlichen Grimasse: »Ich gebe keinen Pfennig für ihren Glauben, sie essen Schweinefleisch, fassen am Sabbat die Lichtschalter an und treiben Handel wie die Gojim.«

Sie, Edith, ließe sich eher beide Hände abhacken, als daß sie am Sabbat ein Messer anfassen würde. Und wie streng sie jeden Fitzel Fleisch aus ihrer Suppe fischt! Jedes große und kleine Fasten einhält, manchmal taumelnd und der Ohnmacht nahe. Ehrlich gesagt, ich finde, daß ihr ›Höchster‹ ihr wegen Lappalien das Leben schwermacht. Da ist mir der ›*Sisse Gott*‹ der Finninnen bei weitem lieber, der nicht die Bohne pedantisch ist.

Abends bitten sie ihn, er möge ihren Schlaf beschützen, und sie schlafen wie die Murmeltiere. Morgens bitten sie ihn, er möge dafür sorgen, daß sie sich satt essen können, und er verschließt die Augen vor ihren Streifzügen und Klauereien, und die Finninnen essen sich satt. Er ist die Toleranz selbst, nur in einem Punkt ist er unnachgiebig: in Sachen Treue. Sie zanken sich ständig, aber man täusche sich nicht. Sobald eine von ihnen in Schwierigkeiten ist, eilen dreißig Löwinnen herbei. Sie unternehmen alle Streifzüge gemeinsam, wenden sich im Chor an den *Sissen Gott* und teilen gewissenhaft die Beute.

Und hier eine finnische Geschichte. Sie stammt aus meinem ersten Aufenthalt in Auschwitz (bevor ich Notizen machte). Auf unserer Pritsche hausten zwei kleine Finninnen. Überall machten sie sich unbeliebt.

Eines Tages fand ich die eine in Tränen aufgelöst.

»Was ist los?«

Sie schluchzt noch heftiger. Sie hat sich in der Latrine ein Stück Speck genehmigt, das sie von einem Polen erhalten hatte. Ich sagte, deswegen komme sie bestimmt nicht in die Hölle.

»Es ist nicht der Speck«, sagt sie, »den verzeiht mir der *Sisse Gott.* Aber ich habe ihn nicht mit meiner Freundin geteilt!«

Ich bin sprachlos, denn sie beschimpften sich Tag und Nacht. Wir brachten unser Leben damit zu, sie zu trennen. Wenig später war Selektion. Ihre Freundin hatte einen Hautausschlag und wurde ausgesondert. Die Finnin mit dem Speck klammerte sich an sie. Der Deutsche verlor die Geduld und stieß auch sie zu den Selektierten.

Unsere zweiunddreißig Finninnen erfreuen sich ausgezeichneter Gesundheit. Ich wette, daß sie sich nicht umsonst heiser schreien: der *Sisse Gott*, der ein alter Finne ist, wird sie allesamt in bester Form in ihre Heimat Marmaros zurückbringen.

*

Die Kiepers-Werke. Endlich öffnen sie ihre Tore. Papa verkündet es uns feierlich beim Appell. Er trägt seine weiße Uniform, seine beiden Beigeordneten sind anwesend, und sogar Kurt, das ›Lückenbüßer‹-Männchen, nimmt von der Terrasse aus daran teil.

Diesmal hält Papa keine lange Rede, und doch hat er einen fulminanten Erfolg. Schon bei den ersten Worten sind wir wie elektrisiert.

Der Direktor der Kiepers-Werke fordert hundert Arbeiterinnen an, nur gutgewachsene, wohlerzogene, fleißige Personen …

Papa mustert uns mit besorgtem Blick. Er weiß, was er von einer Menge zu erwarten hat, die er in Anbetracht der harten Wirklichkeit und so weiter leider verhungern lassen muß! Wir sind alle auf dem Quivive, bereit, sofort loszustürmen. Aber auch er ist nicht mehr der Anfänger, der uns begrüßt hatte. Er findet die richtigen Worte, um uns in Schach zu halten: »Wer drängelt, scheidet aus.« Er persönlich werde die für diese wichtige Aufgabe Geeignetsten aussuchen.

Liegt es an meinem grünen Mantel oder an meinem ›wohlerzogenen‹ Blick? Jedenfalls bin ich mit unter den Erwählten, schon völlig erschlagen vor Aufregung, Hoffnung und Erwartung.

Schweigend brechen wir zu unserem ersten Arbeitsplatz auf, wir hundert, der Stoßtrupp vom Lager Wiesau. Vom Tor aus richtet unser Chef noch ein paar aufmunternde Worte an uns. Hinter dem Zaun folgen uns sein väterliches Lächeln und ein paar hundert schwer enttäuschte Blicke.

Es kursieren die verwirrendsten Gerüchte. Wir legen die Strecke wie auf Flügeln zurück und sollten erst bei der Rückkehr merken, wie lang sie ist.

Jemand weiß aus sicherer Quelle, daß wir in einer Bakelit-Fabrik arbeiten werden. (Also kein Porzellan mehr?) In der Kantine seien besondere Tische für uns aufgestellt worden. Die beiden Herren, die der *Lagerführer* am Morgen hinausbegleitet hatte, seien gekommen, um in dieser Angelegenheit mit ihm zu sprechen.

»Aha, das Bakelit von Kiepers!« Dieser Name sagt uns etwas. Jemand erinnert sich, früher einmal Fotos davon in einer Zeitschrift gesehen zu haben: der Tennisplatz der Kiepers-Werke, der renommierte Speisesaal, in dem richtige Kellner im Frack bedienten!

»Falls man sie wegen des Kriegs nicht durch Frauen ersetzt hat. Jetzt servieren überall Frauen.«

Wir spähen nach den Schornsteinen in der Ferne, beschleunigen den Schritt. Die beiden Veteranen, dieselben, die uns vom Zug zum Lager begleitet hatten, können uns kaum folgen.

»He... halt... wohin lauft ihr denn, um Himmels willen?«

Wir bleiben stehen.

»Sind die Kiepers-Werke noch weit?«

»Wir sind doch schon da!«

Ein guter Witz!

Wir setzen uns wieder in Bewegung. Die beiden Alten, die hinter uns herrennen, versuchen uns mit letzter Kraft zurückzuhalten. Sie scherzen nicht, das ist jetzt klar, aber alles andere? Wir stehen auf freiem Feld.

Die Kiepers-Werke mit ihrem Tennisplatz, ihrem Speisesaal und den befrackten Kellnern warten – in Form einiger Haufen Backsteine und mehrerer Kalköfen – demütig darauf, von uns aufgebaut zu werden.

Italienische Kriegsgefangene schlendern zwischen den nicht existierenden Mauern der Fabrik mit völlig unnützen Schubkarren umher und werfen uns freundschaftliche Blicke zu. Bestimmt haben sie noch nie etwas von Papa gehört, auch nicht von den Kellnern und dem Kiepers-Speisesaal oder dem Tennisplatz, doch wir mustern sie feindselig, als trieben sie ihren Spott mit uns. Und als wollte der Himmel uns einen unserer Fassungslosigkeit würdigeren Rahmen bescheren, fängt es an zu schiffen.

Ein schwacher Trost: sollte an dieser Stelle je ein Gebäude entstehen, dann ohne meine Mitwirkung. Zwar macht es mir keinen Spaß, im Regen herumzulaufen! (In der Kette wird man wenigstens warm.) Aber für diese Kiepers-Hunde auch nur den kleinen Finger rühren! Nein, danke! Lieber Nässe, Rheuma, die Pest. Vor der Nase des Vorarbeiters setze ich mich auf einen umgekippten Schubkarren. Soll er bloß wagen, mich anzufahren! Er nähert sich und fragt auf ungarisch:

»Bist du krank?«

Ich antworte nicht. Er seufzt, hockt sich neben mich auf den Schubkarren.

»Kannst du mir verraten, was wir hier machen?«

Und er fängt an zu fluchen. Ungarische Flüche haben nicht ihresgleichen auf der Welt, unbeschreiblich!

»Einem Kind so was anzutun!«

Das fehlte gerade noch!

Er schickt eine Grimasse zum Himmel, der an einen riesigen schmutzigen grauen Bart erinnert. Seiner Meinung nach ist Gott eine Art *Gauleiter*, der den Regen, die Dummheit und den Tod fabriziert.

Wenn man bedenkt, daß er mit dem Licht angefangen hat!

Der Hunger, den die feuchte Kälte eine Weile vertrieben hatte, kehrt mit verstärktem Grimm zurück. Ich schlucke meine Spucke. Schon seit Tagen tue ich nichts anderes. Ich lebe von meiner Substanz. Ich verschlinge mich selbst.

»Hätten Sie vielleicht etwas zu essen?«

Seine Miene verdüstert sich.

»Nein, leider.«

Inzwischen sind andere meinem Beispiel gefolgt. Zwei Italiener haben sich zu uns gesellt. Wir klagen über das Klima.

»Wie wird das erst im Winter sein!

»Im Winter! Nix im Winter, nix deutsch, nix Krieg!« feixt einer der Italiener, und sein schmutziges und freundliches kleines Affengesicht hellt sich auf.

»Die Makkaroni sind wenigstens guter Dinge!« bemerkt der Ungar, »aber bei denen da« (er deutet auf einen von sechs Männern gezogenen Förderwagen; von weitem sehen wir nur Bärte und Lumpen) »weiß man nie, woran man ist. Sie scheinen nicht bis drei zählen zu können und kennen kaum zwei deutsche Wörter, aber neulich wurde in ihrer Baracke ein ganzes Warenlager Sprengstoff gefunden.«

Russen.

Im Lager erwartet uns eine Portion Plörre.

Papa entschuldigt sich: die Küche habe sich ›verzählt‹.

Nicht einmal den Kommandanten von Plaszow habe ich so gehaßt.

»Der Blutsauger!« sagt eine hysterische Stimme.

»Wenigstens vergast er uns nicht!«

»Nennt du das etwa Leben!«

Nur mit Mühe können wir sie bändigen.

Sollte ich die Grippe haben? Im Traum bin ich wieder einmal gestorben. Meine Beerdigung, die ich miterlebte, war äußerst sonderbar. Ich sah und hörte alles, doch aus einem unerklärlichen Grund wagte ich nicht, mich zu verraten, und rief mich zur Vernunft: ›Du bist tot, paß auf, man darf dich nicht erkennen!‹

*

Der *Lagerführer* erhält pro Tag und pro Kopf vier Mark. Warum nur legen die Kiepers-Werke solchen Wert auf unsere Dienste? Rätsel. Jetzt fordern sie dreihundert Arbeiterinnen an. Man muß die beiden Frauen, die alten Wachtposten und Papa gesehen haben, wie sie auf die ›Markstücke‹ Jagd machen! Letzterer gibt Obszönitäten von sich, die seiner Beleibtheit und seines Alters unwürdig sind. In den Schränken, in den Latrinen, unter den Betten, in allen Ecken wimmelt es von ›Deserteuren‹ (im großen und ganzen war der Fischhandel wohl weniger strapaziös). Mir fehlt die Kraft, davonzulaufen, lasse mich zu den sich ständig auflösenden Reihen stoßen. Dem Anblick fehlt es nicht an Würze: Papas puterrotes Gesicht, in dem zwei entgegengesetzte, doch gleich starke Leidenschaften miteinander ringen: 1. die ganze Bande zu Tode zu peitschen, auszurotten; 2. sich keine einzige Mark entgehen zu lassen.

Ein recht angenehmer Herbsttag. Wir werden uns auf den Feldern ausruhen. Die beiden alten Wachen stellen mit Mühe eine keuchende Kette zusammen und reihen sich selber ein, um uns anzuspornen. Mit zitternden Händen reichen sie die Backsteine weiter. Vergebens. Schamlos drücken wir uns. Der Vorarbeiter, diesmal ein Franzose, prophezeit den Kiepers-Werken keine glorreichere Zukunft als sein ungarischer Vorgänger.

Eine deutsche Zeitung geht von Hand zu Hand: Rumänien ist ›planmäßig‹ evakuiert worden. Siebenbürgen ist frei. Alles geht drunter und drüber. Die beiden Alten bleiben allein mit den Backsteinen, die sie gewissenhaft weiter aufeinanderschichten.

Wozu? Eine Frage, die sich in diesem merkwürdigen Land nicht zu stellen scheint. Ihr bedauernswerter Eifer am Rande des Grabes. Zwei sinnbildliche Greise.

Siebenbürgen ist frei! Ob es immer noch rumänisch ist? Der Franzose weiß es nicht.

Etwas weiter weg bemerke ich den Förderwagen, der verlassen auf dem Feld steht, halb außerhalb der Schienen.

»Wo sind die sechs Männer?« frage ich.

»Keine Ahnung«, sagt er, auf gut Glück die Mütze ziehend.

Der Weg ist aufreibend.

Papa empfängt uns mit stolzer, wissender Miene. Tatsächlich erwartet uns eine Überraschung: in der Suppe schwimmen ein paar Kartoffeln!

*

Dieses tückische Fieber.

Wieder einmal zahle ich für mein ›Glück‹.

Gestern fand der Aufbruch im üblichen Chaos statt: zu etwa hundertfünfzig standen wir schon in der Reihe, ohne jede Hoffnung, uns drücken zu können, denn die Aufseherinnen, die Wachen, das ganze Personal bildeten eine Kette um uns herum. Während unser vielgeliebter Papa auf die neuen Opfer Jagd machte. Er setzte gerade Frimi aus Marmaros nach, ›dem Kopf‹, als im Büro das Telefon läutete. Frimi hatte sich dünn gemacht, während ihr Verfolger in einem Dialekt redete, von dem wir kein einziges Wort verstanden. Als er wieder auftauchte, setzte er ein breites Lächeln auf. Was uns in Anbetracht seiner bodenlosen Falschheit einigermaßen beunruhigte.

»Ihr habt frei«, erklärt er und schickt die Wachen weg.

Wir warten argwöhnisch, niemand regt sich.

»Ein Anruf von Kiepers. Ihr werdet heute nicht gebraucht.«

Schade um seine vielen Markstücke, aber wir sind erleichtert. Die Flüchtigen zeigen sich an den Fenstern. Die väterliche Hand gebietet Schweigen:

»Gleichzeitig hat der Fabrikdirektor mir mitgeteilt, daß ein Gutsbesitzer namens Schröder euch einstellt und für eure heutige Verpflegung sorgen will. Da die Frühstückszeit schon vorbei ist, kann es sich nur um das Mittag- und das Abendessen handeln.«

Gleichgültig wie ein Briefkasten übermittelt er uns die Botschaft. Er scheint zu erschrecken über den nun folgenden Ansturm (an dem die *Blockälteste* und andere ›Funktionäre‹ teilnehmen).

»*Was ist das*? Stellt euch doch in die Reihe.«

Und er beginnt zu zählen. Nichts entgeht seiner väterlichen Wachsamkeit. Mal rückt er einen Turban zurecht, mal einen verrutschten Kragen.

»Dreihundert, halt«, sagt er und trennt genau vor meiner Nase die Reihe ab.

Die dreihundert ›Landarbeiterinnen‹ brechen zum Landgut Schröder auf, zu Gulasch, Pfannkuchen und anderen Wunderdingen. Wir bleiben niedergeschmettert zurück, wir fünf, die wir, wenn wir uns nur um eine Reihe vorgedrängt hätten ...

Schon ist das Tor wieder geschlossen worden, und wir stehen noch immer da wie die Ölgötzen, durch unser Pech wie gelähmt.

Eine Hand legt sich schwer auf meine Schulter: die schwere beringte Pranke von Papa. Was erzählt er da? Er krümmt sich vor Lachen, sein ganzer mächtiger Körper bebt ...

»Das war ein Witz, ein kleiner Scherz ...«

Tränen rinnen über sein aufgedunsenes, violettes Gesicht. In meinen Ekel mischt sich Angst: hoffentlich explodiert er nicht, bevor er eine Erklärung abgibt.

»Die dreihundert sind zu Kiepers gegangen! Der Gutsbesitzer hat nur fünf Personen angefordert.«

Wir, die ›fünf nächsten‹ in der abgetrennten Reihe ... Nicht ihm, sondern der Vorsehung müßten wir danken. (Der Vorsehung, eine komische Type!) Wir sollten unauffällig losgehen, der Karren warte schon draußen. Fünf Personen satt kriegen oder dreihundert, das sei eben ein großer Unterschied! Er liege nur an uns, die Gelegenheit auszunutzen: es könnte sich um eine regelmäßige Arbeit handeln, vorausgesetzt, wir strengten uns an. Noch eins: wir sollten bei Tisch nicht zu gierig sein, uns nicht wie Wilde auf das Essen stürzen. Die braven Leute könnten sich falsche Gedanken über das Lager machen, sich zum Beispiel vorstellen, wir würden dort verhungern. Wir protestieren im Chor: »O nein, was für eine Idee!«

Zum ersten Mal gehen wir ohne Bewachung durchs Tor, machen die paar Schritte bis zum Karren, setzen uns auf Bretter hinter einen karierten Rücken, einen blonden Nacken. Deren Besitzer dreht sich nicht um, sagt kein Wort, er wartet, bis wir alle sitzen. Wir fahren los.

Im Traum sehe ich mich oft allein auf einer unbekannten Straße. Ich suche meine Fünferreihe, ich warte, daß man mich zurückholt. Ich wage nicht, meine Einsamkeit zu genießen. Auf dem Karren wird meine ›Freude‹ durch ähnliche Befürchtungen getrübt. Um mich zu beruhigen, bemühe ich mich, nichts aus dem Blick zu verlieren, jeden Strommast, jeden Zaun zu begrüßen, als kehrte ich nach langer Krankheit zurück.

Vielleicht war die Fahrt lang, aber nicht für mich. Während dieser Zeit habe ich jede Sekunde ausgekostet.

Unser Gefährt bleibt neben einem abgeernteten Acker stehen: nicht die Spur einer menschlichen Behausung. Sollte das wieder ein ›Witz‹ sein? Der karierte Rücken springt auf einem Bein ab. Das andere fehlt ihm. Er bedeutet uns, ihm zu folgen. Wir legen einen guten Kilometer zu Fuß zurück. Schließlich hören wir Hundegebell: nein, es sind nicht die Kiepers-Werke! Hier gibt es Mauern und Hühner und irgendwo bestimmt eine Küche.

Ein riesiger Strohhut nähert sich so schnell, daß wir das Gesicht darunter nicht erkennen können. Blond? Brünett? Jung? Alt? Sie hat es nur eilig. Ohne ein Wort führt sie uns zu einem mit grünen Büscheln abgesteckten Feld, kauert sich hin, beginnt Kartoffeln aufzuklauben und in einen Eimer zu werfen. »*Verstehen?*« fragt sie, nachdem sie sich aufgerichtet und uns scharf angesehen hat, als handelte es sich um eine Demonstration in Mathe oder Flugsteuerung. Mir liegt daran, ihr zu sagen, daß die Aufgabe unsere Kräfte nicht zu übersteigen scheint, doch mit einer hastigen Handbewegung verschwindet sie, bevor ich meinen Satz beendet habe. Vor uns gräbt eine mechanische Harke weiße, glänzende Kartoffeln aus und wirft sie nach oben. Wir brauchen sie nur aufzuklauben. Wir machen uns alle fünf an die Arbeit, jede in einer Furche. Neben uns weitere Harken, weitere Aufklauberinnen.

Ein Kinderspiel, fast ein Vergnügen. Ich bin an der Spitze. Plötzlich spüre ich ein Stechen im Rücken. Und von diesem Moment an verändert sich alles. Abgesehen von dem Schmerz wird mein Rücken unerträglich schwer. Hinzu kommen die Scham, zurückzubleiben, die Furcht und der Kampf gegen die Versuchung, mich aufzurichten, wenigstens für einen kurzen Augenblick. Und ich richte mich auf!

Viele Gesichter drehen sich zu mir um, darunter vier mit wütender Miene, die der Unsrigen. Ich kauere mich wieder hin.

Als ich mit nicht allzu großer Verspätung das Ende meiner Furche erreiche, halte ich inne. Die Höllenqual, die ich durchgemacht habe, fällt jäh von mir ab. Bestürzung, den Ort und die Leute nicht wiederzuerkennen.

Und dann sitzen wir in einer großen Küche um einen großen Tisch. Ich weiß nicht, was für ein Gericht in der Mitte dieses Tischs in einem Topf von der Größe eines Waschbeckens dampft: Kraut, Pilze, geröstete Zwiebeln, das Ganze von einem berauschenden Räucherduft durchzogen ... Geräucherte Wurst mit Reis? Die Hausherrin füllt unsere Teller zuerst. Sie teilt das Essen mit dem Schöpflöffel aus. Als ich meinen Teller mit der duftenden Pyramide zurückziehe, dröhnen meine Ohren, ich fühle, wie mir das Blut aus dem Gesicht weicht! Meine Hände zittern so sehr, daß die ›Pyramide‹ bebt und auf das Tischtuch zu schwappen droht. Schließlich vermeide ich das Schlimmste. Nein! Das Schlimmste ist der Blick dieser Frau. Ein Blick so voller Mitleid, daß ich ihn seither wie eine brennende Wunde mit mir trage und ihn wohl nie mehr werde vergessen können! Ein Blick, mit dem man die Unheilbaren ansieht, die zu Tode Erschöpften, für die man nichts mehr tun kann.

Die köstlichen Dünste steigen mir zu Kopf. Nur einen Augenblick mit dem dampfenden Haufen allein sein! Ohne Zeugen über ihn herfallen und ihn verschlingen. Die ersten Löffel haben fast keinen Geschmack, so heiß ist alles. Ich kann mich des Gefühls nicht erwehren, beobachtet zu werden. Dann erinnere ich mich an nichts mehr. Ich habe den Teller wohl wie in Trance geleert. Die gute Frau füllt ihn sofort wieder. Diese zweite Portion esse ich ohne Hast, wie ein Feinschmecker. Zum ersten Mal seit Monaten trenne ich mich ohne Bedauern von einem Teller. Nur, daß danach gar nichts mehr geht. Ich bin deprimiert wie nie zuvor. Als wäre der Hunger letztlich für etwas gut und als hielte er dadurch, daß er alle meine Gedanken, alle meine Energie in Anspruch nimmt, meinen Geist davon ab, zu verdämmern.

Ist es möglich, daß die ›zivile‹ Mahlzeit, der ich in Ekstase entgegenflog, mich jetzt anwidert wie das Ausmaß meines Verfalls! Wer weiß, vielleicht ist es klüger, sich an diesem Ort der Verdammnis niemals den Bauch vollzuschlagen!

Meine Mutter! Wenn wenigstens Sofi bei mir wäre! Wenn nicht das einzige Wesen, das sich um mich gekümmert hatte, im Waggon eingeschlafen wäre! Plötzlich wieder die peinliche Erinnerung an den Teller in meiner zitternden Hand, meine Ungeschicklichkeit … dieser stechende Blick! Ich fange an zu heulen.

»Sei still, bist du verrückt?« flüstert mir jemand zu.

Zu spät.

»Was ist los?« brummt der ›Nacken‹.

»Sie denkt an ihre Mama.«

Er sagt nichts. Er zieht die Zügel an.

*

Seit drei Tagen schlage ich mich mit diesem Bericht herum. Noch nie ist mir das Schreiben so schwer gefallen. Es liegt nicht am Fieber, sondern an der Unmöglichkeit, eine Lage zu finden, die einigermaßen erträglich ist. Meine Brust – mein schlimmster Feind: jede Bewegung, jeder Seufzer bleibt irgendwo zwischen den Rippen stecken. Ich fürchte, diesmal ist es keine Grippe, sondern eine alte Bekannte, eine Rippenfellentzündung (ich habe sie ein ganzes Jahr mit mir herumgeschleppt). Und der Gipfel: das alles dämpft in keiner Weise meinen Appetit! Die Schröder-›Pyramiden‹, der Duft des Kohls, der Pilze und so weiter verfolgen mich auf meinem Schmerzenslager.

Sarika, die kleine Närrin, besucht mich mit einem Teller Plörre. So was nennt man Diät! Dazu flennt sie noch.

»Reg dich nicht auf, ich kratze noch nicht ab! Nicht, bevor ich mir ein Rührei mit Speck genehmigt habe.«

Gekränkt zieht sie sich zurück, kommt aber sogleich mit einer dubiosen Person wieder, die sich in einem schwachen Augenblick für eine Ärztin ausgegeben hat. Sie steht an meinem Bett: ein Standbild der Ratlosigkeit. (Es gibt Momente, in denen man sich unter der magischen Wirkung einer zusätzlichen Brotration je nach Bedarf mühelos in einen Arzt, einen Skiläufer, einen Geiger verwandeln kann.) Bei ein paar Schnupfenfällen hat sie sich bisher nicht übel aus der Affäre gezogen, sie massiert Rücken, behandelt Migränen. Aber der ›Magie‹ sind Grenzen gesetzt. Schon seit fünf Minuten versucht sie vergeblich, meinen Puls zu fühlen. Entnervt lenke ich ihre Hand und lege ihren Zeigefinger auf die fragliche Arterie, womit ich ihr Selbstvertrauen vollends erschüttere.

»Sie haben Fieber«, stellt sie bekümmert fest. »Was spüren Sie?«

»Rippenfellentzündung«, sage ich, ohne zu zögern.

Meine Diagnose läßt sie erbleichen (sie ist eine blutige Anfängerin). Sie preßt ihr Ohr an meine Brust: »Husten Sie!« Ich huste. Aber das ist mehr, als sie ertragen kann, und sie richtet sich erregt auf:

»Ich kann die Verantwortung nicht übernehmen. Ich bin nicht ausgerüstet, es fehlt mir an Medikamenten.«

»Ich werde den Alten benachrichtigen«, sagt Sarika.

Ich protestiere vergebens, sie kommt mit Papa zurück. Mit einem mehr als väterlichen Lächeln beugt er sich über mich. Ob mich der Rauch seiner Zigarette störe? Nein. Aufmerksam hört er der armen ›Ärztin‹ zu und ihrem Refrain: »Ich kann die Verantwortung nicht übernehmen ... Ich bin keine Fachärztin.«

»Sie brauchen nur das Rezept zu schreiben«, ermuntert sie Papa, und seine Fuchsaugen funkeln.

»Ich bin Zahnärztin!« stöhnt die Ärmste.

»Ach!« freut sich der Alte. »Wie gut wäre hier im Lager eine *Bohrmaschine*!«

Und der ›Zahnärztin‹ bricht der Schweiß aus. (Nur ein hartgesottener Scharlatan kann eine arme Novizin mit solcher Wollust quälen.)

Er schickt die beiden Frauen hinaus. Allein mit mir, sagt er, daß es im Nachbarlager, nur ein paar Kilometer entfernt, ein großes, ordentliches Revier gebe, wo man mich rasch wieder auf die Beine bringen werde. Aber was ist denn, warum so zittern? Es liege in meinem Interesse, Herrgott noch mal!

Diese ›sehr ordentlichen‹ Reviere kenne ich! Man hat mir schon einmal einen Platz dort angeboten. Ich nehme all meine Kraft zusammen und flehe ihn an, mich hier zu behalten.

Er schaut mich verwundert an.

»In zwei Wochen bist du wieder da.«

Er scheint aufrichtig zu sein, aber er ist ein alter Gauner, ein ›Wendehals‹! Meine Begegnung mit dem ›Krankenwagen‹ vor dem Revier. Nein, ich weiß genau, was das bedeutet, ein ›ordentliches‹ Revier! Ich breche in Tränen aus.

Er beharrt nicht weiter darauf, schickt sich zum Gehen an. Durch meine Tränen hindurch beschwöre ich ihn mit dem Blick. Er bleibt stehen und beginnt, mich über mein Tagebuch auszufragen.

»Weißt du, daß es verboten ist, im Lager Notizen zu machen, daß ich meine Stellung und mehr als das riskiere, wenn ich ein Augen zudrücke ...?«

Ich springe auf, ohne an meine Rippen zu denken, und stöhne laut auf. Ich solle mir keine Sorgen machen, er sei nicht nur Deutscher, sondern vor allem ein Mensch (sic!). Er verstehe sehr gut, welche Bedeutung das alles nach dem Krieg haben könne. Wir hätten viel gelitten, und deshalb sei er für seinen Teil ... Aber ich dürfe die Umstände nicht vergessen, das Land, das am Hungertuch nage ...

Dennoch habe es uns nicht an Bequemlichkeit und an Kleidung gefehlt. Und was die Behandlung betreffe, so sei sie in keiner Weise mit der in den Konzentrationslagern vergleichbar. »Ich rechne mit eurem Gerechtigkeitsgefühl ...« Er rechnet fest damit. Der Handel ist einfach und geradeheraus.

Ich beeile mich, ihn zu beruhigen. Wir würden ihn in bester Erinnerung bewahren. Gerade deshalb wolle ich dieses Lager nicht verlassen.

Er lächelt. Oberhalb dieses Lächelns begegnet sein Blick dem meinen. Ich lese darin große Bedrängnis und eine Warnung: ›Wir sind am Ende, aber gib acht, auch du hast es noch nicht überstanden!‹

Diesmal schenke ich ihm ein breites Lächeln. Sein Blick sagt mehr als alle Nachrichten, die zu uns gelangen. Einen Augenblick lang sehe ich darin, daß meine Freiheit so nahe ist wie eine Gewißheit.

*

Ich liege in einem großen weißen Revier. Von meiner oberen Pritsche aus sehe ich ein häßliches nacktes Gebäude, das einer Kaserne ähnelt. Sollte es eine Baracke sein? Die gestreiften Kleider! Der Schlamm, der Wind, die endlose Schlange vor den Kesseln, die fahlen Gesichter, das unausbleibliche »*Los, Saubande*«. Das Ganze erinnert an Auschwitz. Dabei ist es nur eine ›Zweigstelle‹. Papa hat mich nicht angelogen, wir sind ganz in der Nähe von Wiesau.

In der letzten Zeit ist es mir anscheinend nicht besonders gutgegangen, denn ich hatte kaum noch Kraft zu protestieren, als man mich auf den Lastwagen hob. »*Idioten*«, brachte ich bei jeder Erschütterung schwach hervor. Schon beim Abschied hätte ich fast einen Wutanfall bekommen, als ich die geröteten Augen von Edith Berkovitz und der närrischen Sarika sah, die wie eine Ziege in ihr Taschentuch blökte: mit welchem verdammten Recht beweinten mich diese dämlichen Weiber?

Die Ankunft war noch gepfefferter. Sofort habe ich ein paar Gestalten von Auschwitz wiedererkannt. Deshalb erlaubte ich dem Chauffeur nicht, mich auf den Armen zu tragen. Ich ging auf eigenen Beinen durch den Flur und die Stufen hinauf und grüßte höflich die Gaffer, die mich mit offenem Mund anstarrten, ohne meinen Gruß zu erwidern. Aus mangelndem Anstand oder weil meine Equipage sie eingeschüchtert hat? (Sie sind nicht eben daran gewöhnt, daß jemand allein mit dem Auto hier ankommt.)

Oben erwartet mich eine große Überraschung: die

Ärztin aus Auschwitz, ebenjene, die mich aus dem ›Krankenwagen‹ geholt hat. (Der größte Teil des B-Lagers war hierher evakuiert worden.) Ich begrüße sie begeistert, aber ihr Empfang mißfällt mir. Sie gibt mir nicht die Hand. Sie fragt nicht, was mir fehlt. Sofort zieht sie mich in ihr Sprechzimmer und zieht mich mit Hilfe einer Pflegerin aus. Ich hatte keine Zeit, meinen Papierkram aus dem Mantelfutter herauszunehmen. Ich sehe meinen Mantel nicht mehr! Angetan mit einem Schlafanzug und einem ›hauseigenen‹ Morgenrock verlange ich verstört meine Sachen. Die Pflegerin sagt, sie habe sie weggeräumt. (Sie sieht nicht wie eine Diebin aus, aber wer ist eigentlich keine?) Ich versuche, meine Verbitterung hinunterzuschlucken und den unabweisbaren Grund zu erklären, der mich zwinge, diesen Mantel zu verlangen. Aber sie, die Ärztin, hat ihre eigenen Gründe und findet, daß ich mich zu sehr aufrege, daß meine Bronchien unabweisbar Ruhe verlangen, usw. Morgen werde ich weitermachen. Heute habe ich nicht mehr die Kraft dazu. Ins Bett! Dieses Bedürfnis löscht alles andere aus. Man legt mir Kissen unter den Rücken. Auf meinen hervorstehenden Knochen habe ich mich wundgelegen.

Ich döse fast sofort ein, dann reißt mich nach einer Weile die Unruhe aus dem Schlaf.

»Wo sind meine Sachen?« frage ich die Pflegerin. (Es ist nicht die von gestern, ein glückliches Geschöpf, das man ungeachtet der Umstände als ›mollig‹ bezeichnen kann.

»Im Schrank der Ärztin.«

»Könnten Sie mir für einen Augenblick meinen Mantel geben?«

Sie steckt ihn mir heimlich zu. Und heimlich schreibe ich das alles auf Klopapier, was ein komisches Geschmiere ergibt. Ich hoffe, bald normales Papier aufzutreiben und die Kraft zu haben, alles abzuschreiben. Sonst muß das an meiner Statt die ›Menschheit‹ (meine Universalerbin) übernehmen.

Sie wollen mich füttern wie ein Baby. Ulkig!

*

Kann man im Sterben liegen, ohne etwas davon zu ahnen? Auf der unteren Pritsche gibt es so eine, die ganz still daliegt. Sie befolgt alles, bedankt sich für alles mit einer Höflichkeit, die ich nie mit dem Tod in Verbindung gebracht hätte. Aber man interessiert sich kaum für sie. Ich dagegen bin dauernd in Bewegung, errege ständig ihre Aufmerksamkeit, für den Fall, daß man mich vergessen oder sich erlauben sollte, um mich zu ›trauern‹.

Ich verlange alle möglichen Arzneien und mache einen Zirkus, wenn ich sie einnehmen soll. Aber ich glaube, daß mein Appetit sie verwirrt. Außer meiner eigenen Ration verdrücke ich noch zwei Suppen, die eine ist vermutlich die Zusatzportion der Ärztin, die andere besteht aus dem, was am Boden des Kessels zurückbleibt.

Es gibt dunkle Augenblicke ... Bah! Wenn ich zum Beispiel meine Hand betrachte. Ich weiß nicht, wie es soweit gekommen ist. Aber es ist soweit gekommen. Sie unterscheidet sich kaum von der Hand der Frau da unten. Aber die hat sich vielleicht aufgegeben. Oder weigert auch sie sich? Sollte in jedem Wesen fünf Minuten vor dem Tod ein Tiger leben? Nein! Manchmal spüre ich, daß die Versuchung auf mich zukriecht: die Augen zu schließen, diesen peinigenden Willen und mit ihm jede Verantwortung fahren zu lassen und zu warten, daß alles ›anderswo‹ entschieden werde.

Ist mein ›Tiger‹ etwa aus ganz anderem Holz? Ich mag ihn noch so sehr beschwichtigen, immerzu denke ich: solange ich noch die Kraft zu denken habe, hängt alles nur von mir ab! Als ginge es einzig darum, diesen ›Einfall‹ von sich zu weisen ... Und jedesmal, wenn es mir gelingt, vor aller Augen den Löffel zu heben, glaube ich von neuem: nur ich allein entscheide.

Die von unten hat mich um etwas zu trinken gebeten. Ich bin hinuntergeklettert, worauf die Hälfte des Saals herbeirannte und dringend nach der Ärztin rief.

»Wer hat dir erlaubt, herunterzusteigen?« fragt sie mit einer Ruhe, die mich nicht täuschen kann.

»Warum? Steht es denn so schlimm um mich?«

Man hätte ihre Gesichter sehen sollen! In Windeseile haben sich alle verzogen.

In meinem Zustand kann man sich einige Kindereien erlauben.

*

Ich habe meine letzten Notizen noch einmal gelesen: Angeberei.

Unterwegs neue Überraschungen: zum Beispiel die Panik.

Heute morgen herrschte ungewohnte Stille im Saal. Sollten wir weniger sein als gestern? Und die anderen? Die Ärztin? Unbekannte Stimmen, Pfiffe im Treppenhaus. Augenblicklich verstehe ich – es ist kein Verdacht, keine bloße Vermutung, sondern eine Gewißheit: das Komitee von Auschwitz. Sie selektieren!

Brüllen ... Wegen der anderen besinne ich mich. Ich klettere von meinem Bett und werfe mich gegen die Tür, unnötigerweise. Zu meiner großen Überraschung ist sie offen. Behutsam schließe ich sie hinter mir. Dann schlüpfe ich ins Sprechzimmer der Ärztin und nehme meine Sachen aus dem Schrank. Als sie hereinkommt, findet sie mich von Kopf bis Fuß angezogen.

»Hast du den Verstand verloren?« fragt sie sanft, denn sie war nicht sicher, ob sie sich nicht irrte.

»Ich will zur Arbeit«, sage ich fest entschlossen.

»Hör zu, fünfzig Kranke machen mir nicht soviel Scherereien wie du ganz allein!«

»Das ist kein Grund«, sage ich, »mich nach Auschwitz schicken zu lassen!«

»Zieh dich aus«, befiehlt sie.

Und nur, weil sie zu erschöpft ist, haut sie mir keine runter. Aber sie muß auch Mitleid mit mir bekommen haben, so wie ich dastand, zu allem bereit, mit dem verrutschten Turban auf dem Kopf einer Vogelscheuche.

»Die letzte Selektion war vor knapp zehn Tagen. Sie haben nicht jede Woche Waggons dafür.« (Und sie fügt hinzu:) »Mach dir keine Sorgen, bei Leuten wie dir versagt sogar das Gas.«

»Warum geben Sie mir dann kein Kalzium?«

Rippenfellentzündung wird mit Kalzium behandelt.

»Willst du mir jetzt auch noch die Behandlung vorschreiben?«

Sie ist am Ende ihrer Geduld. Ich spüre, es ist die letzte Gelegenheit, auszupacken.

»Sie haben nur Angst, Ihre Spritzen zu vergeuden! Wenn Sie noch die geringste Hoffnung hätten …«

»Ich habe Angst um dein Herz, dumme Kuh!« sagt sie angewidert.

»Für mein Herz übernehme ich die Verantwortung!«

Stumm mustert sie mich einen Augenblick, seufzt dann, geht zum Schrank. Ich werfe meinen Mantel ab und warte mit ausgestrecktem Arm.

»Setz dich, mach eine Faust!«

Sie zieht die Staubinde um meinen Arm fest. Eines muß man mir lassen: ich habe ausgezeichnete Venen. Und diesmal kann ich mit vollem Recht versichern: mit Willenskraft kann man sich daran hindern, ohnmächtig zu werden. Warum sollte man sich nicht daran hindern können zu sterben?

Wer am Ende von uns beiden erschöpfter ist, weiß ich nicht. Ich liege auf dem Kanapee und rühre mich nicht.

»Weißt du«, sagt sie nachdenklich, »wenn du eines

Tages davonkommst, wirst du es nicht dem Kalzium zu verdanken haben.«

»Sondern?«

»Dem Teufel, den du im Leib hast.«

Ich bin sehr brav. Ich habe den ganzen Tag keinen Mucks getan. Mein Teufel ruht sich aus.

*

Die von unten ist fortgebracht worden. Alles geschah mit der größten Diskretion. Diese Pfeifen! Glaubten sie wirklich, ich schliefe? Mir scheint, sie fangen an, sich mit meiner Existenz abzufinden. Die kleine mollige Pflegerin hat mich heute morgen zur Ordnung gerufen.

»Keine Faxen!«

Wenn ich mit ihnen rede, machen sie nicht mehr dieses gütige Gesicht. Tausend Auschwitzer Grobheiten haben mich nicht so aus der Fassung gebracht wie die hiesigen Aufmerksamkeiten. Ich antworte fast nicht. Wie soll man sich mit jemandem unterhalten, der einen schon mehr als einmal begraben hat!

›Sie werden schon sehen‹, sage ich mir manchmal. Andere Male verläßt mich die Sicherheit. Dann werde ich mürrisch und hasse sie alle.

Heute wollte meine Nachbarin, eine weiße, schlaffe und aufgedunsene Person, die mich oft um einen Bleistift bittet, damit sie Balladen schreiben kann (wenn sie wenigstens nicht ›Gitta‹ hieße), heute also wollte diese Gitta mir schmeicheln:

»Dein Gesicht wird langsam voller«, sagt sie, »Ehrenwort!«

»Das sollte mich wundern. Sogar im zivilen Leben war ich verschrumpelt.«

»Früher waren es die Haare«, stammelt sie, »die Haare machen viel aus.«

»Ich habe sie mir schon immer abrasiert.«

Sie verstummt. Sie bittet mich nicht mehr um meinen Stift. Sie bestraft mich. Dabei könnte ich ihn entbehren. Ich benutze ihn nur noch selten. Das Fieber macht mich müde. Mehr denn je bin ich entschlossen, mich im Leben festzusetzen. So dumm, so mies es auch sein mag, ich kann mich nicht ohne es vorstellen – und es nicht ohne mich. Auch wenn es ein ›anderes‹, besseres Leben gäbe, würde ich mich an dieses widerwärtige hier klammern.

*

Drei Tage ohne Fieber. Ich weiß, das hat nicht viel zu bedeuten. Und trotzdem. Bilde ich mir etwas ein? Meine Finger fangen an, menschlichen Finger zu gleichen.

*

Kalzium. Stille. Leere.

Die Russen rücken vor. Die Boches weichen zurück! (Seit wieviel Jahrhunderten?)

*

35,8 °C. Ich nähere mich der Eiszeit.

*

Revierkontrolle. Der Lagerkommandant und acht weitere Personen.

Wir mußten uns an der Wand aufstellen. Mich haben sie von allen Seiten untersucht. Und ausgerechnet jetzt, wo das Fieber endlich gesunken ist.

Winde von Auschwitz. Mein Gehirn abschalten. Das Denken töten.

*

Heute ist die Ärztin kurz an meinem Bett stehengeblieben. Vor Entsetzen verliere ich die Stimme. Ich muß sie furchtbar angesehen haben, denn sie lächelt mich an und setzt sich auf mein Bett.

»In Auschwitz haben sie zwei Krematorien gesprengt!« (Ihre Ruhe paßt überhaupt nicht zu ihren fiebrigen Augen.) »Wir dürfen uns nicht zu früh freuen, es gibt noch Krematorien in Dachau, in Buchenwald ... Gott weiß, was sie mit uns vorhaben.«

Sollen sie vorhaben, was sie wollen, nichts kann unseren Jubel bremsen. Vor Aufregung steigen alle Fieberkurven.

*

38,4 °C. Die Ärztin sieht sich mit gerunzelten Brauen meine Fieberkurve an. Sie befürchtet eine Ausschwitzung. Ich wage nicht, ihr meine Eskapaden zu gestehen. (In dieser Nacht hatte ich kein Auge zugetan.)

Schuld daran waren die ›Musen‹. Meine Nachbarin, die Balladenschreiberin, hat ihr letztes Werk vorgelesen. Alle, die sich noch rühren können, versammeln sich auf den oberen Betten. Ich selbst bleibe ruhig. Und dabei reißen sich Geier um das Herz des Dichters, waten Hyänen in seinem Blut, andere Vampire, andere Qualen ohne Ende, das Ganze zerfließt in den Tränen der Vorleserin, dem Schluchzen der Zuhörerschaft (hier und dort Schreie, Klagelaute). Vielleicht hätte ich durchgehalten, wenn zum Schluß nicht die Überraschung gekommen wäre: die Asche des Dichters bricht in Schmähungen aus, das geht über meine Kräfte und ich rufe aus: »Das ist doch burlesk!«

Das hätte an sich keine Folgen gehabt! Die Zuhörerinnen kannten den Ausdruck nicht. Die Dichterin selbst wirft mir einen unsicher-zuversichtlichen Blick zu. Sie hätte es für ein Kompliment gehalten, wenn nicht ein grobes Lachen von einer unteren Pritsche jede Illusion zerstört hätte.

Die tränenüberströmten Gesichter nehmen einen aggressiven Ausdruck an. Die Autorin, todbeleidigt, zischt unfreundlich:

»Wenn du es besser kannst, nur zu, wir hören.«

»Ich schreibe keine Balladen, aber es gibt andere.«

»Wen?« fragt der Chor boshaft und freut sich, mich in Bedrängnis zu bringen.

»Einen Franzosen zum Beispiel, Villon.«

»Ich weiß«, sagt die Autorin, »das ist jemand aus dem B-Lager.«

Mit einer Handbewegung fegt sie diese klägliche Konkurrenz beiseite.

»Möglich, daß er auch in Lagern war, aber nicht im B-Lager. Es ist schon eine ganze Weile her, daß er im Kerker gestorben ist, oder aufgehängt wurde, jedenfalls irgend was in dieser Art.«

»Ist er ein Jude?«

»Ein Bandit, ein Galgenstrick.«

»Na, so was! Schrieb er seine Gedichte zwischen zwei Einbrüchen?«

Sie lachen.

»Und warum nicht? Seine Balladen hat man nicht verhaften können. Sie ehren den Namen ihres Autors – des Banditen – auf der ganzen Welt, in allen Sprachen, sogar in der der Eskimos.«

Ob ich eine davon in unserer Sprache auswendig könne.

»Und ob!«

Ich beginne mit der ›Ballade der Damen vergangener

Zeit‹. Ich begnüge mich damit, den Text zu murmeln, und beobachte sie. Das Getuschel läßt nach. Die Ballade scheint ihnen zu gefallen, genauso wie die vorherige mit den blutgetränkten Hyänen und der Gotteslästerungen ausstoßenden Asche.

Üblicherweise hüte ich mich, zu ›rezitieren‹, und sogar meine Notizen lese ich nicht laut vor, nicht weil ich keine Lust dazu hätte, sondern weil es zu viele sind. Und weil es kein Pardon kennt. Es genügt, daß ich etwas unbedingt will – zum Beispiel die anderen verblüffen –, und schon lasse ich mich vom Lampenfieber niederschmettern, vernichten! Deshalb verstehe ich gar nicht, wie es passiert ist. Vielleicht weil das Lampenfieber keine Zeit hatte, mich zu erwischen, und ich ihm, von der Aufmerksamkeit der Zuhörerinnen entflammt, die Puste genommen habe. Kurz, ich muß wohl die Taue gekappt haben und mit vollen Segeln losgefahren sein, samt Gesten und dem ganzen Trallala. Und all diese auf mich gehefteten Augen, die Spiegel meiner Ekstase. Ich bin wie in Trance!

Von irgendwo kam ein Stein geflogen. Der ›Spiegel‹ ist zerbrochen …

»Wer ist diese Mumie?«

Es war nicht für unsere Ohren bestimmt. Doch kann eine Trompete flüstern? Ernüchterte, zum Teil wütende Blicke sehen zur Tür. Jemand ruft der Neuen zu:

»Hältst du dich etwa für Mirna Loy?«

Vergebens! Die ›Mumie‹ ist unerreichbar.

Hätte Mirna Loy aus Fleisch und Blut vor der Tür

des Reviers gestanden, es wäre mir weniger schwer gefallen, meinen Augen zu trauen. In einem orangeroten Fummel, der sich an ihre abgemagerte, aber immer noch ungewöhnliche Gestalt schmiegt, erkenne ich die einzige Person wieder, die ich in diesem trostlosen Winkel nicht wiederzusehen gehofft hatte. Ja, sie ist es, das ›Phänomen‹, noch immer in Form eines S – sie bewegt sich wellenartig zwischen den Pritschen, ihre Tasche schwenkend –, ein wenig wie ein Sommerfrischler auf der Suche nach einem freien Platz an einem Strand.

Schließlich bleibt sie vor der leeren Pritsche unter der meinen stehen, wirft ihren Kram darauf, richtet sich auf und fragt mir ihrer derben, sanftmütigen Stimme:

»Es ist der Platz der Toten, nicht wahr?«

Jetzt sind wir platt.

»Ja«, antwortet der Chor, »aber woher weißt du das?«

»Ich kann eben hellsehen«, fügt sie lachend hinzu, »das liegt in der Natur der Dinge, oder? Wo man seinen Arsch oder seine Füße auch hinsetzt, immer kommt einem ein Toter zuvor.« (Und dann übergangslos:) »Der arme Villon, du hast ihn wirklich malträtiert, altes Mädchen!«

Nach der ›Mumie‹ erheitert mich dieser zweite Stein bloß noch. Und im übrigen bin ich eine verdammt heitere ›Mumie‹, seit ich sie in der Tür habe stehen sehen, aufgedonnert wie für die Riviera. Ich frage, was sie an dieser Leidensstätte zu suchen habe.

Lässig läßt sie fallen:

»Bloß Typhusfieber.«

Ein Wort, bei dem meine Nachbarinnen erbleichen.

»Reg dich nicht auf«, sagt sie zu mir. »Niemand hat mich untersucht. Es ist meine eigene Diagnose. Aber wo zum Teufel bin ich dir schon mal begegnet?«

»In Plaszow!«

Sie schüttelt den Kopf, sieht mich an, kneift die Augen zusammen, denkt nach.

»Hast du nicht in Oradea gewohnt, in der Sanislo-Straße?«

»Aber ja!«

»Ich habe den Sommer bei euren Nachbarn von gegenüber verbracht, den Laszlo.«

»Ich erinnere mich nicht.«

»Du warst immer mit dem Fahrrad unterwegs.«

»Das stimmt.«

»Gott, warst du ein knackiges Mädchen! Liegst du im Sterben oder was?«

Das sitzt, ich gebe es zu! Das ›knackige Mädchen‹. Als wäre ich bloß noch die ›Vergangenheit‹, die Reliquie, das Wrack eines Mädchens. Friede seiner Seele!

»Im übrigen«, fährt sie fort, »steht es mit mir auch nicht besser. Weißt du noch, was für einen Hintern ich hatte?«

Sie seufzt so wehmütig, daß ich lachen muß.

»Und deine Mutter?«

»Du wirst dich wundern: sie nervt mich immer noch!«

Dann bedeutet sie mir mit einer Handbewegung, ich solle ein wenig rücken. Ich mache ihr neben mir Platz.

»Warte, ich werde diese Ballade probieren«, sagt sie, »schon lange läßt sie mir keine Ruhe.«

Sie macht es anders, sage ich mir ruhig. Aber nach wenigen Minuten ist die Ruhe nur noch Maske.

Ich habe die peinliche Vision eines gestikulierenden Gerippes, meiner überhitzten, pathetischen kleinen Stimme. Ich trug zu dick auf, ich ›spielte‹, während sie keinerlei Anstrengung macht, den Text leben läßt, und das ist alles, ohne besondere Betonung, ohne ›Ekstase‹. Die Ballade kommt schlicht von ihren Lippen, als trällerte sie eine Melodie, die sie mag, doch ohne allzu sehr daran zu denken. Aber irgendwann muß wohl auch ich aufgehört haben zu denken, denn ich habe keine Erinnerung mehr an mich und an sie – als ob wir schwebten oder vielleicht in einem und demselben Rhythmus aufgegangen wären, von ein und derselben Welle getragen. ›Verzauberung!‹ Ein Wort, das mir nachträglich einfällt. Sicher ist, daß ich meine zusätzliche Portion Suppe vergessen habe (auf die ich jeden Tag sehnsüchtig warte). Ich werde von der Pflegerin überrascht, die mir den Napf reicht. Ich komme wieder zu mir, als ich eine heisere, erregte Stimme neben mir höre:

»Kriegst du noch immer die doppelte Ration? Ich habe schrecklichen Kohldampf!«

Ich reiche ihr den Napf, ein wenig beschämt, nicht gleich daran gedacht zu haben. Sie nimmt ihn, setzt ihn an ihre Lippen wie eine Flasche und schlürft ihn in einem

Zug aus, bevor die (wie vom Donner gerührte) Pflegerin auch nur piep sagen kann. Die Entrüstung bricht erst danach los.

Alle diese platten, stumpfen Visagen! Möglich, daß sie nicht gemerkt haben, daß das Salz der Erde so gütig war, in diese Ödnis herabzusteigen! Daß mit ihm alle Trübsal schwindet und die Wüsten sich beleben!

Mein Gott, sagte ich mir bestürzt, sie mißgönnen ihr eine elende Suppe! Statt sich sehr tief zu verneigen, ihr demütig dafür zu danken, daß sie uns die Gunst erweist, zu ›sein‹.

Wir haben uns bis zum frühen Morgen nicht getrennt. Ich weiß nicht, was wir uns erzählt haben, nur daß es in einer anderen, schwindelerregenden Zeit geschah. Daß das Leben zuweilen so stark wurde, daß es sich gar nicht beschreiben läßt.

Das Fieber! Ist es nicht ein Lebenszeichen, der Beweis dafür, daß ich mich beharrlich festkralle? Gott sei Dank, denn es wäre wirklich zu dumm, ein Irrsinn, ein ›Leben‹ loszulassen, in dem es solche Nächte gibt, solche Geschöpfe.

Epilog

Hier endet, was ich aus den Notizen, die ich in der Zeit von Juni bis September (vielleicht Oktober) 1944 gemacht habe, entziffern konnte. Bleiben die sieben, acht Monate (in fünf anderen Lagern), in denen ich nicht mehr fähig war, zu schreiben, einzig damit beschäftigt, meine Hefte, meine Notizen und meinen Atem nicht zu verlieren. Ich weiß nicht mehr, wie lange die Ärztin mich im Revier behalten hat, als sich die erste Laus (der Typhus) zeigte. Ich erinnere mich nur, daß eine Pritschennachbarin auf meine Brust deutete und schrie: »Eine Laus!« »Das ist also eine?« fragte ich perplex, als ich das weiße Etwas von der Größe eines Fingernagelschnipsels betrachtete. »Die habe ich schon lange.« (Mein von Geschwüren und verschiedenen Infektionen zerfressener Körper war es überdrüssig, sie alle zu verzeichnen.)

Was die Fortsetzung meines Abenteuers angeht, so verwende ich die Notizen, die ich nach dem Lager gemacht habe, Teil eines noch unveröffentlichten autobiographischen Werks, aus dem ich einige Stellen zitiere:

Und jetzt werde ich, o Herr, was zu werden ich am ungeeignetsten bin: ein Opfer. Bei meinem überempfindlichen Naturell, meiner heillosen Faulheit! Es war eine Zeit, das kannst du mir glauben, in der ich mich häufig rasieren ließ. Ich habe auch enorm viel geschissen, und überall, wo ich vorbeikam, wurde das *Reich* fruchtbarer.

Nach Meinung einer Polin, der *Führerin* der Baracke, in der ich mich mit Entschlossenheit ausruhte, war ich das unausstehlichste Opfer, das das *Reich* jemals hinter seinem Stacheldraht beherbergt hat.

Aber hat man denn kein Recht auf ein bißchen Müdigkeit? Wenn man fünf Tage und fünf Nächte wie die Sardinen in einer gepanzerten Kiste verbracht hat, so daß wir auch nach unserem Ausstieg nicht voneinander zu trennen waren, wie jene Göttin mit den hundert Armen, Kali, wenn ich mich nicht irre? Ganz zu schweigen von den endlosen Schlangen vor der Latrine! Leute, die egoistischerweise ewig hocken blieben. Wenn wir manchmal auf sie losstürmten und sie anrempelten, schwankten sie stocksteif, denn es waren keine Scheißenden mehr, sondern bloß noch Röhren, die sich nachträglich entleerten.

Ich erlaube mir jedoch, darauf hinzuweisen, daß es mehr als eines *Reichs* bedarf, um eine vollkommen statische Natur zu erschüttern. Nie habe ich die Bewegungen zählen können, die ich dem *Reich* vor seiner eigenen Nase, in seinen eigenen Fabriken dadurch vorenthalten habe.

Gegen Ende nahm meine Regungslosigkeit in einer

Munitionsfabrik nie gekannte Ausmaße an. Sogar die Fritzen waren verdutzt und entließen mich aus ihrer Industrie.

Seitdem hatte ich nur noch einen Gedanken: sie zu vernichten, indem ich mich, koste es, was es wolle, am Leben erhielt, um eine weitere Jüdin zu sein, die sie, kalt und still, am Galgen würde hängen sehen!

Keine Ritze, nicht den winzigsten Spalt lassen, durch den das Leben sich verdrücken könnte. Freilich hätte niemand auf ein solches Verhalten Wert gelegt ohne besondere Berufung, ohne eine lange Praxis dessen, was die Dummköpfe meine ›Passivität‹ nennen. Ja, mein verdammtes Schneckentemperament! Ihm habe ich es zu verdanken, daß ich ständig so viele überaktive, ausdauernde Idioten beerdige, angefangen mit jenem brodelnden Gesindel: den Fritzen in ihrem Krieg! Und wo ist ihr Krieg? Und wo ihr *Reich*? Während ich Faulpelz immer noch an Bord bin.

Noch bevor mich das *Reich* aufgrund meiner ›Leistung‹ aus seiner Industrie ausschloß, war ich bereits ungemein leicht geworden. Die Knochen, die ich damals herumtrug, waren mit nichts bedeckt, außerdem noch sehr dünn! Denn mit starken Hüften, schweren Rippen und anderem Ballast wird man keine fliegende Person, die erste, die sich jemals ohne Flügel, ohne Motor und sonstige Kunstgriffe in der Luft gehalten hat! Nur ein sinnvoll verteiltes Gerüst im Schwebezustand (in der Art eines Segelflugzeugs oder Fallschirms).

Wenn man in aller Eile ein oder mehrere Stockwerke ohne Treppe und ohne Aufzug hinunterpurzeln muß, wegen des Krieges, der verlangt, daß die Dinge sich bisweilen überstürzen, dann ist das wirklich das einzige Mittel, sich niederzulassen, ohne einen Schock fürs Leben davonzutragen oder auf der Stelle aufzuplatzen. Sanft landen, wie in Zeitlupe aufgenommene Sportler, immer auf dem Hintern, der eigens dafür vorgesehen ist, im Leben besser zu fallen. Vor allem sich nicht rühren, nicht den Kopf verlieren! Denn die Panik ist in der menschlichen Anatomie mit Sicherheit der schwerste Teil.

Damals suchten uns die Alliierten mit großem Eifer und vielen Bomben, da die Betriebe, in denen wir ›operierten‹, Panzer, Kanonen und andere Dinge herstellten, die zu nichts mehr nütze waren. (Es waren Kerle, die es furchtbar eilig hatten, und zu Recht: alles muß einmal ein Ende haben, also los, und zwar Tempo, ruck zuck!)

*

Ich lande wie üblich in ausgezeichneter Form in einem Souterrain oder auf einem unbebauten Gelände. Ich warte in aller Ruhe, daß unsere Alliierten ihre Pflicht gegenüber der Menschheit erfüllen. Aufs Geratewohl hebe ich die Augen und sehe keine Fabrik mehr, keinen Stein mehr auf dem andern, um mich herum stöhnt, schreit es in allen Sprachen. Einige lassen mich schwören, daß sie noch beide Beine haben. Wegen ihrer durchtrennten Wirbelsäule sind sie nicht mehr imstande, sich selbst davon zu überzeugen. Was habe ich nicht alles geschworen, barmherziger Gott, beim Haupt von Leuten, die schon tot waren!

Nach Meinung dieser Leute, die nach ihren Beinen suchten, waren unsere ›Alliierten‹ nichts weiter als verkleidete Fritzen. Aber der Pessimismus Sterbender ist ja bekannt. Ich dagegen glaube nicht, daß unsere Beschießer antisemitischer waren als der Durchschnitt. Wenn sie uns in so großem Maßstab einem Pogrom unterzogen (dagegen waren die Kosaken Waisenknaben), dann nicht mit Absicht.

Von der Höhe aus, in der sie flogen, bemerkten sie vermutlich nicht, daß die Unterstände der ›Rasse‹ vorbehalten waren: sie hielten uns für Fritzen oder Panzer! Viele Kameradinnen haben sie auf diese Weise massakriert, aus Versehen! Schwestern, Komplizinnen!

Sich von den eigenen Alliierten erschießen zu lassen! Großer Gott, kann es einen stupideren Tod geben? Der dazu ebenso makaber ist wie ein irrtümlicher Selbstmord. Jedenfalls sorgt das wohl für ein paar verstörte Leichen, die sich nie mehr von ihrer Verwirrung erholen.

Nach jedem Besuch der Alliierten rannten alle, die noch wenigstens ein Bein hatten, zum Scheißhaus, einige blieben dort, und das schuf eine ebenso große Kundschaft für das Krematorium wie das ›Zyklon‹ genannte Gas oder die ›natürlichen‹ Tode wie der Typhus oder der Hunger.

Jeder Todesfall bedeutete verfügbar gewordene Schätze. Es funktionierte wie der Blitz, ohne Testament und ohne Notar, in jenen historischen Zeiten. Sobald einer pennte, ohne zu schnarchen, lief er Gefahr, für das gehalten zu werden, was er noch nicht war, da einige ihre Träume für die Wirklichkeit hielten. Auch ich bin für eine gute Viertelstunde ›dafür gehalten‹ worden! Bei meinem Haupt und meinen Läusen: das war das Komischste, das mir passiert ist!

Da ich so sehr damit beschäftigt war, meinen Atem anzuhalten, habe ich nicht alles mitgekriegt, aber die offensichtliche, ›uneigennützige‹ Zufriedenheit meiner Umgebung ist mir nicht entgangen. Alle meinten, daß das besser sei als das Gas oder die Bomben und daß ich das Schlimmste vermieden hätte.

So ›tot‹ ich war, bin ich eingedöst.

Zur allgemeinen Empörung schlüpfe ich wieder in meine ›Rolle‹ ... unter einem Hagel Schmähungen von ergreifend unflätiger Würze. Sie alle haben Eigentumsrechte auf meine irdischen Güter.

Mein Lappen von Decke, an der an allen vier Enden gezerrt wird, droht in Fetzen zu gehen. Ich übernehme die Leitung der Operation, packe sie von unten und halte sie fest.

Bei meinem »verpiß dich« und »weg da, du Aas« erstarren sie sofort. Aber da ich in irres Gelächter ausbreche, endet alles wie gewohnt in allgemeiner Heiterkeit.

*

Ich kann nicht sagen, wann ich meine Fünferreihe verloren habe und der einsamste Mensch geworden bin, der je auf einer Pritsche lag. Nach jedem Fliegeralarm erstaunte mich die Feststellung meiner Unverwüstlichkeit aufs neue. Ich schloß nicht aus, daß meine Anatomie Gummi oder sonst etwas Widernatürliches enthielt.

Die Tricks wechselten, aber im Grunde blieb ich überzeugt: ich war getürkt! Ein Gedanke, der so fest in meinem Oberstübchen verankert war, daß nichts und niemand ihn mir je entreißen konnte, einschließlich der zahlreichen Therapeuten, die ich unterwegs verschlissen habe. Seitdem der Tod nicht aufhört, mich sitzenzulassen, ist er deutlich in meiner Achtung gesunken. Er ist nur noch eine Hypothese unter anderen.

Unterdessen sammelte das *Reich* in Windeseile alle seine Fossilien, Kretins, Krüppel und Ungeheuer ein. An die lärmende, wilde konkrete Musik erinnernd, humpelten allenthalben die Krücken im falschen Takt. Der Lärm wurde ohrenbetäubend, eine burlesk-schaurige Kavalkade, sobald die Sirenen zu heulen begannen, und alles stürmte zum Unterstand. Manche grimassierten schauderhaft, unaufhörlich, weil ihre Persönlichkeit gespalten war und sie nur ein einziges Gesicht besaßen, das von der Qual der Welt hin und her gerissen wurde. Das Ganze wechselte zwischen Irrenhaus, Zirkus und Jahrmarkt. Wahrlich, ein groteskes Ensemble! Bisweilen hätte man meinen können, man wäre in einer Show.

»Der *Führer* ist für das *Reich* gefallen.«

Diese von den Lautsprechern verbreitete Neuigkeit verursachte in unseren Reihen vor lauter Freude einige Unfälle: glückliche Tote mit einem auf ihrem Gesicht erstarrten ewigen Lächeln.

Wer noch nie einen zermatschten Fritz betrachtet hat, weiß nicht, was ›erhaben‹ bedeutet! Es waren die bejubeltsten Kadaver, seit die Welt sich dreht. Wo immer sie verfaulen mögen, ihre Überreste entzückten die Erde, und die Zartbesaitetsten schnupperten ihre Ausdünstungen wie ein köstliches Parfum.

Ein herrlicher Frühling wärmte die Erde, und wir, die Tausende noch atmende Gerippe, blieben im Lager Kratzau (in der Tschechoslowakei) hängen – mangels Straßen, Fahrzeugen, Energie. Endlich erblickten wir am 6. Mai 1945 eine Panzerkolonne, die sich von einer Staubwolke abhob. Es waren unsere Befreier! Diesmal hatten sie schräge Augen, denn es waren Tataren. Schmutzig, gerädert. Keinem von ihnen schien schon ein Bart zu wachsen …

Sie hatten dem Tod ins Antlitz gesehen – nicht aber aufgeregten Toten, die ihnen Kußhände zuwarfen! … Der Anblick, den wir ihnen boten, machte einen starken Eindruck auf sie. Trotz ihrer (mohammedanischen) Religion fingen sie an, sich zu besaufen, und wurden weder am Tag noch in der Nacht wieder nüchtern. Was aber nichts verhinderte! Mit ihrer frustrierten, aber gebieterischen Libido fielen sie über Lebende, Tote oder Sterbende her. Ohne Unterschied. In der besten Tradition der Sieger.

Ihre Raserei kannte nur eine Grenze: mich! Sie erwiesen mir einen erstaunlichen (fast beleidigenden) Respekt... Sie machten mir Geschenke: Lippenstifte, Puderdosen und sogar eine tomatenrote Perücke. (Auf ihrem Siegeszug hatten sie Reichtümer aufgelesen – vor allem Armbanduhren, die ihre kräftigen Arme bis zu den Ellbogen schmückten.)

Als ich unter meiner flammenden Haarpracht gepudert und geschminkt zum Vorschein kam, brach einer von ihnen (ein Junge in meinem Alter) in Schluchzen aus. Seine Kameraden beeilten sich, mich unter einer Dusche Wodka abzuschminken – denn im Lager gab es weder fließendes Wasser noch Strom mehr.

Fasziniert von den Wasserhähnen, den Steckdosen und all diesen ›Wunderdingen‹ der Technik, konnten sie nicht umhin, sie zu beschießen. Aus schierer Begeisterung. Doch schlimmer als die von ihrer Libido verursachten Schäden und Verheerungen waren diejenigen, die uns ihr großes Herz eintrug! In ihrem Wunsch, uns so schnell wie möglich wieder ›füllig‹ zu sehen, begannen sie, mit verhängnisvollem Eifer zu kochen.

Tonnen wunderbar nahrhafter ›Tschorba‹ mit viel Fleisch und Speck! Wir warfen uns um die Wette darauf. Die Hälfte der Wetteifernden sah sich im Paradies der Ausgehungerten wieder, ohne Zwischenstop, mit vor Fett triefenden Lippen und dem Geruch nach geräuchertem Schwein...

Immerhin delirierte, krepierte man auf der richtigen Seite. All diese freundschaftlichen Hekatomben! Was läßt sich dazu sagen – wenn nicht, daß es letztlich besser ist, durch eine Tschorba umzukommen als durch Hunger oder Zyklon-Gas.

Ich weiß nicht, wann noch wie ich in meine Heimat gelangt bin, in dieses Krankenhausbett, in dem ich zwei Jahre verbrachte. Zu sehr damit beschäftigt, gegen den Tod zu boxen, um das ›Regime‹ zu bemerken, das von nun an berufen war, mein Glück zu machen … Nach meiner Entlassung stellte ich fest, daß es nicht die Fritzen waren – also konnte es nur besser sein. Bis mir klar wurde, daß ich lediglich das Gefängnis gewechselt hatte – die Grenzen waren geschlossen. Ich war eingesperrt wie in Auschwitz, nur mit dem Unterschied, daß ich nicht mehr auf die Russen zu warten brauchte (ebensowenig wie auf die Freiheit). Ich war den Fritzen mit kaputter Lunge, aber intaktem Gehirn, als souveräner Mensch entronnen. Sie wollten nur meine Haut und trieben die Arroganz nicht so weit, mich für ihre Sache, ihren ›Ismus‹, ihren *Kampf* zu gewinnen! Ganz davon zu schweigen, daß ich ihnen begegnet bin, als sie schon am Ende waren (mit der Freude an ihrem Untergang) … Während die im Kreml regierenden Mumien – denen unsere westlichen Alliierten uns in Jalta freundlicherweise ›abgetreten‹ hatten – unverwüstlich zu sein schienen, Einbalsamierte, die es zu einer in der Konservierung von Gemüse unerreichten Vollkommenheit gebracht hatten.

Doch am unhaltbarsten finde ich rückblickend, daß

ich eine Zeitlang mit ihnen war, eine inbrünstige arme Irre oder, wie Lenin sagte, eine ›nützliche Idiotin‹. Ich hatte den ungereimten Ehrgeiz, die Sorgen sowie die Zukunft des Planeten auf meinen Schultern zu tragen! Zwei Jahre habe ich mit einer falschen Gewißheit, in der Freude gelebt ... und zwanzig weitere Jahre im Warten auf meinen Paß, während ich meine Ausreise in die Stätte meiner Träume vorbereitete: Paris.

Die strahlendsten Augenblicke meines Lebens verbrachte ich im Zug zwischen Budapest und Paris – Augenblicke der Gnade, in denen die Freiheit aufhörte, ein Traum zu sein, ohne daß sie schon Realität war ... In dieser Stadt habe ich begriffen, daß die Realität der Freiheit – wie die der Luft – erst wahrnehmbar ist, wenn sie fehlt. Im Gegensatz zur Unfreiheit, die man in keinem Moment ignorieren kann. Ebensowenig wie Handschellen ...

Es fügte sich, daß ich in meinem ›Lager‹ materiell gesichert war (Autorin erfolgreicher Komödien). Nur hätte ich niemals gewagt, ein Tagebuch zu führen wie bei den Fritzen. Die Zensur war überall präsent – sogar in meinem Kopf ...

In Paris war mir nichts ›verboten‹! Tausend oder zehntausend Seiten schwärzen! Niemand, der mich daran hindert ... Niemand, der sie liest! ... Ich war fast tot vor ›Freiheit‹ (der *Petit Robert* – mein einziger ›Unterstützer‹, Gefährte, Freund), als ich auf meinen ersten Leser-Verleger stieß und Bürgerin eines ›Vaterlands‹

wurde, das sich mir so lange widersetzt hatte: der französischen Sprache.

In Paris hatte ich auch die erhebendste Überraschung meines Lebens: daß in Berlin die Mauer fiel und mit ihr diejenigen, die sie errichtet hatten: das ewige Gemüse. Während eines einzigen Lebens hatte ich das Privileg, dem Sturz der beiden Geißeln beizuwohnen, die ich für gleichermaßen verheerend hielt: des ›Staats‹sozialismus und des ›anderen‹, vor nunmehr 80 Jahren totgeborenen (sowjetischen), auf dessen Ende niemand mehr hoffte.

Und dennoch ist es geschehen! Jede Hoffnung ist erlaubt! ... Die Zeit eines Lächelns, das augenblicklich zu einer Grimasse wurde: Chaos, Delirium, Irrsinn. Die Freiheit, die ebenjene in einen Alptraum verwandelten, die nicht aufhörten, von ihr zu träumen. Zu sehen, wie sie massenhaft demonstrieren und gegen diese ›Gefahr‹ stimmen! Wie sie die Gräber ihrer einstigen Mörder (Stalin, Ceauşescu) mit Blumen schmücken, bereit, sich vor jedweder Ordnung, jedweder Farbe zu verneigen – für ein Linsengericht (drei Mahlzeiten täglich ...).

Derjenige, der noch nie Hunger, noch nie Angst gehabt hat, möge den ersten Stein werfen! ... Meine Sache sind die Wörter. Die präzisesten, treffendsten finden, um die Zusammenhanglosigkeit der Welt einzukreisen, in der ich lebe. Eine ehrliche Zeugin zu sein für diese Welt, die zu verändern nicht in meiner Macht steht! ...

Und als ich schon im Begriff war, zu resignieren, fast am Ende meiner Weisheit, fiel mein Blick (im Wartesaal eines Zahnarztes) sozusagen ›unglücklicherweise‹ auf die aufgeschlagene (oder herausgerissene) Seite einer alten Zeitschrift. Es ging um Lastwagen. Hundert ungarische Juden, die die Nazis angeblich gegen einen Lastwagen tauschen wollten (4000 Lastwagen gegen 400 000 Leben). Ein Vorschlag, den unsere Alliierten verworfen haben sollen. »Was ist denn das für ein Märchen?« Alle Leute, die ich dazu befragte, versicherten mir, daß es sich nicht um ein ›Märchen‹ handele, daß über diese Geschichte schon viel Tinte verspritzt worden sei, daß es sogar einen Prozeß ohne Ausgang gegeben habe, da der Ankläger (oder der Angeklagte?) gestorben sei. Doch wie immer die Wahrheit lauten möge – es gebe eben ›unvermeidbare‹, ›strategische‹ Opfer. Daß, um den Krieg zu beenden, die Lastwagen jedenfalls wichtiger gewesen seien als die ungarischen Juden. Man sah mich mit seltsamer Miene an, als wollte man sagen: ›Du hast ganz andere Dinge erlebt, du bist davongekommen, warum dir über Geschichten von vor der Sintflut den Kopf zerbrechen?‹

Ja, ich bin davongekommen ... Möglich, daß fünfzig Personen aus meiner Klasse für ein halbes Dutzend Lastwagen umgekommen sind, und meine Angehörigen für den dreißigsten Teil dieses Fahrzeugs ... Ich aber bin da, entgegen und trotz allem, und noch immer so sprachlos darüber wie damals, als ich unter den Bomben zwischen den Stockwerken schwebte. Ich bin da und stelle mir die Frage, die mit den Jahren (und den Nachrichten) immer nebelhafter wird: Wo endet die

›Strategie‹, und wo beginnt der Völkermord ... Ab welcher Zahl kann man von Holocaust sprechen? ...

Ich schließe nicht aus, daß mich trotz meinem schwer belasteten Gewissen und meiner unnormalen Geduld mein hartnäckiger Atem am Ende verlassen wird und daß dies auf die ›normalste‹ Art und Weise geschieht, das heißt in einem Bett. Nur eines bezweifle ich: daß meine Verblüffung mit mir verlöschen könnte.

Bildnachweis

Abb. 1 bis 5: Photographien von Markus Kirchgessner, Frankfurt am Main.
Abb. 6: David Ignaszewski, Paris.
Alle anderen Abbildungen stammen aus dem Privatbesitz von Ana Novac.

Editorische Notiz

Die schönen Tage meiner Jugend erschien in deutscher Sprache erstmals 1967 im Rowohlt Verlag in Reinbek (Rowohlt Paperback 58), aus dem Ungarischen von Barbara Frischmuth.

Ana Novac schreibt zur Publikationsgeschichte: »Mein Tagebuch ist in Frankreich fünfmal veröffentlicht worden. Das erste Mal bei Juillard, unter merkwürdigen Umständen: Ich diktierte meinen ungarischen Text auf Rumänisch dem rumänischen Dichter Jan Palvulescu, der kein ungarisch sprach und den Text dann ins Französische übersetzte. Damals glaubte ich, des Französischen mächtig zu sein. Da der Text zu gefallen schien, unter anderem auch berühmten Intellektuellen, und schon in mehreren Ländern Anklang fand, entdeckte ich das Unheil erst bei Erscheinen der vierten Ausgabe, als ich bereits zwei Bücher in französischer Sprache geschrieben hatte. Ich bin den gesamten Text von Anfang bis Ende noch einmal durchgegangen und habe dabei versucht, nahe am Original zu bleiben und das zusammen mit Palvulescu angerichtete ›Unheil‹ wiedergutzumachen. Diesen Text halten Sie jetzt in Händen.«

Der Übersetzung von Eva Moldenhauer aus dem Französischen lag die Ausgabe *Les beaux jours de ma jeunesse*, Paris: Gallimard 1999 (= folio 3164) zugrunde.